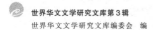

世界华文文学研究文库第3辑

世界华文文学研究文库编委会 编

凭窗断想

杨际岚选集

杨际岚 著

Research Library of Global Chinese Literature

SPM

南方出版传媒

花城出版社

中国·广州

图书在版编目（ＣＩＰ）数据

凭窗断想：杨际岚选集 / 杨际岚著. -- 广州：花城出版社，2016.8（2021.7重印）
（世界华文文学研究文库. 第3辑）
ISBN 978-7-5360-8021-8

Ⅰ. ①凭… Ⅱ. ①杨… Ⅲ. ①华文文学－文学研究－世界－文集 Ⅳ. ①I106-53

中国版本图书馆CIP数据核字(2016)第172494号

出 版 人：肖延兵
责任编辑：李　谓　李加联　杜小烨
技术编辑：薛伟民　凌春梅
装帧设计：林露茜

书　　名	凭窗断想：杨际岚选集
	PING CHUANG DUANXIANG：YANG JILAN XUANJI
出版发行	花城出版社
	（广州市环市东路水荫路11号）
经　　销	全国新华书店
印　　刷	北京一鑫印务有限责任公司
	（北京市顺义区北务镇政府西200米）
开　　本	787毫米×1092毫米　16开
印　　张	8.75　1插页
字　　数	270,000字
版　　次	2016年8月第1版　2021年7月第2次印刷
定　　价	49.80元

出版说明

　　有海水的地方就有华人，有华人的地方就有中华文化的流播，也就伴随有华文文学在世界各地绽放奇葩，并由此构成一道趋异与共生的独特风景线。当今世界，中华文化对全球的影响力不断扩大，无疑为我们寻找华文文学创作与研究的世界性坐标，提供了有利的条件和新的机遇。

　　改革开放三十多年来，中国大陆华文文学研究界的老中青学人，回应历经沧桑的世界华文文学创作，孜孜矻矻地进行了由浅入深、由少到多的观察与探悉，取得了相当丰硕的研究成果。为了汇集这一学科领域的创获，为了增进世界格局中中华文化和不同文化之间的交流与对话，为了加强以汉语为载体的华文文学在世界文坛的地位，也为了给予持续发展中的世界华文文学以学理与学术的有力支持，中国世界华文文学学会与花城出版社联手合作，决定编辑出版"世界华文文学研究文库"。

　　这套"文库"，计划用大约五年的时间出版约50种系列图书。

　　"文库"拟分为四个系列：自选集系列、编选集系列、优秀专著系列，博士论文系列。分辑出版，每辑推出 8 至 10 种。其中包括：自选集——当代著名学者选集，入选学者的代表作；编选集——已故学人的精选集，由编委会整理集纳其主要研究成果辑录成册；优秀专著——世界华文文学研究领域的最新学术专著，由编委会评选推出；博士论文——世界华文文学研究的博士论文，由编委会遴选胜出。

"世界华文文学研究文库"将以系统性、权威性的编选形式，成就华文文学研究领域的大典。其意义，一是展示中国世界华文文学研究的整体性学术成果；二是抢救已故学人的研究力作；三是弥补此一研究领域的空缺，以新视界做出新的开拓；四是凸显典藏性，有较高的历史价值与人文价值。

"文库"在编辑过程中，参考并选用了前贤及今人的不少研究成果，在此谨向众多方家深表谢忱。由于时间仓促，遗珠之憾和疏漏错差定然不免，尚祈广大读者多加赐教。

花城出版社
2012 年 10 月

目 录

三　刻痕

附　录

赠语（代序）

痖　弦

> 「見聞轉誦是小乘，悟法解義是中乘，依法修行是大乘。」（《六祖壇經·機緣品第七》）咱編輯工作本身就是事業、偉業、勳業，其實做到中乘即可，要是進入大乘，那世界上就多了一個和尚，少了一位名編，是得是失，不容易分辨了。阱嵐先生以為然否？一笑。
>
> 痖弦
> 2010, 小3, 福州

"见闻转诵是小乘，悟法解义是中乘，依法修行是大乘。"（《六祖坛经·机缘品第七》）咱编辑工作本身就是事业、伟业、勋业，其实做到中乘即可；要是进入大乘，那世界上就多了一个和尚，少了一位名编，是得是失，不容易分辨了。际岚先生以为然否？一笑。

痖弦

2010.11.3 福州

（痖弦，本名王庆麟，河南南阳人，1932 年生，台湾著名诗人、学者、编辑家，现居加拿大）

做该做的事　做愿做的事（代自序）

"见闻转诵是小乘，悟法解义是中乘，依法修行是大乘。"（《六祖坛经，机缘品第七》）咱编辑工作本身就是事业、伟业、勋业，其实做到中乘即可；要是进入大乘，那世界上就多了一个和尚，少了一位名编，是得是失，不容易分辨了。际岚先生以为然否？一笑。

四年前，随痖弦先生"原乡行"。进湖北，返河南，转赴福建，一路上，他多次提及从事编辑工作的价值和意义。在那年刊有《走进痖弦》专辑的《台港文学选刊》第5期（10月出版），他特地写了这段话。

已辞世多年的萧乾先生，以及亦为本刊顾问的曾敏之先生，同样曾谆谆垂教，一再同我谈起编辑事业的可贵。他们数十年孜孜矻矻，致力于文学编辑，其所从之业，无愧为痖弦先生所赞许的"事业、伟业、勋业"。

《台港文学选刊》创办百期，编者感怀，我这么写：

"返顾来路，时见蹒跚的足迹，但一程复一程，从未却步……一介办刊人，能有几多可为之事？横弥断裂，纵续绵延，或有其责任和价值；秉持道义与良知，永不懈怠地前行，面对万千世界、万千读者，也就无愧无憾了。"

担当"责任"，持守"价值"，或可视为"悟法解义"。回溯来路，那真是"激情燃烧的岁月"！福建正开启改革开放的大幕，厦门特区从地域到政策实现突破性的拓展，55 位厂长、经理呼吁"松绑放权"，八闽文坛思想活跃，作家、艺术家积极性、创造性空前释放，《台港文学选刊》应运而生。岁月何匆匆！三十年如一日，为《台港文学选刊》倾心竭力，也可谓之：做该做的事，做愿做的事，做能做的事。此间，自有无尽甘苦，无限感慨。"横弥断裂，纵续绵延"，"悟法解义"，尽在其中矣。如此而已，岂有他哉！

（2014 年 9 月）

一　思絮

从 "完整" 出发

——关于世界华文文学研究的一点思考

一

世界华文文学研究，作为一门学科，对"世界华文文学"如何加以科学界定，仍然有待廓清。

存在几种具有一定代表性的意见。

其一："……从常识上理解，'世界华文文学'似乎应该指涉中国大陆本部——包括台港——以外地区的华人或华裔文学作家，以汉语＝华语书写的文学而言。"①

其二："所谓'世界华文文学'应该是指'世界各地以华文创作的有关华人世界的作品'。……'华文文学当然是以华文创作的文学，借以表现华人世界和反映华人文化。"②

其三：世界华文文学的研究对象，主要是台港澳地区文学以及海外华文文学。

上述几种界定，都不尽完整。

---

① 陈映真：《世界华文文学的展望》，《走向21世纪的世界华文文学》，中国社会科学出版社1999年版。

② 杜国清：《世界华文文学的概念与定义》，《走向新世纪》，人民文学出版社1994年版。

与此相异的看法，认为世界华文文学应是世界范围内，所有地区用华文（中文/汉语）创作的文学。它包含两大板块，即"中国文学"和相对于中国而言的海外华文文学。

中国文学在世界华文文学中的地位、作用和影响，不待而言。有的学者称之为"核心与主体"①。也有的则说是"母体"和"源头"②。把中国文学排除于世界华文文学的视域之外，无异于无本之木、无源之水。

置身于全球化的环境，在融合的大趋势下，华文创作的空间日益拓展，即便在海外，创作题材、内容等也已很难拘囿于纯粹的华人世界。把华文文学局限于"表现华人世界"，并不科学。

开放、宏阔的整体观照，有助于从广度和深度上推进世界华文文学研究。把研究对象主要设定于台港澳及海外华文文学，难以客观、全面地考察世界华文文学在不同区域间的漫长、曲折的历史进程以及相互撞击、融汇的现实状况，不利于有效提升学科研究层次。

对于世界华文文学研究，"完整""准确""深刻"相辅相成。"完整"，并不意味"准确"和"深刻"。然而，"完整"是"准确""深刻"的必要前提。

二

世界华文文学研究中，"不完整"的状况早已有之。中国现、当代文学研究领域，忽视台港澳文学的现象，长期普遍存在。论及中国

---

① 刘登翰：《走向学术语境》，《台湾研究集刊》2000年第3期。文称："……包括台湾、香港、澳门在内的中国文学，是这一世界性语系文学的核心与主体。"

② 许翼心：《关于华文文学理论研究的几个问题》，《世界华文文学的多元审视》，云南大学出版社1996年版。文称："华文文学的母体是中国的汉语文学。海外华文文学的源头就在中国，他们是中国汉语文学流传到世界各个国家和地区而派生出来的国际性的文学形态……"

现、当代文学，全然不提台港澳地区的文学创作、思潮流派、社团活动、报刊媒体等。如纯为个人研究，似乎尚不足怪；有的教材、史书、文典竟频频出现类似疏漏，以讹传讹，陈陈相因，造成广泛的消极影响。

近几年，上述情况开始发生变化。在某些论著中，已将台港澳文学纳入中国现、当代文学研究的范畴。虽然仍有不少学人，或出于积习难改，或因为观念歧异，远未真正重视台港澳文学，对其突出特点和独特价值缺乏了解，往往将其作为无足轻重的补缀。但较之于早先对台港澳文学视而不见的谬误，也算是有了不大不小的进步。

另一方面，也有一些研究者，议论世界华文文学，只谈台港澳及海外华文文学，有意无意地忽视了中国大陆文学。其立论失据，不难识见。持论者往往用"习惯提法"或"约定俗成"遮蔽此类"不完整"。习惯性焉能取代科学性。更何况上述的"习惯提法""约定俗成"并未被学界普遍接纳。

何谓"世界华文文学"？简约地说，它应是"世界的"：包括中国和"海外"；它应是"华文"的，用"华文"（中文/汉语）创作。

学界一再呼吁重视学科建设。很难设想，基本含义尚未厘清，学术研究能够达致应有的广度和深度。假如继续以"世界华文文学"名之，就不能随意地、率性地转换为"台港澳暨海外华文文学"或"海外华文文学"。

学科的科学界定，是学科建设科学性的第一步，无可回避、无法逾越的第一步。

从"完整"出发。舍此，别无他途。

三

从"完整"出发，呈现在人们面前的将是千姿百态的广阔世界。

青年学者袁勇麟新著《当代汉语散文流变论》，不乏引人注目之处，其一便是它的"完整"。全书架构：导论，当代汉语散文的人文背景；第一章，中国大陆：散文的模式化与多元化；第二章，台湾：这是一个散文的世纪；第三章，港澳：报刊专栏散文的兴衰沉浮；第四章，海外：中华文化的延伸与发展；结束语：一个未被充分注意的重大现象。

这种"完整"，体现了它的涵盖面的宽广，避免了上述令人遗憾的残缺和偏失。更主要的，它着力呈现当代汉语散文流变的合符逻辑性的轨迹，既蕴含各自个性色彩鲜明的特质，又具有区域间的内在的有机联系。

从"完整"走向"准确"，走向"深刻"，越来越多的学人正在进行着类似的建设性的努力。

四

从"完整"出发，将能促进展开学术对话，既求同存异，又存同求异。

在整体观照中，进行各种类型、各个层面等各个局部的比较：同时同地的比较，同时异地的比较，异时同地的比较，异时异地的比较……

比如，从当代美国华文文学的链带抽取几段，将五六十年代台湾"留学生文学"与80年代以来的大陆旅美"新移民文学"加以比较，作品反映的人物奋斗历程、情感世界打上了特定的时代印记。

又如，大陆散文与台湾散文的比较，20年前的状况，10年前的状况，现阶段的状况，其长短得失，各不相同。

再如，澳洲华文作品中，精神归属意义上的文化身份，法律意义上的居民身份，"两种互相区别而又互有联系的指涉"①，在不同年龄层的华人之中有着不同表现。

————————————

① 钱超英：《"'诗人'之'死'"：一个时代的隐喻》，中国社会科学出版社2000年版。

比较研究空间异常开阔。时常都能遇到耐人寻味的课题。三年前的香港文学国际研讨会上，有论者提出："读今天的香港杂文，再回顾30年代鲁迅时期的上海杂文，我们蓦然惊觉：毕竟是半个世纪了。"① 从这里可以引发，香港和上海"双城记"有迹可循的历史背景和"都市文化感性"（李欧梵语）；并可进而剖析"今天的香港杂文"和30年代的上海杂文，各自的特点，包括代表性作家的创作特点，媒体特点，读者特点，等等。

五

"完整"，还体现于世界华文文学与其他语种文学的交流和对话。一些双语写作的华人作家做出各种富于启发意义的尝试。从一定程度上，这便是一种不同文化间的"融合"。

融合并不意味认同。经济全球化的背景下，强势文化挟带经济之威，对弱势文化形成侵蚀、消解之势；但文化多样性以其历史渊源和现实需求，仍然活力充沛，不可能被文化同质性所取代。

学界有人撰文，谈及亨廷顿著《文明的冲突》，以"文明"或"文化"的差异及冲突作为理解世界格局的"范式"，中译本把原著全力强调的"文化个性"，都误译成"文化认同"。② 假如将逐步融合视为被吞噬乃至消亡，无异于将"文化个性"误读为"文化认同"，未免失之于偏颇。

在外力撞击下，求诸自身的，倒是应正视种种弱处和短处，务实而又持续，回应时代的挑战。

（2002 年 10 月）

---

① 黄子程：《百花齐放：八九十年代香港杂文风貌》，《活泼纷繁的香港文学》上册，香港中文大学出版社 1999 年版。

② 河清：《文化个性与"文化认同"》，《读书》1999 年第 9 期。

从 "盲点" 到 "难点"
——也说 "重写文学史"

一、疏漏，近乎荒诞：文坛上的 "全国山河一片红"

临末萌始，各种媒介，各类讲坛，"世纪之交"成为使用频率极高的语词。

回顾百年沧桑，瞻望新世纪，处于特殊的时空交叉点，不能不促使人们更加深切地审视既往，筹划未来。

纪典撰史，形成一股规模空前、影响深远的热潮。

对于这段文学史，存在三种不尽相同的表述：

其一，二十世纪中国文学；

其二，中国新文学；

其三，中国现代文学和当代文学。

时间概念上，二、三叠合，而第一种向前推移，即包含了通常所说的"近代文学"的后 20 年。

然而，不论如何表述，绝大多数的论著和史书，虽冠之以"中国"，几乎不约而同地出现了两类疏漏：

台、港、澳地区文学不见了；

少数民族文学不见了。

先前的暂且不论，时至今日，这类疏漏依旧印证于白纸黑字。作为"全国高等师范专科学校教材"的《中国新文学》①，从第一编"中国新文学的发展历程"，到其后的二至五编（小说、诗歌、戏剧、散文创作），台、港、澳地区竟然一片空白。

类似现象比比皆是，而且人们不以为悖。编著者大多无意之中而致，并非出于观念僵滞有意排拒。陈陈相因沿袭而来的定势和惰性在学术研究界造成广泛影响，甚至连一些以"探索""创新"为职志者亦不能免。

新近读到的一篇文章，提出"全新的命题"：二十世纪中国文学只具有近代性，而不具备现代性。立论的重要依据是："在二十世纪的中国文学史上，我们并未营造出真正成熟的现代文学形态，也缺乏现代文学生长发育的文化环境与现实土壤。"② 该文于"标新立异"时，似乎也在尽量避免失之偏颇，特意点明，并不是说在百年之中，中国毫无现代文学因素可言；但在具体阐述时，却只字不提台、港、澳文学。数十年来，综观台、港、澳文坛，现代文学因素越来越浓厚，焉能漠然视之。仅此一端，也显见该文论断有欠周详。

一方面反复强调台、港、澳是中国不可分割的神圣领土，台、港、澳文学是中国文学的重要组成部分，另一方面却又一而再、再而三地重复众所周知的偏失，"全国山河一片红"似的谬误就这样不断延续着。

二、补缀，远远不够：浑圆像苹果美才完整

鉴于文学史编撰中的严重缺陷，文界时常有人吁请予以正视。

艾青先生曾于多年前为《台湾新文学史初编》作序，言之谆谆："八一年，我在序《台湾诗选》（二）中写过：'美应该是完整的——浑圆像一个苹果，''残缺不全是遗憾。'中国新文学史，没有台湾，

---

① 华东师范大学出版社 1993 年版。

② 《新华文摘》1997 年第 3 期，原载《学术月刊》1996 年第 12 期。

从「盲点」到「难点」

9

怎能算完整？怎不觉遗憾？"①

　　张炯也曾撰文强调，中华各民族文学关系史的研究有待开拓，探究汉族与其他兄弟民族文学的相互影响需要做许多细致的工作，否则，就不可能产生真正的完整意义的中华文学史。②

　　为了这种"完整"，近些年不少学者从不同角度孜孜矻矻，不懈努力。《二十世纪中国两岸文学史》③ 的出现，显示了初步的劳绩。编者期许，把关于台湾文学、东北沦陷区文学的研究成果，"用文学史教材的形式把它们肯定下来，也许是对新文学史内容的扩展和开拓"。从"五四"到中华人民共和国成立，几个大的时段，均列专章"沦陷区文学"，分述台湾和东北新文学。若论填补空白，倒也不失为"扩展和开拓"。不过，历史的扫描到了中叶即戛然而止，名曰"二十世纪"，其实不副。至于"两岸文学史"的命名，不妥之处显而易见。据编者称，此书定名出自王瑶先生的建议。感情色彩浓烈，科学依据不足。"吾爱吾师，吾更爱真理。"学术研究的基石在于科学精神，别的无法替代。

　　返顾前瞻，置于历史的坐标上，评断长短、得失，不能不顾及时间因素在其中所起的作用。"扩展和开拓"的尝试，难免不够周全，或尚可理解；而今日面对《二十世纪中国文学大典》，④ 惶惑和失望油然而生，显得格外沉重了。这部"大典"，全套三卷，累计二百多万字，按年份，分为"创作""理论批评""译文""作家活动""文坛纪事""文化要录""社会背景"七大类。第三卷（1966－1994），于年前才出版。经年累月，论史料的把握，可能较前充实、丰富得多。既为"大典"，理应"完整"地呈现包括台、港、澳在内的中国

---

　　①　陈公仲、汪义生：《台湾新文学初编》，江西人民出版社1989年版。
　　②　张炯：《重写文学史中的方法论问题》，载《文学的攀登与选择》，海峡文艺出版社1997年版。
　　③　辽宁大学出版社，1988年版。
　　④　陈鸣树主编，上海教育出版社1996年版。

文学事业发展进程的全貌。适与其反，人们看到的，依然是残缺不全的景观。1949 年后的香港、澳门，几乎是"白茫茫大地一片真干净"。反观台湾文坛，"理论批评""译文""作家活动"等部分，寥寥无几，"创作"部分时断时续，偶有记载，那也是百不及一：多数年份同样未置一词。"大典"的权威性不能不受到影响。

东鳞西爪式的补缀，与全景的恢宏展示，与庄重、审慎的纪典撰史相去甚远。

三、"重写"，势所必然：从"盲点"到"难点"

滔滔"世纪潮"中，"大系""经典"之类作品选本和各种史著接踵而来，令人目不暇接。10 卷本《中华文学通史》① 尤其引人注目。主持者认为，这是第一部完整意义的中华文学通史，是集大成的中国文学史。内容上不再限于汉族，还包括 55 个少数民族；不再囿于祖国大陆，还涵盖台湾、香港、澳门。② 从这一意义上，《中华文学通史》已为"重写文学史"的必要性和可能性做出了肯定的回答。

代表性作品集大成，形成另一热点。《百年中国文学经典》和《中国百年文学经典》③ 问世不久，迅即备受关注。

作品分别列入两部"经典"（1949－1996）的台湾、香港作家赫然在目：

《百年中国文学经典》——

诗歌：徐訏、郑愁予、痖弦、洛夫、犁青、纪弦、夐虹、管管；

散文：郭枫、琦君、许达然、龙应台、余光中、简媜、台静农、

---

① 中国社会科学院文学研究所、少数民族文学研究所编写，张炯主编，华艺出版社 1997 年出版。

② 载于 1997 年 10 月 15 日《中华读书报》。

③ 谢冕、钱理群主编，北京大学出版社出版；谢冕、孟繁华主编，海天出版社出版。

小说：张爱玲、钟理和、林海音、琦君、孟瑶、艾雯、聂华苓、杨念慈、彭歌、朱西宁、高阳、杨海宴、司马中原、段彩华、白先勇、陈映真、金庸。

《中国百年文学经典》——

诗歌：高准、罗门、洛夫、痖弦、余光中、郑愁予；

散文：龙应台、三毛、余光中；

短篇小说：白先勇。

前一部"经典"中，台湾、香港作家作品占有不小的比例，在中国二十世纪文学史上所处的应有地位得到一定的体现。但二战后出生的作家只有龙应台、简媜两人，太寂寥了！

后一部"经典"似嫌过苛，选择面窄了。

编者自有编者的苦衷。百年中国，但见多少文人墨客！入"典"者毕竟是极少数中的极少数。问题在于，人们看到的一些落选者，如王鼎钧、刘以鬯、董桥、西西、也斯、杨牧、张晓风、李昂、张大春、阿盛等，若与入"典"者比肩而立，毫不逊色，他们的不少佳作脍炙人口，堪称"经典"之作！"出""入"之间，尺度如何掌握？

担心不是多余的。号称"悠悠百年史，煌煌百卷书"的《中国新文学大系》，第四辑（1949－1976）20卷即将与读者见面。先后读到四个分卷序言，① 对台、港、澳地区文学，或决然不提（报告文学卷序，作者徐迟），或捎带一段（小说卷序，作者为王蒙和袁鹰），或另行列节阐析（文学理论卷序，作者冯牧、王又平）。选目不详。从绪论推及，分量恐怕相当有限。

处于局部的位置，荟文修史比较从容。一旦交会，融入整体，"重写"的难处立刻凸显。从个别内在的辨析，到相互之间的比较，从品位高下的判定，到质量优劣的取舍，无不反映观念、方法的某些差异。平等、率直的"对话"——沟通，越来越紧迫了。无论作品

---

① 分载于《小说界》1996年第6期、1997年第4期。

的选择还是作家的评价，大多涉及种种难以回避的实质性问题，诸如"中心文化"与"边缘文化"，文化中心的一元与多元，文学的主流与支流，等等，亟须调整视角，理解得宽泛一些。

百年中国的滚滚大潮中，台、港、澳地区的特殊的历史遭遇，造就了特殊形态的台、港、澳文学。这是一种客观存在。在某些特殊的时空区段，这种存在分外清晰地凸显出来，为人们所认识。九七回归为恰如其分地评估香港文学，便提供了这样的历史契机。

香港文化（包括香港文学）长期被视为"边缘文化"。这固然是由于它的地理区位，处于华南一隅，同时也由于它的政治区位，处于国共对峙的另一端。有论者存疑：香港回归之后，如何看待这个国际大都会？是中国的"边缘文化"或"边区文化"，抑或"中原文化"或"中心文化"？[1] 随着环境的演迁、时代条件的改变，"中心文化"与"边缘文化"早已并继续在不断地转化，界限越来越模糊，二者之间绝不是孤立、静止、凝固的，一成不变的。

香港所处位置的独特性，决定了香港文学所起作用的重要性。香港处于"中外联属"的交汇点，又处于"一国两制"的交融点。在日益强盛的全球化趋势下，作为"窗口"和"桥梁"，它在海内外文化交流中将发挥越来越大的作用。它所提供的"香港经验"，比如"都市文化"的多样性，民族文化与外来文化的冲撞与融汇，雅文化与俗文化、"精英文化"与大众文化的对立统一，给人诸多有益的启示；又如商品文化乃至极端感官文化的流弊，极富警戒作用。香港文学的发展进程，从理念到实践，对于整个中国文学、对于世界华文文学带有不同程度的"预演"和"先行"的意义。

行行复行行。世纪之交，此时此境，也许人们终于能够以前所未有的胸襟和识见，告别既往，走向未来。

（1997 年 11 月）

---

[1] 郑赤琰：《香港启示录》，香港《二十一世纪》1997 年 6 月号。

附： 致 Z 老师的信

（注：本人在报刊撰文《从"盲点"到"难点"》，曾有学者来函商榷，笔者当即作复。现将复信附录于下，表明，学术问题之探究，宜开放，宜包容。）

Z 老师：

您好！

大札敬悉。我的那篇小文是参加一个研讨会提交的论文。从事本职工作有感而发，意在吁请重视台港澳文学的研究和介绍，强调中国文学的"完整性"。对于大著，所涉义字，充分肯定这一对"新文学史内容的扩展和开拓"，肯定为这种"完整"所做的可贵努力。同时，对于个人所以为的不足，也表明了不同看法。

对大陆和台港的相互关系的表述，有一种称谓，叫"两岸三地"。据我所知，有关方面对此表示异议，不赞成采用"两岸三地"的提法，以免造成"对等实体"的错觉。也许有些人不太在意，或不了解内情，一些文化研讨活动，经贸商业活动，仍时或见到这类提法，但见诸专门著作，审慎为宜，由于历史的原因，两岸长期阻隔；而作为统一的国家，分裂状态当然是极不正常的。

进行历史的回顾时，需将其作为中国现、当代文学不可分割的有机组成部分，从整体格局上观照台湾文学。有论者认为："台湾文学随着社会变动所发生的变化与大陆本土现代文学的发展颇为相似。它们出于同一文化母体，属于同一文学传统的事实也就不说自明了，说台湾文学的发展史纳入中国文学史之内也就属于重写文学史的题中应有之义了。"（李子云文，《上海文论》1989年第6期）大著实质上属于中国现代文学史范畴。有无必要引人注目地、强化地凸显"两岸文学"？

我觉得，大著并没有在"两岸"相互间关系方面多费笔墨。比如，"五四"文学运动对台湾文坛的具体影响，大著的相关描述比较简略，又如，抗战胜利后（1945－1949），大批作家相继赴台，开展文化活动，推动文学创作，在台湾文坛上形成不小影响，大著于此来予涉笔，等等。

改革开放以来，台湾海峡的坚冰逐步消融。学术界不少专家、学者（包括一些德高望重的老前辈）对增进大陆和台湾的交流，推进祖国统一大业，倾注了极大的热情。这种良善的愿望和情感，无疑值得敬重。对待一些具体问题，则似应注重科学性，按自身的客观规律办事。

我所见到的大著，只有正篇，未见续篇。续篇中对"两岸文学"如何反映，不得而知，小文未曾论及。虽事系有因，不过，似此未免有欠周全，甚疚。

我是"老三届"的一分子，20年前调到省城工作，在编辑岗位上才上了电大，孙绍振先生是我的老师。我们省有个台港暨海外华文文学研究会，刘登翰先生是会长，我也有所参与。他们都是我尊敬的师长。汪毅夫先生是多年的朋友。大札提及他们，备感亲切，我对北大中文系"55级"学者的突出成就，由衷钦敬。这次小文"冒犯"，确乎偶然所致。以往，竟日埋首于琐细工作事务，深感"人不敷出"。近年开始对台、港、澳及海外华文文学试探性地进行研究，撰写有关文章，包括那篇小文，即是一种切实参与的方式，也是一种求教方家的途径。恕我冒昧，以"老师"相称，这确是本人求知心愿的剖示。请多赐教。

谨此。

大安！

杨际岚

1998年6月12日

源远流长

——关于中华文化及海外华文文学的几点思考

橘生淮南则为橘，生于淮北则为枳。

——《晏子春秋》

一

二十多年前，一场文学座谈会。话题：海外作家的本土性。

1985 年 11 月 16 日。纽约市立大学文学院。

陈若曦、张错、杨牧等主讲。

何谓"海外"？

大多认为，"海外"，相对于"海内"，泛指世界上在中国以外的所有地区。

何谓"本土性"？

张系国：本土性应指"根深蒂固的对故乡之爱"。

丛甦：本土性"广泛解释为'中国人意识'与'中国意识'"。

洪铭水："对任何一个以中文为表达工具的作家而言，语言文字这一关，就已注定其内在的本土性。"

情感（乡情）；意识；语言文字。均根植于故土（中国）。故土决定"本土性"。

陈若曦认为，作者生长或生活之社会环境在作品中之反映，构成地方意识或地方色彩，即所谓本土性；特殊的中国情绪，为作家本土性的最大根源。并指出，因为题材的关系，本土性又赋有新一层的意义。"海外作家选择的新土，长期居住下来，也成为日久生情、日渐熟悉的环境。以现实环境作为素材，也是顺理成章之事。这一来，本土性更具备了故土和新土的双重意义，两者往往掺杂交融，进而合为一体"。

故土（中国），新土（居住国）。"本土性"，具备故土和新土的双重意义。

杨牧主张换个角度，从精神上讨论这个问题。他指出："地理上远离现实华人社会固然是海外，精神上远离了理性人生的，更是一种海外现象。"杨牧直言，"我自觉精神上是接近理性人生的接近现实华人社会的……何'海外'之有？"

"本土"，抑或"海外"，不仅视乎"地理"，尤其关乎"精神"。

对于"本土性"，基本上存在以上三种不同观点。

我原先倾向于第一种看法。

而今，转换角度看，陈若曦和杨牧的见解也不无可取之处。

杨牧强调，不断鞭策自己的，"是如何正确地掌握日常生活的特殊和一般文学奥义间之平衡，追求文学的现实功能和超越价值"，换言之，"文学还要批判现实，净化心理，提升我们的精神层次，提出明天的道路"。

陈若曦自称"现实主义的本土主义者"："身居海外，我不愿忘怀故土，但是主张多写新土，我愿意记录并反映同胞扎根新土的奋斗，把对故土的缅怀化为对新土的耕耘。"①

从创作思想到创作实践，颇具借鉴意义。

---

① 《海外作家的本土性》，原载美国《中报》月刊总第73期，《台港文学选刊》1986年第6期转载。

这一直是个热门话题。关于新世纪。关于新世纪中华文化在国际上的地位和作用。

如何估衡中华文化所处的位置，存在大相径庭的观点。其一为由来已久的"西方文化中心论"，或隐或现地贬低和排斥包括中华文化在内的"异己"。另执一端者，颇有与此分庭抗礼之势，如，断言"儒家正在复兴"，儒家思想"即将成为21世纪的管理主流"，"儒家复兴，可能成为21世纪世界文化中心"；① 又如，预测中华文化将要复兴，"这种文化复兴不仅是一族一种的光荣，而是关乎全人类的未来"。② 此一偏向。彼亦一偏向。

返顾而前瞻，无妨转换视角，将视野拓宽一些。痖弦曾在《台湾文艺思潮》一文中，对文艺思潮多元并存的状况做了一番阐释：早年主张"横的移植"的国际化，重视"纵的继承"的民族化，以及稍后强调乡土情怀的本土化，三者的界限渐趋模糊，加速了不同文化观点交集、融合的速度。③ 此处所说的"本土化"，带有特定的地区性的色彩，与前文论及的"本土性"含义不同。而"国际化"的、"民族化"的因素，无论中华文化的哪一层面和哪一区域，都有不同程度、不同形式的表现。这里说的"国际化"，实质上主要是工业文明背景的以美国为代表的西方文化；至于"民族化"，则指农业文明背景的我国传统文化。妄自菲薄也罢，"唯我独尊"也罢，势必导致滑入极端，或是"食洋不化"，或是"食古不化"。

作为中华文化的重要组成部分，华文文学从中国本土走向世界，

---

① 转引自《中国文化与世界》第3辑，上海外语教育出版社1995年版，第37页。

② 转引自《交锋》，今日中国出版社1998年版，第375页。

③ 转引自《新华文摘》，1996年第2期，第169页。

屡经周折，在美、欧、澳、东南亚以及其他地区蓬勃发展，异彩纷呈，形成跨越国界和地域的国际性的文化现象。面对纷纭多姿的中华文化的大千世界，既看到其共通性的一面，又看到其多样化的一面，才能理性地认识各自所处的位置，以及所担当的角色。

千百万华人休养生息于世界各地。既是"华人世界"中的炎黄子孙，也是"地球村"里的公民。拓荒垦殖的艰辛历程，斑斓多姿的异域风情，文化认同的诸般困惑，乃至种族、人权、生态等世界性问题，一一进入广阔的视野，流泻于笔端，探讨人性，剖析人生，孜孜矻矻，卓然蔚为大观。海外华文文学已不再囿拘于原有意义上的"乡愁文学"或"留学生文学"了。同理，也无法以"新移民文学"全部涵盖。

海外华人作家既是传统的，也是现代的。一端植入久远的中华文化传统，另一端吮吸着日新月异的现代文明成果。由于心灵深处烙印的故土情怀，文化素养累积的基础，往往情难自抑地运用熟稔的中国文学的多种文体抒发自身的心绪和希冀。同时，新思潮、新观念纷至沓来，思维方式融入了现代成分，批判理念的、实验性质的、前卫风格的作品在在可见，体现了当今多元化的海外文化。

天，地，人——假如移用当年那部交响乐之题，迎视海外华文文学，或将有助于认识其无可替代的作用与价值。新旧世纪的交叉点。东西方的汇聚点。海外华文文学所能提供的，远比已经提供的多得多，犹如当年那个座谈会上发言者之一洪铭水所表示的："我们将可以期待愈来愈多的作家以海峡两岸的读者群作为对象而写出他们的作品。我们更期待愈来愈多的海外作家在题材上能跳出知识分子的圈子，而且有能耐去探索包括唐人街在内的更大的华人世界。透过身边特殊的环境所挖掘出来的，必定更具有特色，更富有意义。"①

---

① 《海外作家的本土性》，美国《中报》月刊总第73期。《台港文学选刊》1986年第6期转载。

三

此篇小稿，写于数年前，而今翻检，尚有某些未尽之意，于此略述一二。

其一

时至今日，议论中华文化的价值和意义，流播和影响，地位和作用，等等，似宜持更加开阔的视野，更加包容的襟怀。

早在"五四"启蒙主义的发端期，鲁迅就在《文化偏至论》中强调："外之既不后于世界之思潮，内之仍弗失固有之血脉，取今复古，别立新宗。"①

一方面，"不后于世界之思潮"，另一方面，"弗失固有之血脉"，二者间，达至均衡和融通。

其二

有一种观点认为，纵观历史，秦之后，中国封建社会长期实行文化专制主义，中华文化虽受到严重压抑和束缚，但仍"长久保持活性和活力"。返顾中西文化历史演进的基本线路，二者有显著区别。在西方，"主要表现为后起的思想通过辩证的否定取代前面的思想"，整个进程呈线型链条。然而，中国传统文化更多的是"通过传承特别是通过吸引和包容其他异质的文化体系来实现自身发展"。② 这种看法，有其合理性。"二分法"，走极端，非此即彼，必然趋于疏离和对立。"和而不同"，方能立于不败之地。

其三

从"落叶归根"到"落地生根"，已成为人们对于现阶段海外华

---

① 鲁迅：《文化偏至论》，《鲁迅全集》，人民文学出版社。
② 左亚文、李铭：《中华文化生成和发展的空间条件》，《理论探讨》2011 年第 5 期。

文文学的普泛性的描述。"落地"之后，或挺拔苍茏，或曲虬旁逸，或枯削委顿，各有不同。探触其人性之幽，描绘其跋涉之艰，自成其千姿百态的样貌。

无论"向后看"，抚疗旧疾，抑或向前看，瞻望去路，俱为人生之必然。且说"向内看"，叩击心灵，或是向外看，俯仰大千，皆成酣畅淋漓的笔底世界。

海外华文文学之今日煌煌可观，之明日殷殷可期。

（2012 年）

和而不同，兼容并包

——21 世纪中华文化使命谈片

如何估衡中华文化在国际上所处的位置，存在大相径庭的观点。其一是由来已久的"西方文化中心论"，贬低和排斥包括中华文化在内的"异己"。另执一端者，颇有与此分庭抗礼之势，如，断言"儒家正在复兴"，儒家思想"即将成为 21 世纪的管理主流"，"儒家复兴，可能成为 21 世纪世界文化中心"，[①] 又如，预测中华文化将要复兴，"这种文化复兴不仅是一族一种的光荣，而是关乎全人类的未来"。[②] 此亦一中心，彼亦一中心。从一种偏见走向另一种偏见。能否跳出二元对立的怪圈，挣脱人为的桎梏？

处于世纪更替的交叉点上，顾后而瞻前，无妨将视角转换一下，将视野拓宽一些。台湾作家痖弦先生曾在《台湾文艺思潮回顾》一文中，对文艺思潮多元并存的状况做了一番剖析和阐述，不无启发意义。他指出，早年主张"横的移植"的国际化，重视"纵的继承"的民族化，以及稍后强调乡土情怀的本土化，三者的界限渐趋模糊，加速了不同文学观点交集、融合的速度。[③] 假如推而广之，或许能够得出这样的结论：无论中华文化的哪一层面，文艺创作的哪一门类，

---

① 转引自《中国文化与世界》第三辑第 37 页，上海外语教育出版社 1995 年版。

② 转引自《交锋》第 375 页，今日中国出版社 1998 年版。

③ 转引自《新华文摘》，1996 年第 2 期第 169 页。

所谓国际化的、民族化的和本土化的元素，都有不同程度、不同形式的表现。此处所说的"国际化"，实质上主要是工业文明背景的西方文化；而"民族化"，则指农业文明背景的传统文化；至于"本土化"，更多地带有区域性的色彩。"唯我独尊"，势必导致滑入极端，或是"食洋不化"，或是"食古不化"，或是"食土不化"（暂用此词）。近时，北京大学建校百年纪念，引起世人瞩目。当年蔡元培先生所倡导的"兼容并包"的精神，历久弥新。看待中华文化这复合体，同样需要"和而不同"，"兼容并包"。

和而不同，兼容并包，既是基于对现实的尊重和理解，更是着眼于未来，恰如其分地担当起在21世纪中扮演的角色。

——跨入新纪元，围绕"两大主题"：和平和发展，在精神文化领域充分地实行"古为今用，洋为中用""百花齐放，百家争鸣"，营造谐调的时代氛围和人文环境。

——跨入新纪元，围绕"三个面向"："面向现代化，面向世界，面向未来"，汲取一切文明养分，以塑造"人的现代化"，最大限度地发掘人的潜能，从而提升生命质量，实现自我价值，在以人为本上，求取"仁治"和"法治"的统一。

中华文化源远流长，广被普植，华人聚居地影响尤甚。这些地区历史遭遇不同，现实状况不同，政治、经济条件也存在一定的差异，相互间的文化交流显得格外重要。

早在1984年7月，时任福建省委书记项南，为《台港文学选刊》撰写代发刊词《窗口和纽带》，提出："如何促使不同制度、不同社会的人增进了解，消除隔阂，求同存异，进而融会贯通，和谐默契？文化的交流，可能是一个较好的途径。"消除隔阂，求同存异，融会贯通，和谐默契，是累积性递进的过程，一个必要的前提是"增进了解"，一个较好的途径则是文化的交流。且以《台港文学选刊》办刊实践为例。我刊创办14年来，先后介绍了一千多位台港澳及海外华文作家的一千六百多万字作品，在海内外文化交流中发挥了积极作用。台湾知名作家朱西宁曾致函《台港文学选刊》，诉说真切的感受："捧阅贵刊，对台港文学作家的尊重与友好，最令人心悦，彼此本是同根所生而又在文学中超乎时空的神交，共同为中国文学开花结果，献上各自的心力，本该是人世间最美最真最善的好事，这样也才是我们中华民族伟大的希望所在，贵刊如此费心费力的经之营之，令人不能不由衷的致以至深的敬意。"以文会友，潜移默化，"在文学中超乎时空的神交"，其影响和作用越来越显现出来。透过这扇"窗口"，人们得以一览斑斓夺目的文坛风景线。台、港、澳和大陆文学同根同源；由于历史的原因，一个时期以来分流而行，呈现出个性差异；而今又相互撞击、融汇，渐显整合之势。华文文学从中国本土走向世界，屡经周折，在东南亚、北美、西欧以及其他地区蓬勃发展，异彩纷呈，是一种跨越国界和地域的国际性的文化现象。面对纷繁多姿的中华文化的大千世界，既看到其共通性的一面，又看到其多样化的一面，才能客观地认识各自所处的位置，以及所担当的角色。

滔滔世纪潮中，台、港、澳地区的特殊的历史遭际，造就了特殊形态的台、港、澳文化。这是一种客观存在。在某些特殊的时空区位，这种存在分外清晰地为人们所认识。比如，九七回归为客观评估香港文化，便提供了这样的历史契机。香港处于"中外联属"的交汇点，又处于"一国两制"的交融点。在日益强盛的全球化趋势下，作为"窗口"和"桥梁"，它在推动中华文化和世界文化的交流中已起和将起的作用无可替代。它所提供的"香港经验"，如"都市文化"的多重叠合，民族文化与外来文化的碰撞交融，雅文化与俗文化、"精英文化"与大众文化的对立统一，给人诸多有益的启示；又如商品文化乃至极端感官文化的流弊，极富警戒作用。香港文化的发展进程，从理论到实践，对于整个中华文化带有不同程度的"预演"和"先行"的意义。"他山之石，可以攻玉"，各个地区间，各种艺术门类间，亟须展开平等、深入的"对话"，从礼仪层面真正进入学术层面，相互借鉴经验，兴利除弊，扬长避短，将中华文化精华融入时代发展大潮。

（1998 年）

交汇点上： 期望超越

二十一世纪晨曦乍现。"世纪之交"云云，时间的意味显得格外浓郁起来。

人们似乎迫不及待地在为历史"盘点"。获得的，失去的；需要保留的，准备舍弃的……

也许，果真来到了交汇点。《期望超越》，第十一届世界华文文学国际研讨会暨第二届海内外潮人作家作品国际研讨会论文集，正如这书名，恰如其分地体现了不少学人的热切愿望和不懈追求。

此次研讨会由汕头市政府、汕头大学于2000年11月25日至27日联合在汕头举行。来自北京、广东、福建、上海、山东、安徽、江苏、江西、湖北、山西、天津、重庆和香港、台湾等地，以及美国、澳大利亚、新西兰、日本、韩国、菲律宾、泰国、新加坡、马来西亚等国的一百五十多位学者、作家汇聚一堂，热烈而又坦诚地展开学术交谈。

同往届研讨会相似，与会境外代表多为作家（自然不乏兼具作家与学者双重身份者）。出席此次盛会的，便有不少著述颇丰的知名作家，如香港的曾敏之、陶然、东瑞、王一桃、陈娟、王璞等，美国的非马、潘郁琦、柯振中、少君，东南亚的司马攻、骆明、黄孟文、蓉子、云鹤、江一涯、柯清淡、谢馨，等等。他们对于现代人文环境之中的华文文学的现实状况和发展前景，感受尤其深切；发言中无不表达了健步迈向新纪元的信念和执着——在全球化的背景下继续坚持华文文学的文化个性，奋力耕耘华族的"精神家园"。

"期望超越"，一个重要方面在于期望思想观念和研究方法的超越。有位资深名重的社会学界前辈近年曾撰文主张进行学术反思，获取文化自觉，以达到文化交流。五十六万字的大会论文集《期望超越》（花城出版社出版），为期三天的研讨活动，确乎透出这种从反思到文化自觉，求取平等对话、深入交流的讯息。会议主要议题为：1. 开拓世界华文文学研究新局面；2. 海外华文作家主体与文化身份研究；3. 海外华文文学的生存与发展；4. 区域性华文文学研究；5. 潮汕文化与潮人作家作品研究。众多与会学者对于拓宽视野、深化研究表现出浓厚的兴趣。饶芃子（暨南大学）主张，将海外华文文学的研究，与比较文化的穿透性视野相交、贯通，从而为二者提供一个共同的文化与文学研究结合的新视点。朱双一（厦门大学）认为，世界华文文学应是包括中国内地、台港澳和海外所有以汉语创作文学在内的语种文学概念。他从"华文文本与西方文本中'中国'呈现的差异""变形的必然：西方思潮和理论的中国化""华文文学的'身份'表现和美学标志"等方面做了阐述。肖成（福建社科院）针对她所说的海外华文文学及其研究的"边缘地位"和"无根情结"，就如何提升研究水平，发表了个人见解：从文化人类学的视角切入，推进各国、各地区间的华文文学进行多元、多层次、多角度的全面的"文化对话"。

来路漫漫二十载。在台港澳暨海外华文文学研究这方园地上，留下了栉风沐雨的"开荒牛"的足迹，活跃着许多继起者的坚毅的身影。尤为可喜的是，近几年，一批年轻学子挟带奔突的活力和锐气，投注于此。可谓"三代同堂"。开幕式上，曾敏之和张炯（中国作协）等致辞，饶芃子做主题发言；闭幕式上，刘登翰（福建社科院）、古远清（中南财经政法大学）、黄万华（山东大学）和李安东（复旦大学）相继发言，不无象征意味。倘若说是"世代交替"，倒不如说是"世代交汇"，前行代、中生代和新生代齐心戮力，共同开创世界华文文学研究的新局面。

（2001 年 1 月）

横弥断裂　纵续绵延

　　我谈一个点，从一个点看两岸文化交流，就是我服务多年的《台港文学选刊》，论题是《横弥断裂　纵续绵延》。断裂，是指两岸过去因为多种原因造成隔阂，有一段时间两边由于政治对峙导致文化阻隔。我们这家刊物创办于1984年，今年整整30年，所做工作，概括起来就是论题的八个字：横弥断裂，纵续绵延。中华文化源远流长，绵延五千年。我们是作为小小的见证，见证了这个历史进程。

　　其一，是从长度说到厚度。30年来中国大陆、台港澳及海外华人社会无论是政治生态还是文化环境全都发生了难以言表的巨大变化。厚度，是从大陆延伸到台湾香港，后来延伸到澳门，再到海外。学术界有个用语叫作"世界华文文学"，我们推介的对象，基本上就是这些方面，厚度加大了。范围扩大，类别增加，一方面，刊物主体是创作，同时也注意到评论与理论研究。领域扩展，从文学相应扩展到文化。

　　其二，是从横向说到纵向。我们所做的是，"文学地理"，体现了完整性。过去不完整，有一段时间说中国当代文学，其实只讲大陆文学，少了台港澳，现在较为完整了。纵向是文学历史，体现了连贯性，不再是中间人为中断了。既连成一片，完整了；也串成一线，连贯了。我们的工作虽然只是办一份刊物，但体现了以小见大，看到了一个大时代。有一些台港澳海外作家，曾不约而同，谈了一些意见，这里我引几段话。诗人北岛说，汉字是他"唯一的行李"。小说家白先勇说，汉字是他对中国的"全部记忆"。有的说，流传百世的汉字汉语是我们华人同胞的基因。有的又说，中文在握就是故乡在握，能用汉字写作便可回到原乡。有的还说，学习把汉字钉入鞋底走路，老老实实地走下去，直到生命终结。这些话语是发自内心的，中华文化是生命中的基因，怎么可能"去中国化"？还有一位台湾名家说过，我怎么能够认同李白、杜甫、屈原居然变成外国人呢？我们的刊物特性体现了三个元素：选刊、文学、台港。当时刊物创办时，时任福建省委书记项南曾撰写代发刊词《窗口和纽带》。他指出：如何促使不同制度、不同社会的人增进了解，消除隔阂，求同存异，进而融会贯通，和谐默契，文化的交流可能是最好的途径。无论是追溯往事还是展望未来，我们都会发现共同之处远比差异点多得多。

我提点建议。大陆和台港澳文化交流互鉴应该办一些可操作的项目。以文学为例。世纪之交时，大陆、台港澳都有评选文学经典。不仅古代，经过时间和读者的考验，现当代文学也可以开始经典化。经典怎么传播和推广？共同走出去，像习近平主席所说，中华优秀文化是中华民族的精神命脉。可以经典进校园、进社区，也可以翻译出版，向外推广。特别是翻译出版，现在仍是极大的软肋。莫言获诺贝尔奖不但是因为自己有好作品，翻译也起到不可或缺的助推作用。现在有好作品，但没有好翻译。

（2014 年 6 月）

注：此文是在一次文化座谈会上的发言记录。

母语书写和文化传承

在"规定动作"之前，我花两三分钟表达一种心情，因为这是首届海峡两岸以及港澳文学论坛。在福建我们原来办过海峡两岸作家论坛，也是首届。两个论坛都比较有特殊意义。特殊意义是我们设定的这些议题都很有内涵，而且展开的空间也比较大。我首先想表达一下作为办刊人的心情。

《台港文学选刊》一晃30年了！时间过得真快。回过头来看，当时那种状况办这个刊物，对于我们来讲，真的有点初生牛犊不怕虎，匆忙上阵。当然，后来产生两个方面的疑问。台湾方面的朋友熟悉了以后，似乎暗示说是否承担"统战"任务？大陆这边朋友也说你搞台港文学，港台的东西赚钱，是不是想"发洋财"？其实都不是。没有一个跟我们交代过这方面的任何一项任务，非常纯粹。我想，那个时代真的叫作黄金时代，80年代上半叶，大陆整个文坛气象现在还是很怀念，非常纯粹，为文学而文学，完全是这种心态。如果往大处说，我们办的刊物在福建，当时主政福建的叫项南，是非常开明的，我觉得他水平高，眼界开阔，1984年，他替我们刊物写代发刊词《窗口和纽带》，瞭望台湾社会的文学窗口，联系海峡两岸的文化纽带。

我们的刊物，如果说，做了一点事情，从大处讲，文学地理上就比较完整了。在大陆，曾经很长一段时间讲中国文学，中国当代文学如何如何，其实只是讲大陆，把台港澳丢在一边，不完整，现在终于完整了。而且从文学历史上看，中国当代文学史到这部分，过去中断了，现在也连贯了。总之，文学历史是连贯的，文学地理是完整的，所以做的工作虽然是微乎其微，但是我们自己也觉得好像是有点意义。

我们办这个刊物，也比较特别。当然是体制内人，工资是国家财政给的，但是办刊经费一分钱没有。刚开始的时候刊物比较热销，本身能赚钱，后来慢慢地不行了。现在文学纸质媒体没有多少真正赚钱。我们既不是出于"统战需要"，也不是主要考虑市场。当时还没有这个市场的特别的意识，要去"捞钱"。所以我们基本定位还是纯文学为主，似乎自命清高，"自己跟自己过不去"。所以开始时可以，后来刊物发行量减少了，现在就很难了。叫作体制内职能，做的事情好像是主流外之事。现在上下似乎比较重视，就是海峡两岸以及港澳的文化交流，文学交流，但是在一些人眼里，这也不算"主流"。体制内职能，办主流外之事，很尴尬。

回到正题，为什么报这个题目，谈文学评奖？因为办《台港文学选刊》，最开始接触的就是台湾两大奖，台湾联合报和中国时报文学奖。我觉得这在中国当代文学发展中功不可没，影响非常大，而且非常透明。我们当时看了眼睛一亮。评委的名单公布在那里，然后你投票也公布在那里，评委你评谁的全在那里公开，后面还有评委的短评，作者的感言。所以我们经常选登获奖作品，包括在座的一些作家也曾经选登，稿费也留着，过去有的因为没有联系的方式，没有及时支付，很抱歉。

透明方面，过去做得不太到位。现在评奖，有点学人家的样，是否学得像就很难说了，因为透明不仅是一个程序的公正，主要是价值取向的公正，评断公说公有理，婆说婆有理，各有各的标尺，但是应有一个基本的价值的尺度。为什么有的评奖有不少说法？有说法我觉得很正常。评奖透明度如何，差别太大。所以这个给我留下非常深的印象。

现在回过头来讲文学奖。文学评奖本身就是一种文学生态。它不仅制造文学生态，自己也是文学生态的一部分。不知道其他国家是不是有这么多文学奖？他们少而精的肯定有，西方国家主流肯定也很重视文学奖，更不要说诺贝尔文学奖，我们对诺贝尔文学奖又爱又恨，如果获奖就皆大欢喜，就像莫言获奖，大家就像突然捡了一个宝，也还是比较重视。但是有没有这么多？台湾有这么多的文学奖，按照人口比例，更不用讲按照文学人口的比例，这是少有的，世界上哪一个地区都少有的。文学是很寂寞的，有时候自娱自乐也还是可以的，自己给自己捧场。没有人给你喝彩，我们就给自己捧场，自己给自己壮胆，所以这也是一道风景。我们应尽量地少一些外加的因素，能少则少。现在有些评奖，真的是不太好多说什么，特别是表演类，那叫作"运作"，有点像"功夫在诗外"，创作作品出来之后奔着这个奖那个奖而去，这是公开的秘密，说白了，要找门路，跟评委攀关系之类的，这就远离它的本意了。办文学奖所为何来？另一方面，我们也不要成为市场的奴隶，评奖也不要太多的铜臭气，如果沾了就越来越失去应有的影响。纯粹的写作人对评奖说在乎也还是在乎，说不在乎大家无妨看得淡一点。说在乎，我看到这个与会代表介绍手册，85%以上都写上我获过什么奖，这也是对自己文学创作的某种认可。我们要有文化自信，要当得起这个奖项。你就写上去，名至实归，别人也就会肃然起敬，这个奖非偷非抢，不是靠运作。靠运作的不太光彩，是靠你自身的能耐。所以，说到底，文学奖，也是肯定文学存在一天，文学奖也存续一天，它有它的生命力。但是尽量地要纯洁，净化文学奖，这个被人们视为崇高的文学活动。

最近中国世界华文文学学会办了"文化中国·四海文馨"全球华文散文征文大赛，主题是"相遇文化原乡"，这个大赛也是自己给自己壮胆，其他人不一定太在乎，但是书写者很在乎。我念几段：

> 学习把汉字钉入鞋底走路，老老实实地走下去，直到生命终结……
>
> 只要有人真正热爱她，不论他们来自何国何种族，只有热爱能令汉字的江山不倒，疆界通达四海。

也许我和千百位海外写作者一起，背载中华文化遗产，永远行走在回家的路上，正"建立一座非人工的纪念碑"，以文字"唤醒人们的善良的感情"。

流传百世的汉字汉语是我们华人同胞的基因。有人说中文在握就是故乡在握，能用汉字写作便可回到原乡。因为参赛的多数来自海外，他们坚守母语书写很难得。那更是寂寞的事业，没有掌声，你要出书还得自己掏钱，报刊大都是同仁报刊。靠的是满腔热情，才能一直坚守。只有持续坚守，才能不断传承。

文学不死鸟。

文学生生不息。

（2014 年 10 月）

注：此文系在一次文学论坛上的发言记录。

万花简中

面对纷然杂陈的文学现象，总是有人往往有意无意地以粗线条加以描述。比如，时或见到这样的列式：畅销书→通俗读物→不登大雅之堂。让我们来看一份台湾畅销书榜，再对这种描述的准确与否做出判断。

1989 年 6 月，台湾"久大书香世界"办了一次特展，统计出三十年畅销书榜。十大畅销书依序为：《野火集》（龙应台）、《爱、生活与学习》（利奥·巴士卡力）、《小咪的天空》（凌晨）、《烟雨濛濛》（琼瑶）、《海水正蓝》（张曼娟）、《庭院深深》（琼瑶）、《女强人》（朱秀娟）、《杏林小语》（杏林子）、《雅舍小品》（梁实秋）、《三更有梦书当枕》（琦君）。第 11 至 20 名中，则有《未央歌》（鹿桥）、《紫色菩提》（林清玄）、《无怨的青春》（席慕蓉）、《在水一方》（琼瑶）、《郑愁予诗集》（郑愁予），等等。小说、散文各占 7 种，诗 3 种，励志类 2 种，评论 1 种。出版年份，长者达 40 年，短者为 2 年；版数，多者达 107 版，少者为 49 版。最为畅销的十大女作家，依序为琦君、张晓风、萧飒、琼瑶、杏林子、席慕蓉、爱亚、苏伟贞、杨小云、廖辉英，男作家则是林清玄、张系国、张拓芜、隐地、夏元瑜、王鼎钧、鹿桥、梁实秋、白先勇、王大空。

从个体→类→群体，进行定量→定性→定位，才有可能避免简单化的流弊，才不至于随意、武断地强加于人。

畅销书及其作者，不少应划入人们强调的"严肃文学"的范畴。类似于影视界的"叫好又叫座"。

呈现于眼底的，犹如五颜六色的"万花筒"：

多元化的文化环境，既向纵的历史寻求，也向横的外界探索，所谓"新文化"与"旧文化"，"主文化"与"次文化"，"强势文化"与"弱势文化"，等等，在同一屋檐下，共处互竞；

多品位的消费取向，励志类型的，爱恋题材的，益智色彩的，"萝卜青菜，各有所爱"，珍者自珍，鄙者自鄙，一刀切，为世人所不取，切一刀，听凭阁下自行其便；

多面幅的选择序列，上上下下，高高低低，因时而易，因人而易，一茬一茬的，一波一波的，几近于无序……

非文学的因素，异乎寻常地显示着大大小小的作用。比如，大众媒体的播扬、促销；又如，杂志纷纷趋于封面色彩化，开式大型化，纸张优质化，图书更是自不待言；再如，文学奖的频仍，文学活动的活跃，等等。

那两极，物质消费和文化消费作为社会生活的两极，已经成为毋庸置疑的客观存在。

那二重性，文学作品所具有的精神产品和商品的二重性，越来越充分地向人们呈现。

那双向选择，读者对作家的选择，作家对读者的选择，活脱极了，也严苛极了。

从台港文化市场的现状，反诸大陆，有各自的不同环境，也有或多或少的类似之处，在此不赘。

台港文学与文化消费，它们的特点，它们的由来与趋向，它们相互间的关系，不是一次月谈，一组文章，就能理出头绪的。只是有一点不能不倍加审慎：面临复杂的新问题，切忌简单化的老毛病。

（1990 年 6 月）

足　迹

——返顾《台北评论》

一

"综合性文化刊物"① 《台北评论》于 1987 年 9 月 1 日创刊，1988 年 8 月 1 日休刊，共办 6 期。

《台北评论》编者于创刊时提出，"一再惕励自己要具备辽阔的视野和开放的胸襟"，"企图提升华语世界对于当代人文环境、现象及思想的关切和讨论"。一年之后，编者于《告别的话》表示，希望"这一年来的足迹"，能为"台湾发展史上转捩点的一年"，"做一个坚实而有力的见证"。

《台北评论》② 曾载文，于 1987 年这一年度，列述多项，其中包括：

"政府决定开放民众赴大陆探亲"；

"政府正式宣布解除戒严"；

"政府制定人民团体组织法"；

---

① 《发刊辞》，《台北评论》第 1 期第 1 页。《发刊辞》又称《台北评论》为"泛文化性的杂志"。

② 罗青：《台湾地区后现代状况年表初篇》，《台北评论》第 6 期，第 373 – 383 页。

"新闻局决开放报禁";

"新闻局开放大陆出版品在台发行";

"新闻局赞成广播电视'多语化'";

等等。

以上种种，均可谓"台湾发展史上转捩点"的重要元素；亦构成《台北评论》借以"从台北看台北、看中国乃至全世界"的基点。①

《台北评论》刊行6期，均标示，发行人兼社长：林宏伟。休刊时，《编辑室报告》（告别的话）称，"《台北评论》在光复书局林春辉先生的支持下创刊"（第6期）。

《发刊辞》（署名林春辉）开宗明义：

> 春辉经营文化事业历二十五载，略见规模，深感文化事业之苗壮系乎社会安定、经济繁荣及各界读者的关爱。为回馈社会，年来特筹划"春晖青年文艺奖助金办法"《当代世界小说家读本》，及《台北评论》等三项专案，膺诸社会。

这便是《台北评论》的缘起。

不言而喻，编辑团队是办刊的另一重要因素。

总编辑：前两期为蔡源煌，后四期为罗青。

执行主编：第1期林燿德，第2期林燿德、孟樊、黄智溶，第3期孟樊、黄智溶，第4期至第6期黄智溶。

企划主任：第3期始设，直至第6期，均由林燿德担任。

香港编辑分部主任：第1期、第2期沈励桓，第3期至第6期黄德伟。

本期艺术策划：陈璐茜、王幼嘉（第1期）、纪翔（第2期）。

美术主任：林璐茜（第2期）。

---

① 《编辑室报告》，《台北评论》第1期，第255页。

美术构成：李男设计工作室（第 3 期至第 6 期）。

业务经理：蔡亨茂。

其他工作人员，尚有：执行编辑叶姿麟（第 3 期至第 6 期），助理编辑郭玉文（第 4 期），行政编辑郭玉文（第 5 期、第 6 期）、张碧华（第 6 期）；秘书李台芳（第 1 期）、林惠泽（第 2 期），执行秘书程慧中（第 5 期、第 6 期）。

记录这一切，似在回望这些参与者遗落于来路的深深浅浅的印记，辨析历史转折关头"弄潮儿"们的身影。

《台北评论》为大 32 开，篇幅不一，第 1 期、第 3 期、第 4 期 256 码，第 2 期 288 码，第 5 期 376 码，第 6 期 408 码，容量于 20 万字至 32 万字不等。

常设栏目：

6 期——《当代华文小说系列》，《文化评论》，《编辑室的话》；

5 期——《问题小说研讨会》，《观念对话》，《大师显影》；

4 期——《文学评论》，《专书研讨会》，《纸上艺廊》。

其他栏目：《艺术走廊》（第 1 期）、《特别推荐》（第 4 期～第 6 期）、《文化现场》（第 4 期、第 6 期）、《开卷诗》（第 5 期、第 6 期）、《艺术》（第 6 期）。

另有多个专辑、特辑：《叶曙明专辑》（第 2 期），《艺术史专辑》（第 5 期、第 6 期），《当代诗专辑》；特辑《从古典小说看中国女性》（第 3 期）、《女性与空间》（第 6 期）。

从这些栏目的选择和实施，《台北评论》的编辑风格清晰地呈现出来。

二

创作是《台北评论》总体安排的重点。

前述光复书局三项专案相互关联。基于发展理念和项目运作，小说创作居于突出位置。

《当代华文小说系列》贯串始终。连同《叶曙明专辑》，6 期计发 13 篇短篇小说、1 篇长篇小说。杨志军《环湖崩溃》分为 4 期连载。《叶曙明专辑》刊有编者导言、小说 3 篇、专访、小传、著作年表。二者都是年仅 30 岁的大陆作家。"系列"中，还包括香港钟晓阳《姑娘》（司马中原导读）和马来西亚温瑞安《伤指》。其他均为台湾作家。第 1 期：张大春《如果林秀雄》（林燿德导读）。第 2 期：郑宝娟《有一个女人》（编辑部附评）。第 3 期：许台英《白帕》（陈达成导读），叶姿麟《终身》（郑明娳导读）。第 4 期：罗位育《嘿，说故事的人》（郑明娳导读）。第 5 期：今灵《蚂蚁》（黄凡导读），王幼华《热爱》（方凤导读）。第 6 期：褚士莹《台北惊蛰》。

发刊伊始，编者曾就该专栏说明，"将兼容当代大陆、台、港、南洋华文小说创作及评论"，不仅是做持续性的创作展示，也提供不同区域的华文作家们"交流、较劲的机会"。有论者谈及台湾文坛影响颇大的《中国时报》与《联合报》文学奖，将奖项颁予大陆、香港以及海外华文作家，称之为："它们都带着相当程度的中华性，都企图突破台湾的地理框限"。[1]《台北评论》与此不无相似之处。

《问题小说研讨会》则是《台湾评论》于创作方面着力的另一重点栏目。版面上，不仅刊有作品，而且当期随发研讨会纪要，编者、作者、读者得以互动。如果说《当代华文小说系列》等作品附导读形式，并非《台北评论》独创；而《问题小说研讨会》之"作品＋研讨会"，则令人耳目一新了。

第 1 期：《白墙》，作者冯白；研讨会讲评人为朱西宁、李元贞、陈祖彦、张大春，主持人为林燿德。冯青说明写作动机时说："我总觉得，我们文学是要发掘人内在的'真'，而非现象的'真'，《白墙》有我对'真'的探讨。"

第 2 期：《卡蜜·克劳岱尔》，作者林秀玲；讲评人吕正惠、黄

---

① 焦桐：《两报文学奖的风格与权力结构》，《世界中文报纸副刊学综论》，瘂弦、陈义芝主编，"文建会"出版，第 215 页。

凡、郑清文、罗青，主持人林燿德。林秀玲坦言，作品的"更大的主题"就是"女性主义"。

第3期：《刀瘟》，作者羊恕；讲评人吴宏一、王幼华、周祖述、李瑞腾、林燿德，主持人司马中原。羊恕对作品的主要象征意义做了与众不同的解读。

第4期：《骗局》，作者陈裕盛；讲评人叶言都、雷骧、王溢嘉、林燿德、孟樊、叶姿麟、周文龙，主持人黄智溶。陈裕盛直陈，"这是一篇直接，赤裸，毫无遮掩到堪称拙劣的反人性小说"。

第5期：《候车室里》，作者张立晔；笔谈作者郑明娳、蔡秀女、叶姿麟、林燿德。张立晔称作品中"一条明显的主轨"为"矛盾突显出的主角困境，与外界的冲突"。

每次研讨，作者，讲评人，主持人，都是各抒己见，畅所欲言。如关于《骗局》的研讨会，陈裕盛直言不讳，与会者对小说的认识——基本的定义，"显然太狭"，他甚至表示："经过这场座谈，我惊奇又遗憾地不得不承认：自人性的观点看，《骗局》这篇小说是一个骗局。它骗过了各位。"

首次举办研讨会时，主持人（林燿德）即提出："有很多现代作品，即使请作者来加以说明，读者还不见得明白，基于这个因素，我们称某作品为'问题小说'。"当期《编辑室报告》将此称为"开放的园地"："在各家会评下，小说家所探索的问题以及小说本身呈现上的问题都因而历历在目，讨论的进行也是导读的进行。"虽对这类"问题"，读者未必尽然"明白"，但编者奖掖后进的用心应不难"明白"。参与研讨的全为知名作家、学者，作者全为文学新人，其中陈裕盛和张立晔均为大二学生。

"春晖青年文艺奖助金"同样以"提升青年创作风气"为宗旨。该计划以五年为期，每年举办两次，第一年（1988）以奖助青年从事中篇小说创作为范围，奖助人数全年合计10名，每年以6个月为限，每月颁发25000元（台币）资助写作计划之完成。《台北评论》编辑部受托组织评审事宜，并分别于第4期（1988年3月）和第6

期（1988 年 8 月）介绍评审情况。决审委员：（第一次）七等生、王文兴、余光中、黄凡、罗青，（第二次）李瑞腾、高天恩、张大春、白灵、罗青。得奖名单：（第一次）黄克全、赖香吟、陈裕盛、蔡秀女、黄凤樱、林沧浧，（第二次）陈烨、林宜澐、罗位育、姜天陆。获奖人年龄最大的才 37 岁，最小的仅有 19 岁，平均年龄不超过 30 岁。罗青曾对"春晖奖"的产生经过及其意义，做了相关说明：以作者近期的整体表现，作为判断其写作潜力的依据；奖助金为未来的写作计划而设；特设写作指导或顾问，提供建议、批评或激励；获奖者自由处理新作，不一定要在《台北评论》发表，也不一定要列入"春晖丛书"出版（第 6 期《文化现场》）。他说："在这个消费时代，当小说家可以用电视'城市少女'或'红唇族'的模式，在联合包装的企划下，在报纸或杂志的生产线上，大批推出。'春晖奖'提供了一个较具远见的模式——也就是陈年老酒的酿造模式。希望在汽水饮料之外，为大家提供可以细细品味的隽永佳酿。"

如前介绍，《台北评论》编辑同仁多为诗人，因此，在小说之外，尤为重视诗歌创作及评论，既有对大陆诗人顾城、香港诗人程步奎、本土诗歌新人空空居士的推介，又有对新生代诗人夏宇、中生代诗人刘克襄、席慕蓉的评析（孟樊），还有对现代派前辈诗人林亨泰、罗门、郑愁予、杨牧的专访（林燿德），以及关于萧萧《现代诗学》的研讨，乃至于推动筹组"台湾现代诗学研究会"，等等，体现了编者对诗歌发展"当仁不让的情怀"。

三

《台北评论》另一关注面在于"评论"。

此处所谓"评论"，"并非仅仅将关切的层面局限在政治、社会的问题上"；该刊着眼点"也不只限于台北地区"，"从台海两岸的人文环境以至于西方人文世界的种种现象都是关切的重点"。①

综观已出的 6 期《台北评论》，既非"政论性杂志"，亦非纯粹、单一的学术性刊物。其"评论"，基本上可纳入"文化评论"或"文化研究"。

"解严"之后，"文化评论"迅即蔚为风潮。"这些年，以观察、批评、解读、解构等自居的文类频频出现在媒体上，似乎成了新的文类了。这些作品虽然是一种分析，在对象和方法基础上却又不同于时政评论；虽然有着强烈的文化关注，却又不像以往文学批评那般地局限在文学作品分析上。关于这新文类，有人称之为'文化评论'（Cultural Critics）或'文化研究'（Cultural Studies）""'文化研究，最明显的特色除了强调跨学门的研究外，更重视'整体'分析、不回避价值介入，这些其实都很符合台湾在八十年代以后，面对各种新兴现象，知识分子欲借评论达到实践参与的口味。"②（王浩威，1995）移用于《台北评论》，颇为切合。

《观念对话》和《大师显影》，作为《台北评论》的重点栏目，分别刊布 5 期。

《大师显影》：第 1 期，为《纳博科夫专辑》，介绍俄裔美籍小说家纳博科夫，总论（蔡源煌），短篇小说 6 篇，另有书信、访问记和著作年表。第 2 期，为《德勒兹专辑》，介绍法国哲学家德勒兹，总论（沈清松），评述（蔡源煌），文章 4 篇（改写）、译文 1 篇。第 4 期至第 6 期，为李欧塔特辑，介绍法国哲学家李欧塔，连载其专著《后现代状况》（罗青译）。

自第 1 期到第 5 期，《观念对话》一栏刊载了 12 篇访谈，除多位诗歌名家外，尚有著名学者吴大猷、张忠栋、文崇一、马汉茂，著名

① 《编辑室报告》，《台北评论》第 2 期，第 2 页。
② 转引自蔡诗萍《解严后台湾报纸副刊"文化评论"的兴起》，《世界中文报纸副刊学综论》，痖弦、陈义芝主编，台湾"文建会"出版，第 201 页。

小说家王祯和、陈映真、李昂，《末代皇帝》导演贝那多·贝托鲁奇。或叩问科学家的人文关怀，或探究现代中国人文结构的变迁，或"为台湾转型期文化看病"，或诠释自身的生命历程和创作理念，或从艺术创作经验触及中西文化的深层结构，等等，为各种观念的沟通和交流搭建平台。

专栏《文化评论》更是通设全部 6 期（计发文章 21 篇），连同《文学评论》（4 期 5 篇）、《专书研讨会》（4 期 14 篇），广涉人文多学科、多领域，显现《台北评论》作为"探讨文化、思想、社会、文学的人文性杂志"的鲜明特色。

该刊所涉议题，不仅有面的宽泛，更有点的深入。仅有的两个特辑，全是聚焦于女性问题的研究。特辑《从古典小说看中国女性》（第 3 期），由郑明娳所筹划，导言之外，5 篇专论，从文学、史学、精神分析学等不同视角，"就中国古典小说呈现的女性角色，做一全面性的扫描、检讨"，并进而剖析"农业封建社会下的男性中心思想"。特辑《女性与空间》（第 6 期），3 篇专论，或从西方人对东方女性的观点，探讨不同文化的差异，或从空间的角度，剖析 20 世纪女性的处境。

小说、新诗之外，《台北评论》对当代艺术的发展，也给予较多的关注。艺术创作方面，介绍了德国新表现派艺术家赫尔，台湾本土，介绍了"台北彩墨画派"多位"战后一代"的画家。艺术理论方面，译介了欧洲艺术史家法乔乐名著《艺术史的基础》（全文连载）。并策划"近代艺术史座谈会"，为中国近代艺术史的研究望气把脉。

"文化评论"（或"文化研究"）中存在"热点""焦点"，往往又是"难点"，甚至于"盲点"。《台北评论》并未回避。《专书研讨会》正是编者以专栏形式，对当时"华语地区较具影响力、较有代表性或为广大读者所注意的专著"展开"导读性和批判性的讨论"。首次选择的便是岛内第一本有关台湾文学史的专著——叶石涛的《台湾文学史纲》。十位专家学者参与"首度大会诊"（三人提供书面意见）。围绕史观、史据、史论等进行热烈讨论。[①] 叶石涛一再申明"站在现代在台湾的中国人的观点"撰写该书。

《台北评论》的编者并不讳言："在哲学思想方面，本刊的立场是接近'后现代'式的"，"介绍有关后工业社会的文化发展及其目前的状况，便成了本刊的重要观点"。该刊以较大的篇幅推出重要原典，同时，加以适度"修正及阐发"。编者认为，中国近百年来的遭遇，或近千年来的发展，需要以各种不同的诠释角度进行探讨研究。如《游＞牧农业工＞业后工＞业——一个"台北学派"观点之试拟》[②] 一文试图向读者提供"台北学派"的诠释角度。读罢，并没有感觉这种解读有多大的说服力。《台湾地区后现代状况及年表初编》（上、中、下）先后刊载于第 4 期至第 6 期。目录上为"初编"，内文竟全成了"初篇"。年表中分列"台北地区""中国大陆""世界大事"，后两项显见粗疏之处，尤其"中国大陆"这一部分，资料取舍似无定规。

就整体而言，《台北评论》的"文化评论"（或"文化研究"）视野比较开阔，不乏有深度、有新意的识见。某些缺憾，因其刊行时间始料未及过于短暂，而难以弥补。许多构想，同样因此未及实施。

四

《台北评论》标榜，"以最优秀的作者、最深刻的文章、最创新的作品、最高额的稿酬、最精致的美工印刷，来为读者服务"。而其销售量达不到一本杂志的生存底线，无奈地宣布休刊一年。

---

① 《专书研讨会》，《台北评论》第 2 期，第 174－207 页。叶石涛在会上着重谈了著述的动因、特点和观念。其一："我们应该有我们自己的文学史"；其二："这是一本纯粹由作家写的文学史"；其三："以八十年代台湾文化人的立场来看台湾文学"。

② 罗青，《台北评论》第 3 期，第 6－11 页。题目即此，非误植。

"我们眼睁睁地失去了一本，能与《巴黎评论》或《耶鲁评论》旗鼓相当的杂志，真是叫人惋惜非常。"编者《告别的话》，让人心有戚戚焉。为研究过去探索未来的工作，提供有价值的参考——该刊编者的期许绝非虚幻之言。

基于此，仅以这篇介绍性小文见证二十年前《台北评论》所做过的可贵努力。

（2007 年）

走过二十年

——刘登翰与福建省台港澳暨海外华文文学研究会

一

福建省台湾香港澳门暨海外华文文学研究会（下称研究会）创立于 1988 年。此前一年多便开始酝酿筹备。依此而论，迄今已走过二十年。

研究会的二十年，是凝聚全体同仁心血和智慧的二十年，齐心戮力，锲而不舍，显示了团队的力量。毫无疑问，这一团队的领军人物，便是刘登翰先生。

刘登翰先生曾说，在 40 岁以后，才由于"历史转折的幸遇"，回到学术岗位；之后，大半时间都给了世界华文文学研究，"对我迟到的学术生命，这是一份晚来的良缘"。①

当年，正是在拨乱反正鼎故革新的历史大转折之中，长期视为"禁区"的台湾、香港、澳门文学和海外华文文学，作家作品逐步得到推介，学术研究得以展开。

20 世纪 70 年代末、80 年代初，在福建，厦门大学率先开设台湾文学课程，福建人民出版社出版台湾文学图书，福建社会科学院文学

---

① 刘登翰：《迟到生命的晚来良缘》，《我与世界华文文学》，香港昆仑制作公司 2002 年版。

研究所开始将台湾文学作为研究方向，《福建文学》增辟"台湾文学之窗"专栏。1982 年 6 月 10 日至 6 月 16 日，由中国当代文学学会台港文学研究会、中山大学中文系、暨南大学中文系、华南师范学院中文系、厦门大学台湾研究所、福建社会科学院文学研究所、福建人民出版社联合发起，"首届台湾香港文学学术讨论会"于暨南大学举行。刘登翰参加了这次会议。两年之后，福建社会科学院、厦门大学台湾研究所、福建人民出版社和中山大学、暨南大学、华南师范学院联合主办"全国第二次台湾香港文学学术讨论会"，于 1984 年 4 月 22 日至 4 月 29 日在厦门大学举行。来自北京、上海、天津、广东、广西、四川、甘肃、辽宁、安徽、江苏、福建等地的台港文学研究者和实际工作者，以及香港地区作家、学者近百人出席了会议。刘登翰作为东道主成员之一，全程参加筹备，并提交了"关于台湾文学的第一篇论文"《论台湾的现代诗运动——一个粗略的史的考察》。①

其后，刘登翰先生编选了"当时堪称规模庞大"的《台湾现代诗选》，收录 40 位诗人 387 首（组）作品。1986 年，"第三届全国台港及海外华文文学学术讨论会"在深圳大学举行。发起单位中，有厦门大学、福建社会科学院文学研究所、海峡文艺出版社（前身为福建人民出版社文艺编辑室）、《台港文学选刊》编辑部（后改为《台港文学选刊》杂志社）等。刘登翰提交论文《特殊心态的呈示和文学经验的互补——从当代中国文学的整体格局看台湾文学》，呈现了关于"分流"与"整合"的最初的思考，该文被与会的中国社会科学院学者，推荐在《文学评论》上发表。② 1988 年，完成了《中国当代新诗史》的编写工作（与洪子诚合作），他"决定把自己工作

---

① 刘登翰：《迟到生命的晚来良缘》，《我与世界华文文学》，香港昆仑制作公司 2002 年版。

② 《台湾香港与海外华文文学论文选/第三届全国台港与海外华文文学学术讨论会》，海峡文艺出版社 1988 年版。

的重心转到对台港澳暨海外华文文学的研究上来"。①

这一阶段，黄重添、庄明萱、阙丰龄合著的《台湾文学概观》，黄重添的《台湾当代小说艺术采光》，张默芸的《乡恋，哲理·亲情——台港文学散论》，包恒新的《台湾现代文学简述》《台湾知识词典》等，由福建人民出版社、鹭江出版社等相继出版。海峡文艺出版社陆续出版了一、二、三届全国研讨会论文集，以及"台湾文学丛书"等数十种作品集；大型文学丛刊《海峡》"立足福建，面向全国，兼顾海外"，着力于文学交流工作。我国第一家专门介绍台湾、香港、澳门地区和海外华文作家作品的文学期刊《台港文学选刊》于1984年9月创办，尽心尽力地履行"瞭望台港社会的文学窗口，联系海峡两岸的文化纽带"的宗旨。在福建日渐形成高等院校、科研机构、出版单位"三位一体"的态势，有力推动台港澳及海外华文文学的介绍与研究。乘"天时、地利、人和"之便，刘登翰与福建省出版工作者协会副主席杨云、厦门大学海外函授学院（后改为海外教育学院）院长庄明萱等积极谋划组建全省性的学术团体。准备工作前后历经年余。经福建省有关主管部门批准，同意成立"福建省台湾香港暨海外华文文学研究会"（1999年更名为"福建省台湾香港澳门暨海外华文文学研究会"），于1988年6月8日正式下文批复。1988年11月1日至11月5日，"福建省台湾文学研讨会"（同时为研究会成立大会）在福州举行。会议由福建省台湾研究会和福建省台湾香港暨海外华文文学研究会（筹）主办。北京、广东、湖北、安徽、辽宁、海南等地和本省的研究者和实际工作者七十四人出席。刘登翰致开幕词："福建与台湾，仅一水之隔，有着极为密切的地缘、血缘、文缘的关系""正是这种特殊的地理缘分和文化缘分，在近十年来，当台湾文学因其特定的社会历史背景、以其迥异于大陆发展的形态，受到大陆文学研究者的注意时，也就格外引起了福建省同仁的

---

① 刘登翰：《迟到生命的晚来良缘》，《我与世界华文文学》，香港昆仑制作公司2002年版。

兴趣""我们有一种使命感，我们对台湾文学，应当会有更亲切贴近的了解和理解，我们也应当在这一领域的研究中，做出更多努力和贡献。"与会者围绕"台湾文学历史走向中的传统因素、乡土意识和外来影响"，就文艺思潮、小说创作、诗歌创作、散文创作和闽南文化与台湾文学的关系等方面，展开坦诚、热烈的学术讨论。刘登翰在会上还以《台湾乡土文学论争再评识》为题做了重点发言。对台湾文艺思潮、流派现象的重新认识和评价，实质上成为大陆的台湾文学研究向纵深发展的突破口之一。

1988 年 11 月 4 日，研究会成立大会举行，与会首批会员选举产生了理事会。理事七名：华侨大学中文系王耀辉，福建社科院文学所刘登翰，厦大海外函授学院庄明萱，海峡文艺出版社林承璜，《台港文学选刊》杨际岚，厦大台湾研究所黄重添，厦大海外函授学院蔡师仁；会长刘登翰、庄明萱，秘书长杨际岚；聘请省作协主席郭风、省版协副主席杨云为顾问。刘登翰在闭幕词中希望研究会"能在团结和发展本省从事台湾、香港及海外华文文学的研究队伍、加强与国内外的学术交流、建立与台港及海外华文作家、学者、社团的直接联系与交往等三方面，加强工作，推动我省这一领域的研究工作的进展"。他还代表理事会表示，"一定竭尽全力，为这一目的多做工作，做好工作"。

二

在全国，福建省台港澳暨海外华文文学研究会是最早成立的专门研究台港澳文学和海外华文文学的省级学术团体。作为一个群众性的学术组织，人员分散，经费困难，如何通过有效的活动方式，集中力量，形成学术优势，发挥应有的作用，是研究会创立之后首先面对的主要问题。刘登翰先生明确提出研究会工作应"以学术研究为中心"，并付诸此后的实践活动。

研究会成立同时，便举办台湾文学研讨会。刘登翰提议，借鉴国际学术会议的做法。事先确定专题，有计划地邀请每个专题的主要报告人和讲评人，会前撰写论文，会上展开讨论。此次研讨会确定下述六个专题：1. 台湾文学运动的乡土意识和现代思潮；2. 台湾小说创作的传统因素和外来影响；3. 台湾现代诗潮在中国新诗发展上的位置和评价；4. 台湾散文创作对传统的继承与发展；5. 闽南文化与台湾文学；6. 80年代以来台湾文学发展的趋势和评价。由于准备比较充分，发言踊跃，气氛热烈，讨论比较深入。会后结集出版论文集《台湾文学的走向》（海峡文艺出版社/1990年4月）。

  研究会早期工作以台湾文学为主要方向。组织撰写《台湾文学史》是创会之初的主要学术活动。该书原为福建省"七五"社科规划项目"台湾文学系列专题研究"中的一种。1989年讨论进入实施时，刘登翰主张，利用研究会与各方面联系较广的长处，改由研究会牵头，在理事会的基础上，增补人员组成编委会，具体负责课题的组织实施，主编为刘登翰、庄明萱、黄重添、林承璜。全省这一研究领域的研究、教学、编辑出版力量，迅速、有效地调动起来，分工协作，各负其责，在不太长的时间内，较好地完成这一重大课题。《台湾文学史》上卷含总论、古代文学编、近代文学编、现代文学编，下卷为当代文学编，共计一百二十多万字，分别于1991年6月和1993年1月由海峡文艺出版社出版。刘登翰主持《台湾文学史》的编撰工作，并且承担部分篇章特别是总论的撰写。总论统冠全书，含有史论性质，对台湾文学发生和发展过程中一些带有全局性的问题，进行综合性的理论阐释。全文约四万五千字，计六节：1. 文学的母体渊源与历史的特殊际遇——台湾文学在中国文学中的位置和意义；2. 原住民族文化、中原文化和外来文化——台湾文学发展的文化基因和外来影响；3. 中国情结和台湾意识——台湾文学的历史情结；4. 传统、现代和乡土——台湾文学思潮的更迭和互补；5. 文化的"转型"和文学的多元构成——台湾文学的当代走向；6. 现实制约和审美超越的统一——台湾文学的历史分期和编写原则。自1991年第1期起，《台港文学选刊》逐期连载。《台湾文学史》的出版，受到两岸学界的关注。台湾著名新生代作家林燿德在《雨后，跨海彩虹》中，称这部《台湾文学史》"就资料汇集的能力，观念的更新，研究的扩张，以及全书规格与文体的整合等层次来看，都是目前两岸最重要的一部台湾文学史"。该书荣获第八届"中国图书奖"和华东地区优秀文艺图书一等奖、福建省社会科学优秀成果一等奖。

在刘登翰先生的倡导下，研究会还适时组织中、小型活动，因地制宜地开展学术交流。研究会曾召集在福州的会员，每月相聚座谈一次，称之为"月谈会"。1990年3月起，这一年先后举办了八次。分别由福建社会科学院文学研究所、《台港文学选刊》杂志社、海峡文艺出版社主持。讨论专题有"十年研究回顾""台港文学与文化消费""台港文学研究的价值尺度""都市文化意识与台湾城市文学""台湾女性文学观察"，等等。还曾邀请首次访台的大陆学者王耀华、刘春曙举行座谈。后来，"月谈会"虽未能继续，但在研究会同仁的学术实践活动中，"问题意识"依然不断引发思维灵感，激发创新活力。

随着两岸的开放和文化交流的深化，研究会的关注面逐渐拓展，从早先基本专注于台湾文学的研究，延伸和扩大到港澳地区以及海外华文文学。在主持编撰《台湾文学史》后，刘登翰又先后主持完成了《香港文学史》和《澳门文学概观》的撰写工作。《香港文学史》是邀请福建、广东、北京数位学者合作进行，分别由香港作家出版社于1997年出版，人民文学出版社于1999年出版（修订本）。《澳门文学概观》则是邀请澳门作家、学者共同完成，于1998年由鹭江出版社出版。研究会的其他同仁在台港澳文学和海外华文文学研究领域也取得可观的学术成果。1993年3月22日至3月24日，福建省台港暨海外华文文学研究会第二次会员大会暨学术讨论会在福州举行。会议围绕"时代、社会与文学——台港澳暨海外华文文学近期发展分析"的中心议题展开研讨：一是台湾文学的研究，除了对台湾文学各种文体的最新成就进行深入探讨外，视角已扩展为两岸文学的比较及对台湾文学形成地域特色的深刻因素包括文化、地理、民俗等因由的探索；另一专题则是港澳及海外华文文学的研究，就马华文学、新华文学、菲华文学的创作特点、发展状况进行了或宏观或微观的扫描和评析。在一定程度上体现了福建省台港澳及海外华文文学研究领域的新变化、新走向。会议选举产生了第二届理事会，刘登翰连任会长。数年间，研究会一些成员陆续出版研究专著、个人论文集，以及作品赏析等，踊跃参与海内外学术交流活动；本省几家创立研究会的组成单位，也成为中国世界华文文学学会（筹）的发起单位，共同推动这门学科建设的确立和拓展。

处于世纪更迭、世代更替，回顾既往，前瞻未来，肯定已有的成绩，正视存在的不足，在刘登翰的倡议下，"世纪之交的台港澳暨海外华文文学研究"青年学者座谈会于1997年4月28日至4月30日在福州举行。座谈会由研究会和台湾民主自治同盟福建省委员会、福建台湾文化研究中心、《台港文学选刊》杂志社联合主办。二十八名与会者，分别来自香港、澳门、广东、北京、江苏、上海、福建，多为青年学者，他们畅所欲言，各抒己见，围绕下述问题展开热烈讨论：1. 如何评估迄今台港澳暨海外华文文学研究所取得的成绩，作为今后重新出发的基础；2. 如何认识台港澳暨海外华文文学研究中存在的问题（例如与思想界的脱节，与研究对象的隔膜，文学观念的僵滞，方法论的陈旧等），力求改变这一领域研究在大陆学术界中仍难摆脱的"边缘地位"；3. 如何加强台港澳暨外华文文学研究的史料建设，克服一味倚赖"友情"赠送资料，以"交际"捧场取代科学研究，以致丧失独立学术立场的弊病；4. 如何加强青年学者自身思想、文化和学术修养，端正学风和文风，从而在台港澳暨海外华文文学研究群落的更新换代中，更早、更快地发挥主力军的作用。"学术自审是一个学科走向成熟的必经途径"。[①] "学术自审"使研究会始终保持生气和活力，不断开拓学术"生长点"，整体性地扩大研

① 刘登翰：《命名·依据和学科定位》，《新视野·新开拓——第十二届世界华文文学国际学术研讨会论文集》，复旦大学出版社2002年版。

究视野，持续求取研究的广度和深度。

三

《台湾文学史》《香港文学史》《澳门文学概观》相继面世后，刘登翰先生在回应外界关于"合作研究"的议论时，坦诚直白："面对世界华文文学这一尚未经过深垦的陌生的领域，想做、需要做和可以做的事情太多""愿意集合大家的力量，也把我的思考化作共同的思想资源，去完成我认为急需完成的一些工作。"①

研究会的一系列学术活动中，通过同仁们独具个性的学术创造，把刘登翰关于世界华文文学的思考转化为"共同的思想资源"。近几年，研究会不间断地举办规模不等、形式不一的学术讨论会，数百篇论文多角度、多层面地深化了研究领域，丰富了学科建设的学术积累。

主要活动如下：

（一）"跨世纪的台港澳暨海外华文文学及其研究"研讨会——

由研究会与华侨大学中文系、海峡文艺出版社、《台港文学选刊》杂志社联合主办；

1999 年 6 月 8 日至 6 月 10 日，在华侨大学举行，与会代表四十一人。

研讨会主要围绕近年来台、港、澳和北美、东南亚等地华文文学的发展及研究的现状和走向展开研讨。

刘登翰在专题发言中提出，不仅要像近年来学术界提出的"20世纪中国文学"那样从时间维度上贯通文学脉络，而且在空间维度上也要加以全面的涵盖，这就要求打通大陆文学和台港澳文学之间的界限，将它们作为一个有机整体开展综合的、宏观的研究。在研究手

---

① 刘登翰：《迟到生命的晚来良缘》，《我与世界华文文学》，香港昆仑制作公司 2002 年版。

段上则采取从局部到整体、从整体再到局部的螺旋式进展的辩证方式。

会员代表选举产生了第三届理事会，刘登翰连任会长。

（二）第十届世界华文文学国际学术研讨会——

由中国世界华文文学学会筹委会和华侨大学联合主办，研究会全力配合和参与；

1999 年 10 月 11 日至 10 月 15 日，在华侨大学举行，与会代表一百多人。

大会主题是："华文文学：世纪的总结和前瞻。"主要分为以下五个论题：（1）20 世纪华文文学的文化渊源与重要主题、历史任务与共同经验；（2）各国、各地区华文文学的文化特征、美学追求、特殊经验与现实困扰；（3）近年来华文文学发展中的若干理论问题；（4）当前华文文学发展的新的特征、态势与走向，如何开拓华文文学的新境界；（5）近 20 年华文文学研究的学术检讨与前瞻。

论文集《永恒的文化记忆》，海峡文艺出版社 2004 年 2 月出版。

（三）菲律宾华文文学国际学术研讨会——

由研究会和菲律宾华文作家协会联合主办；

2001 年 5 月 17 日至 5 月 21 日，在福州举行；

来自菲律宾、马来西亚、新加坡、泰国、文莱等国，香港、广东、江苏、上海、湖北、云南、海南等地，以及本省代表，共计七十七人出席了会议。

中心议题是"菲华文学的历史、现状和未来走向"，围绕五个专题展开讨论：（1）菲华文学与中华文化和中国文学的历史关系与现实状况；（2）菲华文学与本土文化、闽南文化、西方文化的联系；（3）抗战时期的菲华文学；（4）菲华作家作品研究；（5）菲华文学的现实困境和未来发展。

论文集《传承与拓展》，海峡文艺出版社 2002 年 3 月出版。

（四）第二届世界华文文学中青年学者论坛——

福建师范大学文学院和暨南大学中文系联合主办，研究会积极参与；

2001 年 10 月 28 日至 10 月 31 日，在武夷山市举行；

代表来自北京、广东、上海、江苏、山东、湖北、海南、香港、福建以及美国、澳大利亚、马来西亚等地，共计三十多人。

会议议题分为"世界华文文学的视野和格局""世界华文文学研究中的文化问题""世界华文文学研究的回顾和前瞻"三个部分。刘登翰在发言中回顾了二十年来台湾文学研究的状况，指出：前十年处于资料积累、初步分析且包含较多政治意味的阶段；近十年除了研究层面的扩展、研究成果的剧增、研究布局和人员构成的调整外，更重要的发展表现于内在的研究品格、基本理论和学术规范的建立上，研究从政治本位向学术本位转移，而整合性研究和开放性视野，是新提出的最为重要的研究观念。

（五）"闽文化与台湾文学"学术讨论会——

由研究会与漳州市师范学院中文系主办；

2002 年 9 月 6 日至 9 月 8 日，在漳州师范学院举行，四十三名代表出席。

在会议总结中，刘登翰强调，研究会要继承发扬福建学人脚踏实地的研究作风，开阔理论视野，在宏观研究的背景上进行微观的文本分析，整合力量，利用本土文化优势形成自己的"拳头研究"。

与会会员代表选举产生了第四届理事会，刘登翰连任会长。

（六）"东南亚华文文学与闽南文化"国际研讨会——

研究会与泉州师范学院主办；

2003 年 12 月 10 日至 12 月 13 日，在泉州师范学院举行；

新加坡、马来西亚、澳大利亚、广东、广西以及本省代表五十多人出席。

刘登翰做了主题发言，着重阐释了闽南文化的内涵和性质、"唐人街"的建构与解构、华文文学学科的建立等问题。他与刘小新合作提交了论文《对象·理论·学术平台——关于华文文学研究"学术升级"的思考》，围绕研究对象、学科理论和方法、学术平台等，提出"学术升级"问题，即如何通过有效的学术研究，营造学术语境，把华文文学的学科意识转化为学术现实。

论文集《积淀·融合·互动》，中国戏剧出版社 2004 年 1 月出版。

（七）世界华文文学理论建设研讨会——

研究会与《东南学术》杂志社主办；

2004 年 6 月 5 日至 6 月 7 日，在福州举行；

广东、江苏、上海及本省代表二十八人出席。

会议主题为：（1）走向华人文化诗学——世界华文学理论建设；（2）关于"世界华文文学一体化"的思考。刘登翰做了主题发言。他阐述了与刘小新共同提出的"华人文化诗学"问题，认为从"文化诗学"的理念出发，应把华文文本历史化、文化化，将形式诗学的分析置于具体的历史语境中加以考察。

（八）"华文教育与华文文学"国际学术研讨会——

研究会与华侨大学华文学院主办；

2005 年 12 月 21 日至 12 月 23 日，在厦门集美举行；

来自印尼、澳大利亚、美国和湖北、河北以及本省的代表六十七人出席。

会议主题为：华文教育与华文文学相互推动，共同发展。以多元文化语境来论述华文教育，以华文教育与华文文学的互动来解码海外华文文化，以整体性思维来建构华文文化诗学，成了此次研讨会的重要特点。

刘登翰做了会议学术总结。他认为，在华文文学研究领域中，学术交流的对话空间有待进一步开拓；学术研究应突破文本的单一性，在多重文本的参照下，进入文本产生的社会环境；还应关注海外华人文化身份问题以及华人文化诗学、现代性等问题。

与会会员代表选举产生了第五届理事会。

论文集将于近期出版。

（九）东南亚华文诗歌国际研讨会暨《蕉风华韵》发行式——

研究会与东南亚华文诗人笔会主办；

2006 年 6 月 1 日至 6 月 3 日，在福州举行；

来自菲律宾、马来西亚、新加坡、泰国、印尼、文莱等国以及福建、广东的代表六十多人出席。

会议主题是东南亚华文诗歌的本土性与华文美学。收录与会十四位东南亚华文诗人作品及评论的合集《蕉风华韵》出版（中国文化出版社/2006 年 5 月）。

（十）"世界华文文学研究：理论与实践"国际学术研讨会——

中国世界华文文学学会、福建省海峡文化研究会、福建省台港澳暨海外华文文学研究会、新移民作家笔会联合主办；

2007 年 8 月 17 日至 8 月 20 日. 在福州举行；

有来自美国、新加坡、马来西亚、日本、韩国、澳大利亚等国，广东、北京、江苏、山东、安徽、湖北、河南、广西、吉林、甘肃等地，以及本省的代表约百人出席。

收到论文五十多篇，约六十余万字，于会议期间结集出版。

这八年，福建省台港澳暨海外华文文学研究会联合主办了八次学术讨论会，并参与筹备、协助举办了两场研讨会，出版了六本论文集。基本上已达致创会之初刘登翰先生提出的"努力使研究会活动学术化、系列化、经常化"。他主张的"学术自审"和"学术升级"，贯穿研究会各个时期的各种学术活动。

四

以上，主要是有关研究会创办前后以及所办学术会议情况的介绍。

大致相似的叙述，近乎枯燥的数字，其意在于通过资料的初步整理，事实的基本还原，勾勒出研究会近二十年历程的轨迹，显现刘登翰先生对于研究会工作的关键性作用。筹措经费，筹集论文，筹备会务，组织、协调、联络等等，为了办好一场研讨会就得耗费大量精力，遑论年复一年，走过二十载！随刘登翰先生参与其间，感同身受。

显而易见，研究会之所以能够持之以恒，离不开领头人的以身作则，离不开良好会风的潜移默化。刘登翰曾在一篇文章里写道："在隔阂和摩擦时有传闻的这一研究界，福建最为弥足珍贵的是彼此谅解、信赖和支持的友爱协作精神。它使我们能够集个人微小的力量尝试去做一些个人能力难以达到的事。"研究会刚创办时，刘登翰便明确提出："理事会应当成为真正为会员办事的干事机构，而不仅是一个荣誉头衔。"因此，第一届理事会仅有七人，由六家发起单位推举经成立大会通过而组成，包括了研究、教学、编辑出版各方面力量的代表。为便于开展活动，早期还曾设立双会长、双秘书长制，数年后因相关规定所限，才加以更改。在研究会中，强调加强团结，逐步形成了同心协力、互相尊重的作风。老中青三代人为了共同的事业聚拢在一起。

对于先行者的贡献，人们永远铭记。当年，研究会顾问、老前辈杨云先生不幸辞世，同仁们悲声痛悼。《台港文学选刊》迅即载文：《春雨中的哀思》（季仲）、《你走得太急了》（杨际岚）、《悼杨云前辈》（宋瑜）、《亲切是远去的箫声》（楚楚）。

厦门大学台湾研究所黄重添英年早逝，福州和泉州的四位理事（刘登翰、王耀辉、林承璜、杨际岚）专程赶往厦门参加告别仪式。刘登翰和庄明萱两位会长还饱含深情地写了悼念文章：《他走得那样迅捷——哭重添》和《他是那样的赤诚兢业——悼重添》（载于《台港文学选刊》1992年第10期）。

对于中生代的劳绩，同样得到尊重和肯定。顾圣皓教授自省外来到华侨大学工作，带动了中文系的学术研究。获悉后，刘登翰与笔者特地前去拜访。没多久，便在华侨大学举办了学术讨论会及会员代表会议，顾圣皓被推选为副会长。当年，经过紧张、忙碌的筹备，也是在华侨大学召开了第十届世界华文文学国际学术研讨会。不料，数月之后，顾圣皓因病去世，刘登翰曾登门吊唁，哀悼之情令人动容。

在这一学科领域，刘登翰对于学术新人的关注和扶掖，更是一以贯之，身体力行。早在 1991 年 8 月，刘登翰执笔撰写了研究会的工作总结。其中专门有一段这样写道："在研究会活动中，我们比较注意培养和发挥青年骨干的作用。目前如厦大徐学、朱二，福建社科院汪毅夫等，都是全国台湾文学研究界中引起注意的年轻研究者。"当时，汪毅夫、徐学、朱二才四十岁上下，便得到颇负声名的刘登翰的推重。不少同仁间，弃"文人相轻"之气一改而为"文人相亲"。多年之后，汪毅夫回顾往昔的学术之路，有过异常感人的这一剖白："1987 年 11 月，我从福建师范大学调到福建社会科学院。在母校，我攻读的研究生专业和担任的教学业务乃是中国现代文学。到了新的工作岗位，我不得不用半年时间来研读当时已出的各种研究台湾文学的论著和论文。我注意到，我的学友徐学和朱二（他们也是中国现代文学专业的研究生），在台湾文学研究方面已经把学分修得满满当当的，有了骄人的成绩。于是，心生妄想：愚钝如我，当十年用功，期与徐学和朱二齐名。我也注意到，在台湾文学研究领域，台湾近代文学研究相对薄弱，台湾近代文学研究的学者和学术成果亦相当稀缺。于是又发愿于心：以台湾近代文学为近十年的主要研究方向。""从 1988 年 4 月迄于 1998 年 4 月恰届满十年之期。徐学和朱二在十年里各出了很多成果，领先更多，我遥望而不可即，齐名之想当然只是说说而已的笑谈。但我同徐学和朱二、同其他学友的友谊历十年而毫不褪色。"① 如今，汪毅夫为政堪为楷模，为文蔚为大观，为人更是有口皆碑。他所说的"笑谈"，无异为研究会的良好会风留下佐证，为"文人相亲"留下一段"美谈"。年轻学人也从长者处获益良多。朱双一曾由衷表示："刘（登翰）先生擅长于对文学现象的宏观把握，和饶芃子教授等，都是世界华文文学整体观和综合研究的倡导者之一。""我倾心于刘先生的评论风格，暗中向他学习。从 90 年代

---

① 汪毅夫：《炽热的情感与冷静的态度——我与台湾近代文学研究》，《我与世界华文文学》，香港昆仑制作公司 2002 年版。

初开始，我的研究重心落在台湾文学思潮和现象的相关课题上，这与刘先生的影响不无关系。"①

近些年，世界华文文学学科领域涌现大批青年学者。他们以宏阔的视野、敏锐的目光、犀利的锐气、充沛的活力，阔步登上学术舞台。刘登翰为后来人的登堂入室，扬声"鼓与呼"。十年前他首倡举行青年学者座谈会。他倾注巨大热情培养博士生、硕士生。近两届研究会理事会改选，他举荐袁勇麟和刘小新分别担任副会长兼秘书长。总而言之，他为"世代更替"满腔热忱地搭建平台，创造条件。在他的倡导下，研究会始终"以学术研究为中心"，中青年学者成果丰硕。如福建省第六届（2003－2004）社会科学成果评奖，本会同仁便获得一等奖两项，二等奖四项，三等奖一项，显示了学术团队的整体风貌。

这么多年了，刘登翰先生担任研究会主要负责人，既非图名，更无谋利，纯为打"义工"。他不恋栈，同时予人以信任。于笔者，先是付托担任秘书长，而后副会长兼秘书长，而后常务副会长。2005年换届时，他并未达到最高任职年限，却坚辞会长一职，一再要求本人承负这副担子。此后，他担任名誉会长，但依然不懈不息地为研究会操劳。刘登翰先生已与研究会结下不解之缘。

（2007 年 7 月）

---

① 刘登翰：《迟到生命的晚来良缘》，《我与世界华文文学》，香港昆仑制作公司 2002 年版。

三十而立
——福建省台港澳暨海外华文文学学术研究概况与思考

拟定这个题目，却迟迟难以下笔。不仅仅是出于忙，琐事繁杂，很难迅即连贯写完。主要还是因为历时跨度大，历事头绪多，不少资料已无法找寻，个人信息也不易搜集。

后来翻阅一篇旧文——《走过二十年——刘登翰与福建省台港澳暨海外华文文学研究会》，觉得它大致上勾勒了1988年至2007年近二十年间福建省台港澳暨海外华文文学研究会学术活动的轮廓。因而，另撰一短文，前后延展，做些补充，自1982年始，至2012年止，连缀首尾，为阶段性的"三十而立"，留下一种浮光掠影式的记录。

一

"三十而立"，立于"人"。

在福建，台港澳暨海外华文文学研究领域，研究队伍从无到有，从小到大。最先参加的，有厦门大学、福建省社科院、福建人民出版社以及福建省文联的教师、科研人员和编辑。他们参加了1982年6月在暨南大学举行的"首届台湾香港文学学术研讨会"。广东、福建挟改革开放之势，在中国大陆可谓开风气之先。如以全国性的学术活动为标志，后来所说的"世界华文文学"学科建设，以此发端。

两年之后，1984 年 4 月，福建省社科院、厦门大学台湾研究所、福建人民出版社和中山大学、暨南大学、华南师范大学联合主办的"全国第二次台湾香港文学学术讨论会"在厦门大学举行。

此后，便酝酿组建相应的学术团体。1988 年，"福建省台湾香港暨海外华文文学研究会"（1999 年更名为"福建省台港澳暨海外华文文学研究会"）正式问世。成立大会在福建省文联附近的凤凰酒店举行。选举产生了 7 名理事，由六个发起单位代表担任。推举福建省社会科学院研究员刘登翰、厦门大学教授庄明萱为会长，福建省文联《台港文学选刊》副主编杨际岚为秘书长，聘请福建省作家协会主席郭风、福建省出版工作者协会副主席杨云为顾问。这是大陆第一家专门研究台港澳暨海外华文文学的省级学术团体。

笔者曾在一次会上心生感慨，即席发言。"文革"初期，"反动学术权威"首当其冲。随后不久，"走资派"成了"运动重点"。前者有知识，后者有权力。二者自然而然变成"与人斗，其乐无穷"的被批斗人群之两端。时过境迁，个中玄妙却依然耐人寻味。学术权威乃学科建设之本、之魂。很难想象，假如没有学术前辈们的"勇为天下先"，这一学科领域还能够出现今日之气象！在当年，从事台港澳暨海外华文文学研究，远远处于"主流"之外。另眼看待者，大有人在。冷眼以对，乃至横眉相向，也不乏其人。如果"几年一次"的预言一旦应验，果真来那么一次，许多前辈恐将挨冷枪、中流弹了。

幸好历史总在螺旋式前行。尽管来路上有坎坷，有荆棘，"三十年河东，三十年河西"，就这么过来了。

1988 年研究会成立后，队伍不断壮大，机构逐步健全，并有序地进行数次换届，吸收了一批又一批新人，增添了新鲜血液。

1993 年 3 月 24 日，本会选举产生了第二届理事会，理事 21 名，常务理事 1 名；刘登翰、庄明萱连任会长，杨际岚、朱双一任秘书长，聘请郭风、吕良弼、季仲、卓钟霖为顾问。

1999 年 6 月 9 日，本会选举产生了第三届理事会，理事 30 名，常务理事 9 名；刘登翰任会长，杨际岚、顾圣皓任副会长，杨际岚兼任秘书长，朱双一任副秘书长，聘请郭风、汪毅夫、吕良弼、季仲、卓钟霖为顾问，庄明萱为名誉会长。经批准，本会更名为福建省台湾香港澳门暨海外华文文学研究会。

2002 年 9 月 8 日，本会选举产生了第四届理事会，理事 38 名，常务理事 14 名；刘登翰任会长，杨际岚任常务副会长，朱双一、徐学、戴冠青、袁勇麟任副会长，袁勇麟兼任秘书长，刘小新、宋瑜任副秘书长；聘请郭风、汪毅夫、吕良弼、季仲、卓钟霖为顾问，庄明萱为名誉会长。

2005 年 12 月 22 日，本会选举产生了第五届理事会，杨际岚任会长，朱双一、刘小新、李晓宁、陈旋波、周宁、徐学、袁勇麟、戴冠青（按姓氏笔画排列）为副会长，刘小新兼任秘书长，宋瑜、高鸿、张桃任副秘书长；聘请郭风、汪毅夫、马照南、吕良弼、季仲、卓钟霖为顾问，刘登翰、庄明萱为名誉会长。

2008 年 12 月 22 日，本会选举产生了第六届理事会，理事 46 名，杨际岚任会长，朱双一、刘小新、李晓宁、陈旋波、周宁、徐学、袁勇麟、戴冠青任副会长，刘小新兼任秘书长，宋瑜、张桃、廖斌、李诠林任副秘书长；聘请郭风、汪毅夫、马照南、吕良弼、季仲、卓钟霖、游小波为顾问，刘登翰、庄明萱为名誉会长，并专门成立了由张羽任主任、李诠林任副主任的青年学术工作委员会。

2011 年 12 月 3 日，本会选举产生了第七届理事会，理事 47 名，杨际岚任会长，朱双一、刘小新、李晓宁、陈旋波、宋瑜、周宁、徐学、袁勇麟、戴冠青任副会长，李诠林任秘书长，张桃、廖斌任副秘书长，张羽和陈美霞分别担任青年学术工作委员会主任、副主任。聘请汪毅夫、马照南、吕良弼、季仲、卓钟霖、游小波为顾问，刘登翰为名誉会长，名誉理事 11 名。

创会至今，研究会同仁中，郭风、杨云二位老人，厦门大学庄明萱、黄重添、华侨大学顾圣皓、黎明大学方航仙、海峡文艺出版社林承璜、海潮摄影出版社叶恩忠、《台港文学选刊》杂志社廖一鸣等已先后辞世。这其中既有劳苦功高的前辈，也有英年早逝的同道。抚今追昔，备感拓荒者们的不易和可贵。

所幸者，薪火传承，事业永不停歇，"长江后浪推前浪"之势尤其喜人。中生代承前启后，成为研究团队的核心和中坚。华文文学专业方向毕业的硕士和博士，当在百人以上。从事相关岗位的中青年高级专业人员，亦不下于百人。

自1982年至2012年，30年间，从时间维度看，1997年为中间节点。这一年4月下旬，在福建省画院召开"世纪之交的台港澳暨海外华文文学研究"青年学者座谈会，充分肯定既往的显著成绩，同时，坦诚探究存在的诸多问题。会议综述最后写道："会上，前辈学者对青年寄予厚望，殷切期许青年学者们在今后承担更多的学术任务，逐渐成为台港澳暨海外华文文学研究群落的主力，推动研究取得新的突破性的进展。"令人十分欣喜的是，前辈学者的殷切期许并没有落空。

二

"三十而立"，立于"事"。

福建省台港澳暨海外华文文学研究会创立之前，省内有关部门、单位就作为发起单位，参与举办第一届、第二届和第三届全国性学术研讨会。1988年创会后，便把举办各类学术会议当作研究会的重要活动方式。

《走过二十年》介绍了研究会自1988年至2007年近二十年间的相关情况。2008年至2012年，又连续举办了数场学术会议。

（一）2008年7月4日至7月8日，台湾文学现代性学术研讨会在厦门举行。研讨会由本会与厦门大学台湾研究中心、厦门大学台湾研究院联合主办。来自海峡两岸和美国、日本的专家学者五十多人出席。研讨会涉及日据时期台湾文学与现代性、现代主义文学及作家个案研究等议题。

（二）2008 年 12 月 21 日至 12 月 22 日，福建省台港澳暨海外华文文学研究会成立二十周年纪念会暨"华文文学学科建设与区域文学研究"学术研讨会，在福州举行。研讨会由本会与《台港文学选刊》杂志社共同举办。

（三）2009 年 7 月 22 日至 7 月 29 日，第三届全国高校教师世界华文文学课程高级进修班暨第二届世界华文文学教学工作研讨会，在武夷山市举行。进修班和研讨会由中国世界华文文学学会和福建师范大学文学院联合主办，暨南大学出版社、《台港文学选刊》杂志社协办，福建省台港澳暨海外华文文学研究会承办。全国各地代表以及来自美国、韩国的作家、学者七十多人出席。

（四）2010 年 11 月 20 日至 23 日，福建省社会科学界第七届学术年会分论坛"全球化时代华文写作与海西文化传播"国际研讨会，在福州举行。研讨会由福建省社科联、福建省文联、福建省台港澳暨海外华文文学研究会、华侨大学华文学院联合主办，海峡文学艺术发展研究中心、《台港文学选刊》杂志社、福建社会科学院文学研究所联办。美国、日本、澳大利亚、马来西亚、文莱等国，中国大陆和台湾、香港的作家、学者以及高校博士生、硕士生，七十余人出席。研讨会主题为：（1）海西文化形象与传播；（2）华文书写经验；（3）台湾文学新论；（4）海外华文文学探析及其他。出版论文集《全球化时代华文写作与海西文化传播国际研讨会论文集》（《台港文学选刊》增刊/2010 年 11 月）。

（五）2011 年 11 月 28 日至 12 月 2 日，"国际新移民华文作家（闽都）笔会"在福州举行。此次笔会由福建省文联、国际新移民华文作家笔会、福州市文联主办。由海峡文学艺术发展研究中心、《台港文学选刊》杂志社、闽都文化研究院承办，中国世界华文文学学会、福建省作协、福州市作协联办，福建省台港澳暨海外华文文学研究会积极参与。来自美洲、欧洲、澳洲的华文作家，中国大陆多个省市和台湾地区的学者、作家等六十多人出席。笔会期间，举办了"新移民高端论坛"，主要议题有关于新移民文学的定位和估量，关于华文创作的生命体验和审美价值，关于经典的维度和评判等。

（六）2011年12月3日至12月4日，福建省社会科学界2011年学术年会分论坛"流散华文与福建书写"国际学术研讨会，在泉州市举行。研讨会由福建省社科联、省文联、省台港澳暨海外华文文学研究会、泉州师院中国现当代文学省级重点学科主办，海峡文学艺术发展研究中心、《台港文学选刊》杂志社、福建社科院文学研究所联办。美国、加拿大、荷兰、澳大利亚等国的华文作家，以及多个省、市的专家学者，七十多人出席了会议。研讨会主题为：（1）海外华文作家的福建书写；（2）福建文化对海外华文文学的影响；（3）闽台文化渊源背景下的台湾文学；（4）东南亚华文作家与闽南文化的关系；（5）福建文学在海外的传播与接受；（6）文化产业与闽台文化研究评论，等等。出版论文集《流散华文与福建书写国际研讨会论文集》（《台港文学选刊》增刊/2011年11月）。

（七）2012年10月26日至10月29日，第十七届世界华文文学国际学术研讨会暨中国世界华文文学学会成立10周年、世界华文文学学科建设30周年纪念大会，将在福州举行。研讨会和纪念大会由中国世界华文文学学会、福建师范大学主办，福建师范大学文学院、福建省台港澳暨海外华文文学研究会承办。会议中心议题是：学术史视野中的华文文学。分议题：（1）海外华文文学的源流与学术轨迹；（2）台湾文学的历史经验与前沿话题；（3）不同地区华文创作特征的比较研究；（4）百年华文文学的经典化问题；（5）华文文学与华语传媒的跨界互动；（6）华文文学理论批评家的诗学贡献；（7）女性华文文学论坛；（8）青年学者论坛。

（八）2012年11月25日至11月27日，福建省社会科学界2012年学术年会分论坛"海峡文化创新与福建发展"学术研讨会，将在福州举行。研讨会由福建省社科联、海峡文化研究会、福建省台港澳暨海外华文文学研究会、海峡文化研究中心联合主办。论坛主题：海峡文化创新与福建发展。分议题为：（1）海峡文化创新与福建跨越发展；（2）海内外华文作家的福建书写与海峡文化的建构与创新；

（3）海峡文化创新与闽台文化交流；（4）海峡文化对海内外华文文学的影响；（5）海峡文化创新与福建文化产业的跨越发展；（6）海峡文化创新与福建区域软实力建设；（7）海峡文化研究史的回顾与前瞻；（8）福建省台湾香港澳门暨海外华文文学研究史的回顾与前瞻。

全国性综合类研讨会，曾先后在厦门大学（1984）、华侨大学（1999）和福建师范大学（2012）举行。分别有近百名及一百多名境内外学者参加。全国性专题类研讨会，也曾举办数场。其中有"世纪之交的台港澳暨海外华文文学研究"青年学者座谈会（1997）和第二届世界华文文学中青年学者论坛（2001），前者实际上是作为第一届中青年学者论坛并依此往后类推。此外，还有第三届全国高校教师世界华文文学课程进修班暨第二届世界华文文学教学工作研讨会（2009）。

其他则多为本省为主的学术会议。或独家主办，或联合主办，或承办，或参与举办。合作单位为高校、科研机构、学术团体、媒体等。出席人数约在五十至八十名左右。其中多场为国际学术研讨会，与会代表不限于本省，还扩大到大陆其他省、市、自治区，乃至境外、海外，"敞开大门"，广开言路。

此外，还举办过几场小型专题会议，人数不多（二三十名左右），主题集中，针对性强，讨论比较深入。

这里，仅列举福建省台港澳暨海外华文文学研究会举办的学术会议，其他学术团体（如厦门市东南亚华文文学研究会）和学术机构也曾举办类型多样、议题广泛的学术会议。多方形成合力，共同推动台港澳暨海外华文文学学科建设。

三

"三十而立"，立于"文"。

学科建设离不开研究文本的选择、推介和积累。在福建，海峡文艺出版社、鹭江出版社、海风出版社等图书出版社，《台港文学选刊》《海峡》等文学期刊，一些报纸副刊，做了大量介绍工作，特别在 20 世纪 80、90 年代，向广大读者提供了大量台港澳暨海外华文文学作品，也为学术研究、学科建设提供有效的文本支持。

1984 年 4 月下旬，"全国第二次台湾香港文学学术讨论会"在厦门大学举行。原籍福清的香港三联书店资深编辑梅子（张志和）也到会。会后，笔者同其以及海峡文艺出版社林承璜等一同乘火车返回福州。"在列车上，谈起办刊的事"，"憧憬过台港澳暨海外华文文学作品'回家探亲'的盛况"。纪念《台港文学选刊》创刊 10 周年和 20 周年时，梅子在贺函中均提及往事。广大读者的热切期盼，梅子等香港朋友的热情倡议，福建省文联有关领导和编辑人员的果敢抉择，共同催生了《台港文学选刊》。

1984 年夏间，时任中共福建省委书记的项南为《台港文学选刊》撰写了代发刊词《窗口和纽带》。

窗口和纽带
项 南

地处祖国东南的闽、台、港，可说是一个国家，两种制度。也可以说是一个国家，三种社会。

如何促使不同制度、不同社会的人增进了解，消除隔阂，求同存异，进而融会贯通，和谐默契？文化的交流，可能是一个较好的途径。

不论是台湾、香港，还是大陆，人民都是聪明、勤奋的，都渊源于一个古老的文化传统，都蕴藏着光耀夺目的艺术珍宝，都以自己是一个中国人而感到无比自豪。也不论是追溯往事，还是展望未来，我们都能发现，共同的东西远比差异之点多得多。

《台港文学选刊》将成为瞭望台港社会的文学窗口，联系海峡两岸的文化纽带，团结三种社会力量的一种精神象征。

我认为，这个选刊是可以担当起这一任务的。因此，我也相信，这个选刊是会受到炎黄子孙的欢迎和喜爱的。

1984 年 7 月 6 日于福州

回溯往昔，由于历史的和人为的因素，台湾海峡波汹涛涌，相互阻隔数十载，曾有一位四川读者撰文真切表述了当年的深刻感受：从噩梦中醒来后，渴望了解别的人是怎样生存以及汉语写作存在的其他潜在可能和样式；渴望生活、渴望阅读的情绪交织在一起，构成了一种强烈的社会需要；这种正当需求最终就以《台港文学选刊》这样的形式找到了公开的位置；这样，"一种杂志就把我们的个人生活和历史结合在一起了"。作为福建省文联主办、主管，大陆第一家、目前也是唯一一家专门介绍台港澳暨海外华文作品的文学期刊，《台港文学选刊》伴随改革开放大潮，走近千千万万读者。

寒来暑往，跋山涉水，《台港文学选刊》已走过二十八年。透过岁月风尘，寻觅华夏儿女栉风沐雨的蜿蜒足迹，溯源而上或顺流而下触摸中华文化的宏大根系。《台港文学选刊》先后介绍了二千多名台港澳及海外华文作家的三千余万字作品。这一路走来，始终得到广大读者和许多作家学者的高度关注与热忱勉励。著名散文家郭风曾表示："由于两岸文化交流的日见频繁和发展，若干年来，我能够经常阅读台湾作家的作品；这包括发表于台湾报纸副刊、期刊杂志上的作品以及文学书籍，包括阅读诸如在福建创办的《台港文学选刊》和海峡文艺出版社所推荐、所发行的大量台湾作家的作品。"台湾著名诗人洛夫称道《台港文学选刊》："完成的不仅是一座桥梁的使命/更是一种海内外中国人的/千万缕情的交融/千万颗心的凝聚的工作。"

《台港文学选刊》伴随台港澳暨海外华文文学学科建设的发展而成长。许多学者十分热诚地推荐作品，撰写评论，提供各种帮助，对《台港文学选刊》给予强有力的支持。由他们选编出版的作品为数甚多，影响广泛。注重推介作品与逐步深化研究相辅相成，成为学科发端与成长的鲜明特色。

从《台港文学选刊》这一缩影，清晰地呈现了学科建设中"三十而立"立于"文"的独特轨迹和突出作用。2011年12月产生的第7届理事会，其中12名理事为传媒界人士（海峡文艺出版社、鹭江出版社、福建人民出版社、《东南学术》《福建论坛》《台港文学选刊》《海峡都市报》《闽南日报》、东南广播公司、省出版物审读中心），从一个侧面体现了我省学科建设与学术团体的上述重要特点。

四

"三十而立"，立于"论"。

三十年来，福建省台港澳暨海外华文文学研究硕果累累。论文以千篇计，专著以上百部计，论文集也达数十部。

福建省台港澳暨海外华文文学研究会创会之初，组织全省相关研究人员撰写《台湾文学史》。编委会由刘登翰、庄明萱、黄重添、林承璜任主编，王耀辉、林正让、杨际岚任编委。全书分上、下卷，一百二十多万字，于1991年6月和1993年1月由海峡文艺出版社出版，反响良好，曾荣获第1届"中国图书奖"、华东地区优秀文艺图书一等奖、福建省社会科学优秀成果一等奖。2008年，《台湾文学史》列入"中国文库"（文学类）第三辑，并由中国出版集团现代教育出版社重版发行。

本会坚持和发扬学术精神，致力于华文文学发展脉络的梳理与整合，团结全省本学科领域学者，在"大中华"和"大文化"两个维度框架构建下开展台港澳及海外华文文学研究，取得一系列学术成果。

如福建省第六届（2003—2004）社会科学成果评奖，本会同仁便获得如下奖项：1. 一等奖一项——管宁（本会理事）论文《当代大众传媒与大众文艺》；2. 二等奖四项——（1）杨健民（本会理事）专著《批评的批评——中国现代作家论研究》；（2）俞兆平（本会理事）论文《美学的浪漫主义与政治学的浪漫主义》；（3）刘登翰（本会会长）和刘小新（本会理事）论文《关于华文文学几个基础性概念的学术清理》等8篇；（4）朱双一（本会副会长）专著《台湾文学的文化亲缘》。3. 三等奖一项——朱立立（本会理事）专著《知识人的精神私史——台湾现代派小说的一种解读》。

"三十而立"，无论立于"人"，立于"事"，立于"文"，立于"论"，都存在有待深化和拓宽的发展空间。

15年前，在福建举行的青年学者座谈会，针对以往研究中存在的不足与缺失，与会者直言不讳，畅所欲言。会议综述列举了以下几种现象：

1. 大陆的台港澳暨海外华文文学研究总体说来描述性的较多，基础理论建设较薄弱；有坚实的理论根基、体现整合性的研究有待更新。由于某些研究者的理论素养不足，价值观念与论述语言老化，研究主体与客体的思维反差较大，造成研究主体拥抱客体时的僵硬。或有"八股式"的研究，拿某些现成的、粗疏的概念，让对象对号入座，急急忙忙"戴帽子"；或耽于简介式、评点式的研究，却未臻细致、精当；或偏尚宏观，却显得比较空泛；或以一味褒扬代替批评，多挑好作品进行分析、评论，对作品的不足有意避开；或方法意识薄弱，只做些简单的方法移位。这些现象不同程度地在不同的研究者身上存在，却整体地影响了本学科研究水平的提高。

2. 一些与会者还指出，学养不足的问题，除了在理论、观念、方法上有待提高外，作为研究者自身的文学心灵有待丰富，也是问题之一。表现在研究中，是对文学特性的关注不够。有些研究者只善于对材料进行整理归类，对作家作品加以罗列梳理，对现象给予大体的描述或命名，对主题做单纯粗略的圈点，对艺术形式进行概念的演绎。来自教科书上的理念较多，活生生的文学感知较少。由于时空的限制，增加了与对象的隔膜；各种文学经验的积累不足，也造成主客观的脱离，深度不够，或论述不到位，使研究品质欠佳。

3. 存在着非学术因素的干扰。一种是功利目的太强，由于研究对象属于台、港、澳、海外，特殊地区……一味说好，廉价溢美，可谓"慈善式"研究。另一种是"交换式"研究，以某种私心为目的。再一种"友情式"研究，"交际"捧场，同样丧失独立的学术立场和原则。尚有"二道贩子式"照搬对方的研究成果，也是出自名利的非学术干扰。

上述提及的不足，是包括年轻学者都存在的共同问题。严肃地提出来，正是为了警策自己，以更好地提高我们的学术自觉性，改变这一领域在大陆学界的"边缘地位"。

——余禺《视野：跨世纪的文学时空——"世纪之交的
台港澳暨海外华文文学研究"青年学者座谈会综述》
（《台港文学选刊》1997年第7期）

耐人寻味的是，上述现象至今仍然程度不同地存在。三十已矣！返视而前瞻，坚持"学术自省"，客观检视诸多未尽人意之处，在既有的基础上，逐步完善理论架构，创新批评思维和方法，不断提升世界华文文学学科建设的广度和深度。

相较而言，"三十而立"，立于"论"，尤显紧迫。当年，中国世界华文文学学会创立前后，在报刊上进行了一场热烈的学术讨论。福建的一些学者踊跃发表各自意见。讨论主要围绕世界华文文学的定位而展开。正如刘登翰一篇论文的篇名——《命名、依据和学科定位》，如何"命名"？依据何在？怎样给予"学科定位"？这些都涉及至关重要的学理层面的课题，实质上反映了理论架构这一根本性问题。

关于"世界华文文学"的命名，至今众说纷纭，莫衷一是。或广泛指称世界范围内以"华文"创作的文学作品（实乃"汉语言文学"），或集中称谓"台港澳暨海外华文文学"，或专门用以表述"海外华文文学"，等等。笔者倾向于第一种，亦即理应含括中国大陆，在学科研究上，侧重于台港澳暨海外华文文学，同时关注中国大陆文学与台港澳文学、与海外华文文学相关联、相衔接、相交叠的部分。

就研究方向与学术成果而言，福建省台港澳暨海外华文文学研究会的同仁所做的努力主要在于"台港澳暨海外华文文学"研究。因而，这篇介绍性文字相应地主要限于这一方面，而且限于省研究会这一学术团体，限于研究会的整体性学术活动。加之未能广泛收集研究会诸同仁的个人学术成果，因而不可避免地带来描述的简略与粗疏。这是显而易见的。

（2012 年 10 月）

二　谈片

台湾当代杂文扫描

一

在当代台湾文学的发展进程中，杂文虽未得到应有的评价，却始终大行其道。郑明娳曾以"不但作家辈出，产量丰富，且内容庞杂"，概括新文学运动以来杂文盛行的现象。这同样颇为切合台湾杂文创作的状况。①

台湾当代杂文的发展，有着与其相应的文学环境。这种环境，"系指提供文学生存与发展的空间，其中有关政治、经济、文化等方面的人文活动和文学的关系非常密切"。②

40年代和50年代之交的时局变迁，60年代之后的社会转型，对众多杂文作者的心灵世界注下了浓重的投影，同时也提供了令人眼花缭乱的创作素材，台湾杂文界随之展现驳杂繁复的景观。有人应和"反攻""光复"，眷恋消殒的往昔，亦有人梦游故园，望断归程。有人当仁不让地自诩"卫道士"，竭诚竭忠地维护子虚乌有的"法统"，亦有人悯恤民众疾苦，义无反顾地"替天行道""为民请命"。同是对时弊的拒斥，或则慷慨激昂，呈怒目金刚状，或则冷眼相对，作壁上观。同是对积习的非议，或则冷嘲热讽，犀利如银针，或则和风细

---

① 郑明娳：《寒光逼人的匕首——谈杂文》，《现代散文类型论》。
② 李瑞腾：《八十年代的台湾文学》。

雨，絮絮似耳语。

台湾杂文在很大程度上，依附于报纸副刊。有论者认为，副刊是居于一种从属性地位而寄生于大众型报纸的消费文化产物，由此形成独特的书写体裁，以配合泛社会性的消闲品味。文学作品在副刊中便有被异化为"块段"的情形。50年代时已有确立形式的杂文专栏，便是这样的副刊文体。① 在报纸副刊撰写专栏——结集出版——在报纸副刊上推介——传播文名，几乎成了绝大部分杂文作家创作生涯的程序和模式。同时，杂文还借助其他传播媒介得以蓬勃发展。台湾报刊种类繁多。据现有统计资料，各类报纸已多达两百多家，杂志更是多达四千多种，以月刊、周刊和双周刊为主。按类别区分，休闲娱乐类和语言学习类大约各占20%，财经新闻占17.5%，妇女杂志占16%，其他为文史、科技、艺术、政法、体育和儿童杂志。不少杂志以"杂"为办刊取向，开辟了多种多样的杂文专栏，刊发了大量杂文。出版社竟达三千多家，所出杂文集数目相当可观。仅以应凤凰编著、台北大地出版社出版的1980年、1981年、1984年文学书目为例，标明为杂文集的分别为34种、23种、11种，此外，尚有杂文和散文、论文、报道等合集，计26种。李瑞腾为台湾1980年文学年鉴撰写的1980年散文概况。所列举的有代表性的作家别集，在"方块专栏等说理性的杂感散文"名目下开列了13种：夏元瑜《马后炮》《百代封侯》、柏杨《早起的虫儿》《皇后之死》、彭品光《澎湃叱咤集》、彭歌《作家的良心》、桓来《谦让第一》、汉客《求新集》、闻见思《爱心与慧眼》、赵滋蕃《流浪汉的哲学》、思果《香港之秋》、曾昭旭《性情与文化》、丹扉《鼓刷集》。时报文化出版企业有限公司"人间丛书"截止1988年，出版了杂文集19种，作者有张大春、林清玄、陈若曦、龙应台等。

作家对于杂文这一文体的选择，出于多样化的需求。柏杨明确表

---

① 林燿德：《"鸟瞰"文学副刊》，《联副四十年》，《联合文学》第83期。

示："选择杂文这一文学样式，是因为现代时空观念，对速度的要求很高，而在文学领域中，杂文是最能符合这个要求的。它距离近，面对面，接触快，直截了当地提出问题，解决问题。"更多的人如同颜元叔那样，面对这种时空，把杂文视为"有效的噫吐工具"，看见了一个问题，承受了一个刺激，获得了一个感受，就说自己要说的话，应说的话；而且把话说清楚，说精确。"面对现实，吹打弹唱，就是杂文"。报刊的频频约稿，也是不少作者写作的原动力。"这一类作品，大部分并非自动自发，而出之以还债心理……许多刊物杂志向我要文章，甚至还出了题目，像应考一样。但在情理上又不能不应付。于是就写一些所思所感的杂文交差。"① 急迫，快捷，时效性成了杂文的催化剂。

杂文的写作群范围广泛，学界和新闻界为主要分布地带。出生在世纪之初的钱歌川（1902－1991）、洪炎秋（1902－1980）、梁实秋（1903－1987）、台静农（1903－1990），其创作生涯紧紧伴随着教学生涯。钱歌川原籍湖南湘潭，于1947年应聘赴台，先后任教于台湾大学、成功大学、海军官校、陆军官校、高雄医学院，1964年离台，任教于新加坡南洋大学，70岁退休后赴美侨居，其间著有《淡烟疏雨集》《三台游赏录》《虫灯缠梦录》《竹头木屑集》《狂瞽集》《搔痒的乐趣》《罕可集》《西笑录》《客边琐话》《篱下笔谈》《瀛壖消闲录》《浪迹烟波录》《楚云沧海集》等，所收篇什杂文居多。洪炎秋原籍台湾彰化，1929年毕业于北京大学，在北大、师大任教。1946年返回台湾，先后任教于台北女师、台中师范、台湾大学、台湾师大、大同大学、铭传学校。自1948年至1974年，洪炎秋著有杂文集《闲人闲话》《废人废话》《又来废话》《忙人闲话》《浅人浅言》《常人常谈》，被称为"六大话本"，擅长以风趣幽默笔调写长篇议论文，人称一绝。台静农说其"写来有周作人风"。梁实秋于1949年抵台湾，曾先后在台湾师院、台湾师大、台湾大学执教，学贯中

---

① 杨乃藩：《〈一发青山〉后记》，台北九歌出版社1980年版。

西，著作等身，其杂文集《雅舍杂文》《秋室杂文》《实秋杂文》《白猫王子及其他》，卓然逸出一枝，谈天说地，开合自如。台静农原籍安徽霍邱，1946 年为促进战后文化的复归和重建，赴台从事教育工作和写作，在台湾大学执教，1972 年退休，为辅仁大学、东吴大学讲座教授。著有《龙坡杂文》，感旧忆往，抚今追昔，不仅记录了当年交往友朋，也记录了岁月沧桑，获台湾第 12 届时报文学奖推荐奖。四位几与世纪同龄，为文为人，对台湾杂文界影响尤甚。早年，钱歌川曾撰文评析他人作品："他所说的都是以自己为中心的，他的笔尽可飞出天外，但仍将回到人寰。他那些冷语闲言，似乎无关重要，虽是轻描淡写，却也意味深长，使读者在不经意中，都受到他的影响，所以结果常能改善人间的弱点，矫正社会的陋习，甚至大有补于世道人心呢。"① 他们毕生从教，倾所知于民众，谆谆善诱；发而为文，无论议世事，或是诉人情，也着力于潜移默化，滋润人心，在这四老之后，学界中杂文历久不衰，个人经历、写作风格虽不尽相同，但是，"改善人间的弱点"的旨趣一以贯之。具有一定影响力的有夏元瑜、赵滋蕃、颜元叔、尉天骢、张晓风、亮轩、曾昭旭、赵宁、龙应台等。夏元瑜以杂文著称，结集出版有《老生闲谈》《老生再谈》《以螳螂为师》《谈笑文章》《青山兽迹》《万马奔腾》《流星雨》《生花笔》《升天记》《马后炮》《百代封侯》《千年古鸡今日啼》《梦里乾坤》《现代人的接触》等。夏的两手，为人所称道：一手拿解剖刀，做动物标本，在台湾是别无分号的高手；另一手执笔写杂文、妙语如珠，读来生津止渴。赵滋蕃（笔名文寿），著有《文寿杂文选》《人间小品》《生命的锐气》《长话短说集》《情趣大师》《生活大师》《创造大师》《游戏大师》等，论事说理，自成一格。颜元叔著有杂文集《时神漠漠》《善用一点情》《台北狂想曲》等，幽默嘲讽的犀利笔锋，引人注目。尉天骢曾为《民族晚报》写杂文，后收入《众神》，又为《台湾日报》用方庚笔名写杂文，后收入《天窗

---

　　① 味橄（钱歌川）：《游丝集》，中华书局 1948 年版。

集》。张晓风希望在优美典雅的创作形式之外，也能尝试辛辣的指责，善意的关怀，带泪的幽默。1973 年起以桑科、可叵笔名写杂文，著有《非非集》《桑科有话要说》《幽默五十三号》《通菜与通婚》等。亮轩曾为多种报刊撰写专栏，"庄谐并举，情理兼长"，著有杂文集《偶然与必然》。此外，曾昭旭、赵宁的作品集中杂文都占有颇大篇幅。

由于杂文与新闻传播工具的特殊的密切关系，新闻从业人员擅长杂文者不在少数。凤兮、寒爵、言曦、彭歌、刘心皇等均有可观的劳绩。刘心皇著有杂文集《人间随笔》《云室漫笔》《悟庐闲笔》，列为《人海杂话》之一、之二、之三。言曦（本名邱南），著有《言曦散文全集》《世缘琐记》《骋思楼随笔》等。寒爵曾为《中华日报》《征信新闻》《中国时报》撰写专栏 10 余年。杂文结集《百发不中集》《戴盆集》《荒腔走调集》《望天集》《闲文集》《食蝇集》《信言不美集》《先路集》《寒爵自选集》等。凤兮创作以杂文为主，著有《鸡鸣集》《真情集》《逆旅之爱》《站在亮处》《不怕说不》《几点萤光》《谭荟》等。王大空文采、口才俱佳，有"台北名嘴"之称，其杂文"实话实说，轻松而有风趣，不故作圣贤教训人的那副腔调"（言曦语），其作品主要收入杂文集《笨鸟慢飞》《笨鸟再飞》等。彭歌（本名姚明），曾为《新生报》《联合报》撰写专栏，1968年至今，结集出版杂文集 20 多种。彭品光（笔名澎湃等），早期创作以小说为主，后多写杂文、短论，为数家报章撰写专栏，结集为《澎湃杂文集》《澎湃微言集》《澎湃怡情集》《澎湃心声集》《澎湃沉思集》《澎湃叱咤集》《焚余集》《生命的散草》等。戚宜君著有杂文集《齐家篇》《寒蕊濯雪》《粉白黛绿集》《语珠舌华录》《撷英拮蕊集》《摭玉拾穗记》等。因新闻职业习惯所致，这类作者能敏捷地感应时事，言之有物，文字大都平白晓畅，一般读者阅读毫无障碍，喧哗播扬，易造成影响。然而，长短由此而挟裹于一处。有些杂文过于直露，质胜于文，甚至沦为当局政策的诠释，难脱说教味，随时光流逝而失却其价值。

在台湾文坛上，对杂文的界定向来存在歧异，或曰杂文范围宽泛，包括社会批评和人生杂谈两大类，或把涉及写俗事、说理与记叙的散文视为杂文，或认为杂文是兼有各体，杂凑成书，而非特有的文章体裁。但大多倾向于视杂文为文艺性的杂感。专事杂文写作的作家并不多，"客串"者其量其质却甚为可观。前所列举的数位前辈作家外，还有一大批散文家、小说家、诗人和文学评论家，写过许多杂文，有些篇什文采斐然、哲思深邃，时人广为传诵。在台湾杂文发展史上，留下这些作家作品的一席之地。如吴鲁芹的《瞎三话四集》《余年集》《台北一月和》《暮云集》，王鼎钧的《人生观察》《长短调》《世事与棋》，张系国的《让未来等一等吧》《快活林》《天城之旅》，陈若曦的《文革杂忆》《生活随笔》《无聊才读书》，刘枋的《假如我成了家》《假如我遇见他》《吃的艺术》《吃的艺术续集》，张健（汶津）的《阳光与雨露》《汶津杂文集》《天才的宴会》，杨小云的《从相爱到相处》《爱是需要说抱歉》《圆内圆外》《有你有我》，等等，在林林总总的杂文园地中各领风骚。张秀亚、子敏、高阳、杨青矗、姜穆、羊令野、张大春、李昂、赵淑敏、林清玄、阿盛、苦苓、黄碧端、高大鹏等，间或写些杂文，另有一番韵致。而执着坚毅者，如丹扉、薇薇夫人等，更是倾心尽力于杂文写作。丹扉（本名郑锦先），曾为《皇冠》杂志撰写"反舌集"，为《台湾日报》撰写"妇人之见"，为《台湾时报》撰写"管窥篇"，杂文集多达二十余种，如《反舌集》《妇人之见》《丹扉的话》《鼓刷集》《家务卿琐语》等。薇薇夫人（本名乐茞军），为《联合报》撰写"薇薇夫人专栏"，为《国语日报》撰写"茶话"专栏，著有杂文集《短言集》《关关集》《衔泥集》《融融集》等。丹扉一向自称"杂文手"。她的《鼓刷集》扉页写道："在轻音乐或流行歌曲乐队中，打鼓者有时不用鼓棒，而改用两柄帚式小刷。它不是主调，但随着拍子叱叱喳喳地，也算是一种凑热闹的音响吧？"专事也罢，客串也罢，杂文作者都有自知之明，杂文在文界并不居于主导性位置，但同样具有自身的一定价值。钩隐显微、匡谬正俗，寓庄于谐、婉而多讽，杂文的这两种基本特征，自古而今，流风余绪，延绵不绝。

二

社会批评和人生杂谈，杂文的这两大类别，在台湾当代文坛，都获得蓬勃发展。代表性作家应推梁实秋、何凡、柏杨、李敖、龙应台。

梁实秋不特以散文名世。他的杂文以论理为轴，融抒情、叙事、咏物与议论于一体，"文学味"横溢，而"新闻腔"脱尽，琳琅满目，多姿多彩，是学者型杂文的典范。传统士大夫式的风雅情趣浸濡于所有杂文作品的字里行间。他好早起，醒来听见鸟啭，一天都是快活的。走到街上，看见草上的露珠，进城的菜农，马路上的清道夫，上班的人流，由衷慨叹："这是一个活的世界，这是一个人的世界，这是生活！"（《早起》）他常散步，行之有年。清晨出门，朝露未干时，蚯蚓、蜗牛在路边蠕动，无人伤害，为小生物与人类"和平共处"而庆幸；见到路上被辗毙的田鸡、野鼠，则想到"生死无常"（《散步》）。梁氏杂文，警言满篇，可圈可点。"善谈和健谈不同，健谈者能使四座生春，但多少有点霸道，善谈者尽管舌灿莲花，但总还要给别人留些说话的机会"（《谈话的艺术》）。两相对比，差异处立见。"剑拔弩张的，火辣辣的，不是学者的气息，学者是谦冲的，深藏若虚的"（《谈学者》）。顺逆序类，学者真谛点拨分明。"少年读书而要考试，中年做事而要谋生，老年悠闲而要衰病，这都是人生苦事"（《谈考试》）。排比相较，人生跋涉之苦一语道破。

梁氏杂文的"文学味"，重要因素在于弥漫四溢的"幽默味"。郁达夫比较鲁迅与周作人两人"幽默味"的不同色彩，认为前者"辛辣干脆，全近讽刺"，后者"湛然和蔼，出诸反语"。梁实秋所随，颇有周作人之风。他的《送礼》，先说古，原始民族出猎，有所获，就把猎物分割族人，授、受皆"自然之至"。后道今，"近代社会过于复杂，有时因送礼而形成很尴尬的局面"。如何尴尬？——细表。端阳前数日，有人送礼"菲仪四色，务求赏收"，然而家人对来者竟然不识。转瞬到了中秋，此公又送来一份礼物，八角形的月饼直径在一尺以上，"我当时的心情，犹如在门内发现了一具弃婴。""惶悚之余，我全家戒严了。"不久，年关届临，此公又施施然来。不成说，礼物"成几何级数的进展"。延进玄关，诘问之下，认错人了："我们行里的事，要不是梁先生在局里替我们做主，那是不得了的。"——此梁非彼梁！来者闻悉，登时变色。"急忙携礼物仓皇狼狈而去，连呼：'对不起，对不起！'其怪遂绝。"寻常事，淡淡笔，讥讽之意淋漓尽致。人生长途屡屡流迁，梁的作品不免浸濡了落寞孤苦的况味。台北动物园里一匹骆驼，皮肤斑剥，毛发脱落，槛外冷清清，没有游人观赏。梁不由长叹："……如今这个世界，大家所最欢喜豢养的乃是善伺人意的哈巴狗，像骆驼这样的'任重而道远'的家伙，恐怕只好由它一声不响地从这世界舞台上退下去罢！"（《骆驼》）大家一窝蜂地拜起年来，每个人都咧嘴拱手"恭喜发财"，也不知喜从何处来，财从何处发。有人分辩，过年放假，家中闲坐，乡关迢遥，闷着发慌，这才四处拜年。梁又是一声喟吁："这样说来，拜年岂不是成了一种'苦闷的象征'？"（《拜年》）幽默依旧幽默，只是平添了苦涩的沉重。昔日的达观和通脱，此时已荡然无存了。

何凡的杂文与此迥然不同。许多作品"新闻味"浓郁。林海音将之喻为"台湾社会进化史的抽样"。何凡，本名夏承楹，1910 年 12月生于北京，原籍江苏南京。1934 年毕业于北平师范大学外文系，后任北平《世界日报》《华北日报》《北平日报》编辑，1945 年在《北平日报》副刊撰写《玻璃垫上》专栏。到台后历任台湾《联合报》《国语日报》编辑、总编、社长、发行人等。1953 年 12 月，林海音主编《联合报》副刊，《玻璃垫上》专栏同时见报。该专栏持续到 1984 年 7 月 12 日，历时 30 年又 7 个月，从未间断，创了台湾报纸定期专栏时间最长的纪录，共计写了 5500 篇，500 多万字。所译美国专栏作家阿特·包可华的专栏文章，至 1986 年已由纯文学出版社出版 13 集。1989 年 12 月，由林海音主持，编辑出版《何凡全集》

凡 25 卷。撰、译作品，累计超过 1000 万字。所著杂文集有《不按牌理出牌》《三叠集》《谈言集》《一心集》《如此集》《这般集》《五凤集》《十雨集》《夜读杂记》（上）（下）、《磊磊集》《落落集》《人生于世》等。仅从《何凡文集》"分类索引"看，何氏专栏杂文分类竟达 33 类，从政治、政府、经济、法律、教育、学术、文化、语文、宗教、体育、运动会，到交通、商业、大众传播、社会、市政、环境保护、人口、气象、健康·卫生、医药、家庭、饮食、衣着、观光·旅游、娱乐、人生、年节、人物、风云人物、悼念、国际情势、杂记·杂译、中国大陆，一应俱全。差不多可以从他的作品里，查找台北市什么时候出现电冰箱、冷气机、洗衣机、电饭锅、羽毛球场、滑冰场、红绿灯、斑马线、陆桥、地下道、停车场、点心世界……新事物刚出现，他总是第一个站出来，热心地致欢迎词。不良现象刚萌芽，他又挺身而出，理直气壮地干预。台北第一次出现摩登豆浆店，他迅即撰文赞许此事，同时又关心豆浆店的卫生条件，一再写文章提建议。他关心公车，爱护公车，乘客的秩序，司机的服务态度，车辆的喷烟，票价合理与否，硬票的设计，联营的构想，没有一项他没写过文章。

何凡在大学学英国文学，毕业后一直当新闻记者。前者使他学会了幽默作品的高级技巧，把握着言者无罪、闻者足戒的现代分际；后者使他具有直接间接采访事物、判断问题的能力。"看的多，写的短，选的精，说的浅。""这样就形成他有见解，有根据，有情趣，有作用，雅俗共赏，长短成宜的独特杂文风格。"① 何凡与包可华都运用"讽刺"，然而，何凡的手法是"巧喻"，包可华的手法是"夸张"。何凡为文，大都"宜婉宜讽"，形成"理直气和"的独特风格。"善意的挖苦"易为人接受。然而，中国传统的包袱太重，下笔难免有顾忌，不像包可华那样可以畅所欲言，这是他所感到遗憾的。何凡总是

---

① 梁容若：《〈不按牌理出牌〉序》，《何凡文集》别册，台北纯文学出版有限公司。

比别人看得早，想得周到，把事理分清，提出建设性的建议。梁实秋曾形容《玻璃垫上》专栏把他想说的话，从他的嘴里挖了出来。他的杂文也有一定的缺陷，比如他的友人所指出的，纵横中外的地方多，上下古今的地方少，引据书报的地方多，直接见闻的知识少。①

柏杨，初名郭立邦，后改名郭衣洞，另有笔名邓克保。原籍河南辉县，1920 年生于河南开封。1946 年毕业于东北大学，担任《东北青年日报》社长、辽宁学院副教授。1949 年到台湾。1950 年开始写小说。其间，历任"中国青年反共救国团"副组长，"中国青年写作协会总干事"，成功大学副教授、台湾艺术专科学校教授，台北《自立晚报》副总编辑。1960 年以笔名柏杨在《自立晚报》上撰写《倚梦闲话》专栏，系其杂文创作之始。1962 年在台北《公论报》上撰写《西窗随笔》专栏。以此先后结集出版 20 册杂文集。1968 年 1 月，由于他所负责的《中华日报》家庭版"大刀水手漫画"专栏，刊登了一幅父子二人在一座无人小岛上建立王国并竞选总统的漫画，获罪于当局，以"侮辱元首""通匪"之类罪名，于 3 月 7 日被捕，长期囚禁于火烧岛。经海内外各方人士援手营救，1977 年 4 月 1 日始被释放。在狱中写成《中国人史纲》等 3 部史著。返台北后，被聘为中国大陆问题研究中心研究员，并为《中国时报》《台湾时报》撰写专栏。先后出版了 6 部杂文集。1983 年起，开始将司马光《资治通鉴》译成现代语文，分册出版，每月 1 册。1988 年返大陆故乡探亲，写成《家园》一书，于 1989 年 5 月出版。此外，柏杨还著有小说 13 部、诗 1 部、报道文学 2 部、历史著作 5 部，主编文艺年鉴 3 部、文学选集 5 部。有关柏杨的研究选集、语录、纪念文集多达 14 部。

对于柏杨，在台 40 余年，可说是 10 年小说，10 年杂文，10 年铁窗（10 年著史），10 年译史。就其影响力而论，当首推杂文。自1962 年至 1968 年，柏杨先后出版杂文集《倚梦闲话》（全 10 册），

---

① 梁容若：《〈不按牌理出牌〉序》，《何凡文集》别册，台北纯文学出版有限公司。

计有《玉雕集》（《动心集》）、《怪马集》（《妙猪集》）、《堡垒集》（《降福集》）、《圣人集》（《候骂集》）、《凤凰集》（《咬牙集》）、《红袖集》（《红颜集》）、《立正集》（《跳井救人集》）、《蛇腰集》（《孤掌也鸣集》）、《剥皮集》（《水火相容集》）、《牵肠挂肚集》（《玉手伏虎集》）；《西窗随笔》（全 10 册），计有《高山摇鼓集》（《骡子集》）、《道貌岸然集》（《马翻集》）、《前仰后合集》（《不悟集》）、《神魂颠倒集》（《眼如铜铃集》）、《鬼话连篇集》（《乱做春梦集》）、《大愚若智集》（《笨鸟先飞集》）、《闻过则怒集》（《不学有术集》）、《越帮越忙集》（《吞车集》）、《心血来潮集》（《勃然大怒集》）、《死不认错集》（《猛撞酱缸集》）。① 柏杨出狱后，自 1978 年至 1982 年，先后出版《柏杨专栏》（全 5 册），计有《活该他喝酪浆》《不按牌理出牌》《大男人沙文主义》《早起的虫儿》《踩了他的尾巴》。总数累计 200 多万字。曾有论者认为，谈到柏杨，几个现象不可忽略：其一，他是台湾第一个因写杂文而声名大噪的作家，拥有庞大的读者群；其二，他写作不辍，产量惊人；其三，他为"弄笔"而入牢狱 9 年多。而柏杨杂文的出现，对台湾这个空间，这个时间，更有其特别的影响力，特点是：一、富趣味性，柏杨杂文善用妙喻，文字灵活，文白夹用，变化无穷，故能吸引众多读者来阅读。二、富社会性，勇于揭发社会的黑暗面，对种种不合理现象，敢于也勤于猛烈抨击。三、富教育性，有时用反讽的笔法，但主要是反复说明或教导民众一些正确的观念，柏杨的杂文，善尽了对社会大众的教育职责。② 在柏杨笔下，社会、政治、历史、宗教、文化、教育、人生、家庭、爱情……无所不涉，一一触及。柏杨所言，为众人耳闻目睹所思所感者；行文幽默、谐谑，饶有情趣，甚少说教味。其人因其文名世，其文因

---

① 该杂文集在 1977 年后"星光"版刊行时改书名，如《玉雕集》改为《动心集》等。1988 年"跃升"版，恢复原名。

② 应凤凰：《编辑前言》，《柏杨妙语集》，台湾学英文化公司 1984 年版。

其人彰显。

综观柏杨杂文，以入狱为界，前后两个阶段，广度如一，深度则不断嬗进。"泼辣尖锐，挥洒自如，纵而有时略欠严肃，但主题总离不了人权和人道——二十世纪两大问题"，① 其焦距所向，在于对中国社会——文化特点的提示。他以著名的"酱缸"说加以形象而尖锐的概括。他诠释"酱缸"为"腐蚀力和凝固力极强的浑浊社会"，"被奴才统治、畸形道德、个体人生观和势利眼主义，长期斫丧，使人类社会特有的灵性僵化和泯灭的混沌社会"。柏杨一针见血地将之归咎为"官场"的刻板和陈腐，"一切都以做官的人的利益为前提"，长此以往，丧失了分辨是非的能力，缺乏道德的勇气，没有是非曲直，没有对错黑白，因循苟且，墨守成规。

柏杨杂文的代表作《丑陋的中国人》，是"酱缸"说的一个集成。该书从柏杨的各杂文集中选出 30 篇编成，多为 70 年代后期到 80 年代中期的作品。其中《丑陋的中国人》《中国人与酱缸》《人生文学与历史》3 篇，是柏杨在美国的几次讲演。审视和批判中国传统文化的弊端，剖析"超出个人之外的、超出政治层面的整个中国人的问题"，是其着力最甚之处。作者认为中国文化是有毒素的文化，影响了中国人的素质，具体表现为：缺乏公德，缺乏纪律，法制观念淡薄，不团结，掩饰错误，心口不一，讲大话、空话、假话，明哲保身，没有是非标准，热衷于和稀泥等等。凡此种种，表现了中国人心灵的封闭、狭隘，缺乏开放性、宽容性、独立性。柏杨指出，这种有毒素的文化，正好有助于暴君、暴官的统治。作者强调，要改造"酱缸文化"，要改变"丑陋"的现象，首先要努力使每一个中国人觉醒，培养分辨美丑、善恶、是非的能力。他还提倡"崇洋，但不媚外"，积极吸收西方文化的长处。《丑陋的中国人》于 1985 年在台湾和香港两地同时出版，旋即引起强烈反响，柏杨因此而被列为当年台

---

① 聂华苓：《柏杨和他的作品》，《柏杨杂文选》，香港文艺风出版社 1987 年版。

湾"最畅销的十位作家"之冠。也有人责之丧失民族自尊心,"骂尽天下华人",给中国文化抹黑。

60年代,一个"愤怒青年"闯入台湾文坛。这便是李敖。他于1935年4月生于黑龙江哈尔滨,原籍山东潍县。1954年考入台湾大学法律专修科。次年自动退学,后又重考入台大历史学系。1961年8月考入台大历史研究所。在《联合报》《中华日报》《人间世》《传记文学》等发表杂文、论文。1962年任《文星》主编,在该刊发表不少杂文、论文。《老年人和棒子》等引起轩然大波。1963年出版第一部专著《传统下的独白》。在此前后被认为是李敖"棒打传统文化,掀起中西文化论战"的时期。1965年因发表文章批评当局,《文星》被封。1966年11月出版《李敖告别文坛十书》。1967年4月,被以"妨害公务"罪提起公诉,封笔至1970年。1971年3月被捕,1976年11月出狱。当土木包工两年。1979年6月复出,在《中国时报》撰写专栏,陆续出版《独白下的传统》《李敖文存》《李敖文存二集》。1980年出版《李敖全集》(6册)。1981年8月再次入狱,次年2月出狱。其间每月出版一册《李敖千秋评论丛书》。内容以政治评论为主,形式则多种多样,或杂文、随笔,或诗,也有书信、传记、日记等体裁。1982年出版《李敖的情诗》《李敖的情书》《李敖的情话》(即"三情之书"),谈笑风生,诙谐幽默、讽刺挖苦无所不有。1983年出版《李敖全集》第七册、第八册。1984年陆续出版《李敖千秋评论丛书》,另又编印《万岁评论丛书》,并为《政治家》杂志主持专栏。1987年,合《千秋评论》和《万岁评论》为一月刊。这一时期被认为是他"书生大论政,以历史批判当政政党,用笔杆左右党外选情"的时期。1987年,台湾《读书人》杂志评选十大作家,李敖名列榜首。李敖著述迄今已达百余种。

李敖于1982年出狱之后,写过一篇短文《文化空中飞人》,对自己的"硬派作风"做了个总结。他针对"有人说我是作家,有人说我是历史家、思想家,或是什么什么家",坦然表白,倒不如说他是"文化空中飞人"更逼真,更切题——"每月开夺命飞车,做拼命三郎","虎口捋须,太岁头上动土,用文化之笔,四面树敌,八面威风",一幅惟妙惟肖的自画像!他在审思密察中国历史后,挥笔著文,尖锐批评传统文化的缺陷,深刻剖析民族心态的弱点。谈古论今,旁征博引,嬉笑怒骂皆成文章。在台湾的所有杂文作家中,他对封建主义遗毒、对当局专制统治的抨击最为激烈。海外《大学杂志》载文评价,李敖那种"指责当道""横睨一世"的精神,完全出自一种高贵的中国"书生传统",一种"孤傲决绝的精神"。李敖在札记《孤寂》中夫子自道,"孤寂是要自己决定、自己排遣、自己应付难题、自己面对斧钺","孤寂是自处于荒原、孤寂是独行坟场、孤寂是什么声音都没有的时候看月亮"。因而,他无所顾忌地迎击面对的重重障碍,剥开华丽外衣下的种种不公不义,痛斥达官显贵的龌龊和腐朽。与此俱来,行文遣词时或有所偏激,难免招致误伤。这也是独特的"文字包装",惊世骇俗,造成"轰动效应"。李敖也便成了台湾岛上知识分子的一个"异数"。

龙应台,在新生代知识分子中又是一个"异数"。她于1952年2月13日生于台湾省高雄大寮乡水源地,原籍湖南衡山。1969年入成功大学外文系,1975年赴美留学,1982年获博士学位,并在美任教。1983年8月返台,任"中央大学"文学系客座副教授,后又任职淡江大学美国研究所。1984年11月20日在《中国时报》"人间"副刊发表《中国人,你为什么不生气》一文,反响强烈。1985年3月在该报辟"野火集"专栏。同年6月,《龙应台评小说》出版,不到半年,即印20余版;12月,《野火集》出版,迄今已达100多版。被称为"龙卷风"。1986年8月旅居瑞士苏黎世。1987年2月,《野火集外集》出版。1988年5月,举家迁居德国法兰克福;6月,《人在欧洲》出版。1992年,《给台湾的一封信》出版。

在《野火集》中,龙应台以她那锐利的词锋、灵转的文字、缜密的思虑,悍然无畏地揭开社会中的种种病象,让触目惊心的事实逼迫人们去自剖,去反省。她希望自己的批评"是不受传统跟规范的拘束,超越出来的","'野'取其不受拘束,'火'取其热烈"。它的热烈，它的不受拘束，在千百万读者中激起强烈的共鸣。一百多版，二十几万册，这惊人的销售量颇能反映读者的普遍心理。它随之受到的反弹也是令人惊骇，耐人寻味的。骂声汹汹，恰恰反证龙应台杂文切近现实、直面人生的鲜明个性。龙应台在此期间，还以"胡美丽"的笔名，以第三人称的方式，在《中国时报》"人间"副刊发表了多篇杂文，站在"男女平等"的地位上观察、思考和评论女性问题。现实生活中诸多司空见惯的现象，在龙应台眼里，却带有不一般的意味。每一篇无不锋芒直指"愚女政策"：这不是缠足，这是缠"脑"，缠"心"！一面，淋漓尽致地抨击轻视女人的传统观念、习惯势力，另一面，她也毫不讳饰女性自甘示弱的顽症。她固然以女性的观点为出发点，但又不囿拘于"性别身份"的单一角度，褒贬得体，尖锐而不尖刻，激烈而不偏激，尤有感染力和说服力。《人在欧洲》是龙应台旅居瑞士一年多心路的总结。概略地将其分类，大致为谈社会、谈人生和谈文学这么几种。换一个角度，从关怀面的宽泛和集中，还可以划分谈国际问题和谈台湾问题。在龙应台为"野火集"专栏撰稿时，她那位外籍的先生曾调侃她："你的职业不是教授、作家，而是中国。"对本土问题狂热的关切，到了《人在欧洲》，转换成了对于民族主义与世界公民关系的探寻和反思，某些偏失和缺欠（视野、襟怀等），也得以匡正和弥补。"从《野火》到《人在欧洲》，我好像翻过了一座山，站在另一个山头上，远看来时路，台湾隐隐在路的起点。"龙应台的这段心路，虽然打上了个人切身经历的印记，但它对于华人作家扮演的历史角色的省思和启迪是相当典型的。

杂文的基本内容是广泛、深刻的社会批评和文明批评，但批评并不等同于杂文。"言之无文，其行不远。"不少人都由衷肯定龙应台杂文的文字的魅力。有位法律教授感触很深，在他眼里，龙应台最大的优点是以文学批评家的笔法批评社会问题，落笔率直，且能以大众化、浅白的笔触突破过去的禁忌。而感性的文字和理性的思考的交融，为文学性和政论性的统一，为"大众化"的效果创造了基本条件。杂文以议论、说理为主。马森激赏龙氏杂文具有"敢言的勇气"和"善言的技巧"。检视龙氏几种类型的杂文,"善言的技巧"突出地表现为议论、说理的形象化、抒情化和理趣化。

　　台湾杂文创作成果累累,但也存在某些缺失。郑明娳曾提醒人们:"值得深思的是,杂文取材多与时事有关,尤其社会批评,与时事过于贴紧,在当时足以造成轰动,但时过境迁之后,读者可能因缺乏背景了解而完全无法欣赏。杂文作者应该如何把材料做抽样的选择,并以文学的方式表达是很值得思考的事。"① 她的担忧不是多余的。梁实秋、何凡、柏杨、李敖、龙应台等人杂文的长短、得失,为台湾杂文创作的发展提供了良好的借鉴。

(1992 年)

---

　　① 　郑明娳:《寒光逼人的匕首——谈杂文》,载《现代散文类型论》。

三个和一个

——龙应台杂文散议

综观当代杂文界，龙应台是个"异数"。

在发表《中国人，你为什么不生气》以前，全台湾几乎还没有人听说过"龙应台"这个名字；仅仅过了一年，出版《野火集》之后，全台湾几乎没有人不知道"龙应台"三个字。

她的经历似乎极为平顺、简括。

无妨展示一下履历表：原籍湖南省衡东县，1952 年生于台湾省高雄县大寮乡水源地，1969 年，进入台湾成功大学外文系就读；1975 年 9 月，留学美国，攻读英美文学，在堪萨斯州立大学英文系获博士学位，在纽约市立大学及梅西大学英文系任教；1983 年 8 月，回台湾，任"中央大学"英文系客座副教授；1985 年 8 月，转任淡江大学美国研究所；1986 年 8 月，旅居瑞士苏黎世；1988 年 5 月，迁居德国法兰克福。

她的创作历程，似乎也不复杂、漫长。1984 年 3 月，第一次投稿《新书月刊》，批评《孽子》；11 月，"龙应台专栏"于《新书月刊》上开设；撰写《中国人，你为什么不生气》，投予《中国时报》"人间"副刊。1985 年 3 月，"野火集"专栏于《中国时报》上开设；6 月，文学批评集《龙应台评小说》由台湾尔雅出版社出版；12 月，杂文集《野火集》由台湾圆神出版社出版。其间，还以"胡美丽"的笔名，在《中国时报》"人间"副刊，不定期撰写有关女性问题的杂文。1986 年 12 月，在"人间"副刊开辟"人在欧洲"专栏。1987

年2月，《野火集外集》由台湾圆神出版社出版。1988年6月，杂文、随笔集《人在欧洲》由台湾时报文化出版企业有限公司出版。近年来，龙应台尚在台湾《皇冠》杂志上撰写专栏文章，透过"安安"视野审观大千世界。

然而，她却平地卷起了一阵"龙卷风"！《野火集》一个月内销售五万多本，去年已高达107版，十几万册，台湾百多人中即拥有一册。《龙应台评小说》也印行了二十几版。而《人在欧洲》初版即印行六千册。《野火集》和《龙应台评小说》分别评选为"年度最具影响的书"。同仁们称她为"1985年最具影响力的作家"。杂志评她为"1985年文化界风云人物"。

如今，作为大陆的读者，想要了解台湾杂文，不能不读龙应台杂文。迄今为止，龙应台杂文的主要成就体现在三个方面，即烧"野火"的龙应台，谈"美丽"的龙应台，"在欧洲"的龙应台，各具特色，纷呈异彩。

其一：烧"野火"的龙应台

"有意栽花花不发，无心插柳柳成荫。"这话应于龙应台，再贴切不过了。

1984年11月的一天晚上，因为实在不能忍受荧光屏上一位女"立委"自私自满的谈话，龙应台一口气写下《中国人，你为什么不生气》，投给并无太深关系的《中国时报》，自此一发而不可收。不经心掷出的一点星星之火，却烧出燎原的《野火集》来。正如龙应台本人所述：往往文章一出现，就有大学生拿到布告栏上去张贴；就有读者剪下个三两份寄给远方的朋友，嘱咐朋友寄给朋友；中学老师复印几十份作为公民课的讨论教材；社区团体复印几百份四处散发，邮箱里一把一把读者来信……

不过，另一种声音却也器器不已——

"龙应台在'中时'写文章，篇篇都是丑化我们中国，丑化我们中国人……以一点概全般，丑化我们的社会……"

"他（指龙应台）遍撒野火，期盼燎原，但是，野火无主，易放难收，显然，作者的用意，不在批评，不在建议，只想随心所欲地随手放火，火起之后，再拿一本外国护照出国，隔岸观火。"

"用脚踩熄这点子'野火'吧，一如踩熄一截烟蒂。不值得再为此人此事写一个字。"

更有甚者，"妖言邪魔"，"行险而骄、言伪而辩、激狭取宠"，"满纸酸溜溜、脏兮兮、恶狠狠、火辣辣"，等等，一股脑儿地朝龙应台头上扣去。有些"特定"的团体明令将此列为禁书；甚至匿名的寄去撕了一角的冥纸，诅咒她早日归阴。

热烈的掌声与凶猛的骂声，这一深具含义的社会现象，更加凸现了龙应台杂文的强烈的现实意义。

她严峻地剖视整个病态社会——

懦弱自私：在台湾，最容易生存的不是蟑螂，而是"坏人"，因为中国人怕事、自私，只要不杀到他床上去，他宁可闭着眼假寐；

环境污染：地面、地下的污染，水的、空气的污染，无所不在的"标语口号污染"，立体化地四下蔓延，麻痹同胞的心灵，台湾犹如"生了梅毒的母亲"；

反仆为主：住在台湾的中国人40年来患了政治"敏感症"，有许多陈腐观念需要纠正，却又怕被扣上大帽子而不敢吱声，卫道者动辄指斥为"民族叛徒""赤色嫌疑"；

封闭教育：在生活上"抱着走"，在课业上"赶着走"，在思想训练上"骑着走"，牺牲学生自立自决、自治自律的能力……

龙应台以她那锐利的词锋、灵转的文字、缜密的思虑，悍然无畏地揭开社会中的种种病象，让血淋淋的事实逼迫我们去自剖，去反省。她坦率承认《野火集》"很苦很猛"，这只是一个社会批评，"一个不戴面具不裹糖衣的社会批评"，"因为我不喜欢糖衣，更不耐烦戴着面具看事情，谈问题"，她希望自己的批评"是不受传统跟规范的拘束，超越出来的"，"'野'取其不受拘束，'火'取其热烈"。这也正是龙应台杂文风靡台湾的根本缘由。

其二：说"美丽"的龙应台

一条上了电视的标语"穿着暴露，招蜂引蝶，自取其辱"，

一则某专科学校强迫已婚女助教及职员辞职的新闻，

一封被歹徒强暴而自寻短见的18岁姑娘的绝命书，

一家新开设的专卖"给女人看的书"的书店，

一桩开会时让女警察提茶壶招待客人的寻常事，

一名妖媚而年轻的大使的辞职，

一位主持人关于某小姐的介绍，

……

龙应台以"胡美丽"的笔名，以第三人称的方式，在《中国时报》"人间"副刊发表了多篇杂文，站在"男女平等"的地位上观察、思考和评论女性问题。龙应台借自我访问的方式，这样评价这些杂文："你的文章完全以女性的观点为出发点，而言语泼辣大胆，带点骄横。"有的论者认为龙应台是理性的、中性的，"胡美丽"是感性的、女性的，而其为"善"则一！

社会生活中许多司空见惯的现象；如上述那些事例，在龙应台眼里，却带有另一番意味。她一针见血地揭示"结婚就得辞职"的真正含义；一旦结了婚，在你眼中，我就成为一张擦脏了的茅厕纸，一朵残败的花，一个已经被人家"用"过的肉体——所以你要我离开。她直截了当地告诉受害者：杀了你女儿的，并不是那个丑恶的暴徒，这个社会对男性的纵容、对女性的轻视逼使她走上绝路，无形的贞节牌坊深深地建筑在每个角落。龙应台针砭痼疾丝毫不留情面，可又不乏幽默感。一般的书店不能满足女性心智上的要求，"女人书局"有个重要任务——时时提醒女人不要"掳过界"来。对于那些抽象、宽泛的事理，龙应台常常用明快、简捷的语言深入浅出地加以表述。比如，有个气宇轩昂的男人每次见到她都会说："胡美丽，我不喜欢你。""为什么？""你不像个女人！"什么叫作像个"女人"呢？龙应台开列了女人必备的几个特质：首先，必须是被动的，第二个要件

是害羞，最重要的还在于比男性要来得"柔弱"。龙——徐徐辩驳，而后举重若轻，一语中的："把女人的形象定出一个模子来（被动、柔弱……），然后要所有的女性都去迎合这'一个'模子。"

说"美丽"的龙应台，尖锐、深刻，却又不带片面性。其文锋芒直指"愚女政策"——"这不是缠足，这是缠'脑'、缠'心'！"在淋漓尽致地抨击轻视女人的传统观念、习惯势力的同时，龙应台毫不讳饰女性自甘示弱的顽症：从小到大你不是深信女孩应该比男孩身体纤弱一点、头脑愚昧一点、学历低一点、知识少一点、个性软一点吗？既然心甘情愿地做楚楚可怜的弱者在先，又怎能抱怨弱者的待遇在后？她以女性的观点为出发点，又不囿拘于一方的单角度，褒贬得体，尖锐而不尖刻，激烈而不偏激，更有说服力。

其三："在欧洲"的龙应台

"有一只乌鸦，为了混进雪白的鸽群，将自己的羽毛涂白，但白里透黑，被鸽子赶了出去；回到鸦巢，因为黑里透白，又被乌鸦驱逐。"龙应台在描述旅欧心路时流露的情怀，几多无奈，几多感慨。

《人在欧洲》是龙应台旅瑞一年多的心路。它详尽、形象地显现了龙应台目前的关注点：就地球村的整体文化而言，"白种文化"的绝对强势所造成的世界同质化倾向，对"弱势文化"中的作家无疑是一种危机，一种威胁；有些基本信念，比如公正、自由、民主、人权等等，必须超越民族主义的捆绑；"弱势文化"中的作家或许应该结合力量，发出声音；谈四海一家，必须先站在平等的立足点上。

假如把《人在欧洲》的多数篇什概略地分类，不外乎有这几种。第一，谈社会，如《清道夫的秩序》《番薯》《斜坡》《思想栏杆》等。第二，谈人生，如《给我一个中国娃娃》《烧死一只大螃蟹》《阿敏》等。第三，谈文学，如《诗人拎起皮箱》《让艺术的归艺术》《视大奖·必藐之》等。换一个角度，从关怀面的宽泛和集中，还可以划分：谈国际问题，如《德国，在历史的网中》《丑陋的美国人》《慈善的武器工厂》等；谈台湾问题，如《台湾素描》《台北游记》《何必回台湾》等。实际上，二者融为一体，她议国际问题，总是把台湾作为参照对象，议台湾问题，无不置之于国际环境的大背景之中。一以贯之的，是力倡开阔的、平衡的、健康的世界观：在彼此息息相关的世界里，把人的价值摆在首位，从心灵的层面上真正地尊重人、关爱人。

在龙应台写《野火集》的时候，她那位外籍的先生曾调侃她："你的职业不是教授、作家，而是中国。"对本土问题狂热的关切，到了《人在欧洲》，转换成了对于民族主义与世界公民关系的探寻和反思。某些偏失和缺欠（视野、胸襟等），也获得匡正和弥补。

当然，她并没有、也不可能放弃对台湾的关切，但立足点更高了，视野更宽了：台湾已经从贫穷进入富裕，但要从依赖变得成熟，它需要用自己的清明双眼逼视现实世界，自己的角度，自己的光线，自己的眼睛。"你如果不可能好好做一个'人'，也不可能做个有意义的中国人。在开发与未开发之间有一个重要的分野，就是世界观的宽还是窄，大还是小。"

"从《野火》到《人在欧洲》，我好像翻过了一座山，站在另一个山头上，远看来时路，台湾隐隐在路的起点。"龙应台的这段心路，虽然打上了个人切身经历的印记，但它对于华人作家扮演的历史角色的省思和启迪是相当典型的。

"这一个"龙应台

龙应台遭受的诸多指责，"别有用心"和"哗众取宠"是其中主要的两项。

对于"别有用心"的罪名，龙应台坦然应承。她直言不讳："不错，我是'别有用心'，像个病理学家一样的别有用心"，"病理学家把带菌的切片在显微镜下分析、研究，然后告诉你这半个肺如何如何地腐烂。"

这类责难是那样的气势汹汹，连篇累牍，龙应台不得已也针锋相对地坚决回应。她在《中国时报》"人间"副刊举办的一场公开演讲中，剖明了自己所从事的社会批评的特点和价值："至于社会批评，我们的社会常常只说好不说坏，只褒而不贬，这种态度从好的方面说是'隐恶扬善'，但真实说来是'粉饰太平'而已，更不客气地说则是'自欺欺人'。""一个有自尊的民族就应该人人有批评的勇气，才能使社会进步。而且社会批评无所谓专家，无论市井小民或贩夫走卒只要肯于主动地对一件事物以理性的态度去表达、去批评，都是社会批评家。""如果社会大众，都有自决自立的能力，去做客观的批评，社会自然能够日新永进了。"龙应台的结论是"让我们大家一起来批评"！

承续中国知识分子"感时忧民"的传统，龙应台将一己投入社会变革的大潮中去。她极坦率地自白："我之所以越过我森森的学院门墙，一而再，再而三地写这些'琐事'。是因为对我而言，台湾的环境——自然环境、生活环境、道德环境——已经恶劣到了一个生死的关头。我，没有办法去继续做一个冷眼旁观的高级知识分子。"这不由使我们联想到巴人对鲁迅的一番评价：他一直面着现实，时时在观察现实，掘发现实，分析现实。他那种对社会现实的关心，是在他那"热到发冷的热情"（鲁迅评陀思妥耶夫斯基语）的笔调中可以看得出来的。犀利、冷峻的字里行间，跃动着炎黄子孙的拳拳之心，龙应台无愧为大写的"人"，她的杂文作品洋溢着大写的爱国主义。

非议者还一再贬斥龙应台"哗众取宠"。以虚浮之词"哗众"谈何容易！龙应台杂文以其特有的魅力征服千百万读者。一位法律教授不胜感慨地说："龙应台最大的优点是以文学批评家的笔法批评社会问题，落笔率直，且能以大众化，浅白的笔魅突破过去的禁忌，获得大多数读者的支持，这是一个相当重要的因素之一。"换言之，感性的文字和理性的思考的交融，为文学性和政论性的统一，为大众化的实际效果创造了基本条件。

龙应台常常针对一种社会现象，一类具体事物，甚至于一个人、一句话、一件事，给予无情的透视和直接的批评，马上让人心有戚戚焉。这些事，就发生在周围，看得见，摸得着，那么具体、实在、确切，而内中的缘由、含义、影响、作用，常人似乎无所感，一经点破，立时豁然开朗。

按照鲁迅的看法，杂文的主要内容为社会批评和文明批评。但批评不完全等同于杂文。"言之无文，其行不远。"杂文离不开议论，但这种议论具备"理趣化""抒情化"和"形象化"的特点，艺术感染力便大大增强。龙应台相当讲究素材的剪裁，结构的营造，语言的锻炼；她的杂文，融知、情、理为一体，议中含情，情议相偕。

综观龙应台的杂文，无一不是缘起于具体事物，有感而发；但无一仅仅局限于某一事物，就事论事。始终着眼于观念的探讨——作者和读者，肯定意见和批评意见，都十分明了这一点。

龙应台认为，人和乌龟一样，背着巨大的壳，即观念上的框框。她的杂文警策人们重新审视背上那个习为以常、见怪不怪的观念的壳，"……每一篇大致都在设法传播一种开放、自由、容忍与理性的对事态度"。出版者对龙应台的良苦用心也体悟得很透彻："长久以来的歌功颂德，已使大多数人失去了批评建议的勇气，传统文化的因循，促使一般人失去了独立思考的能力，而龙应台努力点燃的，正是独立思考、勇敢质疑、热心参与的新观念。"无怪乎，对著名原子科学家孙观汉所说的"小脚观念""小脚行为"，她的揭示是那么尖锐，那么严峻，那么不遗余力。客观上，这是对鲁迅先生改造国民性、倡导人道主义的历史贡献的继承和延续。

新文学运动后，白话文兴起，杂文勃然盛行，名家辈出，佳作如涌。这三四十年间，杂文在台湾也久盛不衰。论其指向，大体分为社会批评和人生杂谈两大类。前者，率直、尖锐地揭穿社会缺陷，立懦敦薄，以促进社会改革。后者，由社会批评衍生而来，可能有较严肃的议论文字，也可能是幽默地闲谈人生琐事，但无不以议论的方式出现，以人类日常生活为主题。以社会批评见长者，柏杨、李敖等凌然卓立。以人生杂谈专擅者，当然首推林语堂、梁实秋，台静农《龙坡杂文》的多数作品评说人生，娓娓道来，平实中见深沉。而龙应台不落窠臼，独步健行，开了一条新路。"龙卷风"终究要随时而逝，然而，龙应台在中国当代杂文史上书写下的锦文华章永远不会失却它的光彩。

（1990 年）

从 "鲁迅风" 到 "龙卷风"

　　杨牧曾在《〈中国散文选〉序》中把散文归纳为七类，"六曰说理，胡适文体影响至深；七曰杂文，鲁迅总其体例语气及神情"。他认为，鲁迅和胡适"各具典型"，"前者以深切泼辣睥睨三十年代文坛，称杂文大家；后者建立了近代学术说理文章的格式，证明白话之可用，贡献良多。此二典型的散文重实用，不重文学艺术性的拓植，兹不论"。以此认定杂文重实用，不重文学艺术性的拓植，这种不无偏颇的看法在文学界内外相当普遍。

　　杂文的基本内容是广泛、深刻的社会批评和文明批评。但批评并不等同于杂文。"言之无文，其行不远。"一般地说，赢得广泛欢迎，具有长久影响的杂文，既重实用，又重文学艺术性的拓植。不少人都由衷肯定龙应台杂文的文字的魅力。台大一位法律教授很有感触，在他眼里，龙应台最大的优点是以文学批评家的笔法批评社会问题，落笔率直，且能以大众化，浅白的笔触突破过去的禁忌。台大一位哲学教授综合许多朋友的意见，认为一是龙应台文笔好，因此她的批评文字能够让大家"读得下去"，第二她很勇敢，落笔稳健，而且能避免落入前人含糊不清或以偏概全的毛病。换言之，感性的文字和理性的思考的交融，为文学性和政论性的统一，为"大众化"的效果创造了基本条件。

　　杂文以议论、说理为主。马森激赏龙应台杂文具有"敢言的勇气"，"善言的技巧"。检视龙应台几种类型的杂文，"善言的技巧"突出地表表现为议论、说理的形象化、抒情化和理趣化。

一、其文的形象化

龙应台杂文的议论、说理往往带有形象化的特点，其手法也是多样化的。

比如，形象性的喻证推理。

《生了梅毒的母亲》：台北县的山满目疮疤，像一身都长了癣，烂了毛的癞皮狗，更像遭受强暴的女人……通过"满目疮疤"，把台北县的山与癞皮狗，与被强暴的女人加以类比。

《焦急》：一年过去了，第一条路旁的水田被挖土机填平，拥挤的钢筋水泥楼房像肮脏的章鱼，张牙舞爪地延伸。楼房与章鱼本无共通之处，一句活脱脱的"张牙舞爪地延伸"，将它们联成一气。

《天罗地网》：现代人的生活那么紧张，活动的空间那么局促，一个公园，就像是读一个冗长得上气不接下气的句子好不容易盼到逗点。紧张的生活，局促的活动空间，犹如冗长得上气不接下气的"句子"。公园犹如"句子"中的"逗号"，喻证推理显得贴切、准确。由于内在逻辑线索的贯穿，割裂的具体形象也就浑然一体了。

又如，对议论对象荒谬状况的归谬显像。

《思想栏杆》：你见过养猪的人如何把几十只肥猪引导到一个出口吗？只要用栏杆围出一条长长的窄路，连到出口，猪就会一只一只排队走向你要它走的地方。无形的思想栏杆，也是如此。有形的栏杆对付猪，无形的栏杆对付人，大谬若此。

《生气，没有用吗？》：想一想，在一个只能装十只鸡的笼子里塞进一百只鸡，会是什么光景？台湾，就是这样一个笼子，你与我就是这笼子里掐着脖子，透不过气来的鸡。社会畸形发展，环境恶化，显现其谬误之处。

再如，用夸张的手法假设形象。

《焦急》：……那三条路正一条一条地干枯，好像有人在我的血管末端打了结，好像有什么病毒正一寸一寸顺着我的四肢蔓延上来……血管打结，病毒蔓延，都是假设。

《天罗地网》：离开学校，以为饱受"教化"的头脑可以休息一下了，没想到，走路、坐火车、买信封、进餐厅，无处不是教条，无处不是字，霸道地将意义刺进疲倦的眼里，种在已经没有一寸空地的脑里。把意义刺入眼，种入脑，都是假设。

《啊，女儿!》：男人对女人说，女人也对女人说：贞操是"宝贵"的，这种观念，说穿了，不过是把女人当作盛着"贞操"的容器。"贞操"漏出来，表示瓶子破了，就可以丢到垃圾堆去。把女人当作盛着"贞操"的容器，同样是假设。

二、其文的抒情化

议论、说理的抒情化主要体现于：情与理结合，情与景结合，情与形结合。

情与理结合：直抒胸臆的直接抒情。

这在龙应台杂文中比比皆是。有愤懑的，如："台湾，是生我育我的母亲，肮脏、丑陋、道德败坏的台湾是我生了梅毒的母亲。"有深沉的，如："可是，法制、社会、荣誉、传统——之所以存在，难道不是为了那个微不足道但是会流血、会哭泣、会跌倒的'人'吗?告诉我。"

就像鲁迅说的："这里面所讲的仍然并没有宇宙的奥义和人生的真谛……说的自夸一点，就如悲喜时节的歌哭一般，那时无非借此来释愤抒情。"龙应台感念万端，发抒为文，一浇胸中块垒。

情与景结合：感情的客体化或外在化的间接抒情。

唐弢在他的《长短书·序言》中说："我个人常注意于作品里环境的制造：在百忙之中插入闲笔，在激动前面布置一个悄静的境界。"龙应台也常常着意在文中设置这样的情境：在淡水田间行走，看见一只洁白的鹭鸶轻俏地站在一头黑黑的水牛背上；接下来是水牛悠然地吃着脚边翠绿的水草，不知魏晋、不知汉唐、不知古往今来的一脚一个印子：而后"我"在田埂上凝视许久，心里溢满感谢。怡静的田园风光，烘托了她对于家园的深厚感情，抒发诊治"生了梅毒的母亲"的情怀便也"水到渠成"。有的情境描写，更是融情于景。《查某人的情书》写"我"离家来到海滨旅馆，窗面对着黑暗的海口，稀稀疏疏的渔火看起来特别寂寞——还是自己的心情呢？窗外飘来欲雨的空气，真有点不知自己是谁的恍惚。此情此景之中，"我"惆怅，"我"期盼，"我"也应成为与男人一样的自尊自主的"人"，"查某人情书"的"情"抒发得淋漓尽致。

情与形结合：借形象以表情达意。

《烧死一只大螃蟹》讲的是"爱生"。开头写雾气浮动的湖边，远处一个白点破雾而来，原来是一只天鹅。作者以大段篇幅写人对生物的肆虐，从稚嫩的年龄开始，看着小狗被抛出墙外，看着小猪被摔得肚破肠流，听着杀猫的故事，闻着烟蒂燃烧猴毛的焦味。末段写在公园里发现了一只受伤的鸟，"我"让孩子把鸟放进疗伤的篮子，他放得很慢，很小心，眼里透着无限的惊奇与欢喜。深沉的感情借形象得到充分的发抒。《斜坡》写高贵却很"凶险"的巴黎，写静谧的苏黎世，全以一辆婴儿车来贯穿，乘地铁如何进出，街道如何通过，作者接着写道："设计道路的人在灯下制图时，会想到他的社会中有年轻的母亲推着稚嫩的幼儿、有失明的人拄着问路的手杖、有弯腰驼背的老者蹒跚而行……为了这些人，他做出一个小小的斜坡来。"行文至此，读者和作者岂能不由衷地同声叹道："这个斜坡，是一份同情，一份礼让，一份包容。"

三、其文的理趣化

朱自清认为，杂文要有"理趣"，他称之为"理智的结晶"。龙应台杂文的理趣，首先表现在其中的许多新颖的理性发现，见人之所少见、未见，言人之所少言、未言。她从推婴儿车乘地铁、过街道的难与易，为"落后"找到佐证：有财富的社会，如果在心灵的层次上还没有提高到对人的关爱，还没有扩及对弱者的包容，它也是一个落后的社会；还为"先进"找到必要的条件："富而有礼"，这"礼"，不仅是鞠躬握手寒暄的表面，而是一种"民胞物与"观念的付诸具体。龙应台感到，人和龟一样，背着巨大的壳，即观念上的框框。她的杂文警策人们重新审视背上那个习以为常、见怪不怪的观念的壳，"……每一篇大致都在设法传播一种开放、自由、容忍与理性的对事态度"。《人在欧洲》的不少篇什对于民族主义与世界公民关系的思考和论析，在文坛上属于寥寥的清越之声。

龙应台杂文理趣的另一特点，在于讽刺、幽默手法的成功运用。她的好多篇杂文都针砭了标榜维护传统文化而不惜损害生存环境的不智之举。维护古迹打着"国际形象"的大旗，龙应台追问：可是"国际形象""文化遗产""慎终追远"又怎么样？你刷牙时要"国际形象"吗？上厕所时带着"文化遗产"吗？摩托车在烈阳下抛锚时你"慎终追远"吗？句句谐趣盎然。针对台北市塑造孔子巨像的昭告，她以排比式连连诘问，以反讽作结：希望一个巨无霸的雕像能解救文化的危机，就好像寄望"在此倒垃圾是狗"的牌子去解决垃圾问题一样的愚蠢。突兀冒出"阿Q"式行状，叫人忍俊不禁。

讽刺、幽默手法在龙应台手中挥洒自如。台北县准备建石雕公园，要求以"现代社会进步情况和优良传统伦理道德为题材，表现传统石雕艺术，发挥美学教育的功能"，龙应台把这又现代又传统归纳为"双管齐下"，而后来了个注解："双管齐下"的意思就是，两根管子中都装满了思想的饲料，往一个喉咙同时灌下。简单的旁注，辛辣、有力地嘲弄了"充满教条的生活环境"。初、高中生常被调去作"秀"：游行、排字、跳大会舞、作大会操等等，"公假"条无异于一纸通知单，龙应台反其道而行之，也设计了一张"公假"信：在此我也有一个小小的请求。我的戏剧课正在排演法国沙特的《苍蝇》一剧，需要几十人演苍蝇，苦于学生人数不够，所以想借用贵处职员十位，利用上班时间，来英文系分别扮演红头及绿头苍蝇……不知您能否给予您的职员这个小小的"公假"？以谬制谬，分外增添妙趣。

移用鲁迅的理解，讽刺的对象"在那时已经是不合理，可笑，可鄙，可恶"。可笑，可鄙，可恶，有层次之分，但性质同一：在那时已经不合理。

曾有论者赞赏龙应台杂文包藏了一颗救赎的心。"如果没有关心，她大可以高高在上地继续当她的博士、教授，她有美好的家庭，与她一般聪明杰出的丈夫，可爱活泼的儿子，高收入而安定的工作，她为什么要来蹚这趟浑水，遭受这么多恶毒的漫骂。"（马以工《救赎》，《野火集外集》）龙应台也坦承，写杂文全然出于责任感的驱使。6月间新加坡举办文艺营座谈会，龙应台讲演的讲题便是"华文作家的使命感"。她说道，越是压抑、危机感重的社会，作家的使命感也就越强。她还说，在教育并不普及的社会里，作家也更有拥抱人民、为人民请命的热忱。

谈龙应台，读龙应台杂文，总会不期然地想起鲁迅和"鲁迅风"。鲁迅的"取下假面"，"真诚地、深入地、大胆地看取人生"，他的"热到发冷的热情"（评陀思妥耶夫斯基语），他的无比执着于"国民性"的改造，他的"和现在切贴，而且生动，泼辣，有益"的创作观，等等，都能从龙应台身上看到或显或隐的影子。

进行文明批评和社会批评，以促进中国社会的改革，在鲁迅看来，这就是杂文的生命。其实，这二者很难截然分开，深刻的社会批评，融入了文明批评的成分。龙应台杂文"除了一般的社会批评外，更向文明批评的深层次掘进，将议论的重点放在如何建立一个具有健康人格的社会人群，因为这是消除社会病态的关键"（《台湾新闻学概观》下册，鹭江出版社出版）。她纵笔指归，总是落在文明的人群——文明的社会之上。自鲁迅肇始，中经三四十年代一批批追随者继起，形成批判的、战斗的"鲁迅风"。由于不难想见的原因，海峡两岸阻隔了三四十年。但无论指斥犀利、锋芒毕露者如柏杨的"酱缸"说，孙观汉的"老昏病"论，李敖的"千秋评论"，乃至阿盛的"铁齿铜牙槽"的"别裁"，等等，上溯鲁迅及"鲁迅风"，显见其一脉相承之处。而龙应台则开了新生面。

杨牧概括的"重实用，不重文学艺术性的拓植"，虽不能一概而论，但在杂文创作中，确也存在这方面的缺失。郑明娳的担忧不是多余的，她提醒人们，"值得深思的是，杂文取材多与时事有关，读者可能因缺乏背景了解而完全无法欣赏。杂文作者应该如何把材料做抽样的选择，并以文学的方式表达是很值得思考的事"（《寒光逼人的匕首》，台湾尔雅出版社1987年文学批评选）。何谓杂文，批评界至今仍然存在界说不清、归属归夺的困惑和难处。龙应台特立健行，她的杂文于内容、于形式均有"承"、有"启"，"轰动效应"过后，还能传文行世。既非狂烈短暂、转眼即逝的旋风，亦非从根本上变更人心结构的地震。如何恰切地估价它？有待于时间检验，也留待方家细加评说。

（1991年6月）

杂色斑驳的浮世绘

——序《台湾风情散文选萃》

这本散文集，取名为《台湾风情散文选萃》，分为六辑，即辑一，高速的联想（都市气象），辑二，厕所的故事（乡野素描），辑三，起居注（家居剪影），辑四，同胞（人物造像），辑五，给我一点水（环保速写），辑六，末日信徒（异域风情）。大致涵覆了风情的几个重要方面。

近半个世纪以来，台湾经历了从农业社会向工商社会的转型和蜕变。有的论者曾如此概括，40年代台湾仍属于农业社会，农村是"牛屎狗屎的自然社会"，90年代已变成"钢筋水泥的冷酷社会，人为的，小我的社会"。① 这一历史性的变迁遍及许多领域，影响渗入社会生活的各个层面。不少作家应时递变，形诸笔端。城乡间的沧桑演变、迥异景观，寻常而感人的家居场景、凡人小事，日趋逼仄的生态环境，异国他乡的民俗风情……交织成杂色斑驳的浮世绘。

即如第一辑和第二辑所呈示的都市气象、乡野素描，读者借此不难窥见那片熟悉而又陌生的土地的本来面目。

置于不同的视野之中，今日都市奇彩炫目，形态各异。

在林燿德的笔下，蛰伏在夜幕底下的台北，仿佛是钢铁、水泥、玻璃和瓷砖构成的庞大丛林，他一面惊叹那是凭借个人心智和力量所无法想象的团体杰作，另一面也无限感慨，巨硕而错落的建筑物犹如

① 林锡嘉：《散文，七〇到八〇》，台湾九歌出版社1991年散文选。

墓场碑石吞噬了无数人口，镇住了无数因缘聚合。

郭枫直面的这样一座都市，两极间差异强烈：摩天大楼林立，给城市架构起雄伟的景观，在其背后，却拥挤着低矮、阴暗、潮湿的公寓，攀附着菌藻一般的违章建筑。

张腾蛟"从台北街头走过"，置身于漩涡般流转的动荡的人群，仿佛在剧场，那里正上演着以追逐为主题的"挤"的连续剧。

然而，余光中"高速的联想"却与众不同，分外飘逸：在岛上腾跃，驰速限甚至纵一点超速，在亢奋的脉搏中。写一首现代诗歌咏带一点汽油味的牧神，像陶潜和王维从未梦过的那样。

亦有许达然兀自从喧嚣市尘中寻觅宁静和惬意，在他的心目中，台湾街上的亭仔脚，有17世纪的朴素，18世纪的实用，19世纪的浪漫，20世纪的舒适。

施翠峰也是怡然恬淡，随"小卖过市"，奏起了一曲纯朴、亲切的台南乡土风味交响乐。

林文义则笔挟犀利，揭开那灰暗一隅的悲剧：裹在紧身旗袍或低胸亮片晚礼服中白皙而丰盈的青春肉体，在夜来灯火辉煌的槭树路展示。

勃兴欣荣的都市，带来繁华和逸乐，也裹挟了邪恶和龌龊。喜忧、荣辱相伴相生。

而数十年间台湾农村演迁的轨迹，透过一帧帧乡野素描，形象地显现于我们面前。

洋溢乡情温馨的"店仔"：被称为"店仔"的乡村小店，是"都市文明输入村庄的前哨站"，"店仔"的门前，大树底下，闲时村民聚来，围坐对饮，讲东说西。（吴晟《店仔头》）

孩提时代的荒唐事：对于小孩子们，水沟、墙角、甘蔗田，以及其他可以蹲下来的地方，统统是厕所。解手后便用竹片揩屁股。（阿盛《厕所的故事》）

农人的忠实伙伴：台风袭来，水牛母子平卧地上，腹部贴地，四肢盘跪，颈部前伸，与下颌和地面相连，如跟大地化而为一，度过自

然的凶逆。（孟东篱《地上的磐石》）

"剜却心头肉"的惨淡一幕：由于供需失衡，溪底仔的香蕉场，庞大的"怪手"张开铁爪把香蕉扔上货车投进溪底，或堆置田里当肥料。（林清玄《箩筐》）

喧嚣异常的"大家乐"：而今，"大家乐"已与民间信仰挂钩，求神问卜，广求明牌。一下子有人传来"消息牌"，一下子又有"议员牌"，直忙到掌灯时分，大家才各自回去做饭。（古蒙仁《天人五衰大家乐》）

"欧风美雨"侵袭之下，阡陌间颜面渐改，不纯是牧歌短笛、炊烟鸡鸣了。

"散文与人世相亲、与生活格外贴近的特质"（陈幸蕙语），在风情散文中显示得相当充分。这从一个侧面反映了作家对社会现实的关注，对人文生态的省思。一些散文突破人事物环境等表面现象的层次，进而关照到人们的精神领域。"民吾同胞"，"物吾与也"，作家广大、深厚的爱，及于人类，并被于物类。

本书中，那些着力描写"小人物"形象的篇什，于浅唱低吟中，传布绵绵无尽的爱之声。

陈克华为老兵塑像。故园暌隔，有家难归。借酒浇愁愁更愁，竟婴儿似"娘啊娘啊"地当众号啕起来，擂胸顿足，声甚凄厉。字里行间，蕴含无限哀苦和凄愁。

焦桐吟咏"风尘五韵"，对备受社会挤压，挣扎于最底层的贫家女，满怀悲悯。在对纸醉金迷下的残忍和冰冷的鞭挞中，倾注着深厚的人道主义情怀。

雷骧笔下的贫寒而又良善的盲乐手，带给读者的就不仅仅是苦涩了。一片悲怆中透出亮色。这并非外在的、生硬的粘贴。它是对"小人物"坚韧不拔的生命力的礼赞。

作家的满腔爱心，不仅倾泻于同类，而且挥洒向山山水水。张晓风、龙应台、刘克襄等饱蘸焦灼和郁怨，奋笔描绘了一幅幅触目惊心的画面：

——外双溪水渐渐变得如脓汁如毒药。

——走近海滩,看见工厂的废料大股大股地流进海里,把海水染成一种奇异的颜色。

——淡水河,宝特瓶及废弃物仰满沙洲,在水中沉浮。

——春天,每天都有卡车载满废土驶来,倾入沼泽。

看似平实的文字,深切有力地诉说着"我们只有一个地球"的最简单而又最庄严的真理。警钟声声,诚示人们,"台湾人民面对的最切身的生活课题——环境意识与生态伦理"(洪素丽语),其弊之深,其症之沉,日甚一日。海峡彼岸那些富有使命感的作家的可贵努力,超越了一般意义上的"环保",它为人类尊重自身必须首先尊重自然的基准,提供了说服力和感染力兼具的形象化的诠释。

余光中认为,广义的散文,论其功能,有抒情、说理、表意、叙事、写景、状物等六项;前三项抽象而带主观,后三项具体而带客观。① 顾名思义,风情散文,是以题材区分;上述数项功能,在这些散文中,有些专擅其一,大多则通及多类。诚如林文月所说,抒怀和叙事往往不可分割,甚至在这种抒写和叙述之中,更掺和着物象的描写和知识思想的解析。

收入本书的那些属于家居剪影的散文,小天地的温馨,现代病的烦恼,无不抒写得淋漓尽致。

窗外是世界,窗内是家。隔着板墙是公用厕所,别人的过道。朋友们常来探望,他们虽然只能贴墙挤在一只藤椅里坐着,但都有了对这个家的尊重。子敏的"一间房的家",尽管清贫,却充满生气和暖意。

黄慧莺的《起居注》,同样浸濡了"寻常百姓家"的"平民味"。为了做生意而结庐在人境,楼下开店楼上住家。餐桌即书桌,厨房即书房。

---

① 余光中:《不老的缪思——(提灯者序)》,台湾联合报出版社《联副三十年文学大系·散文卷》。

固然往事已矣，待今日回首，却别有一番滋味在心头。时过境迁，油然滋生诸多困扰和惶惑。

比如习见的"公寓病"。现代流行的公寓里，最挤的是卧室，最空的却是客厅。来客大多是无事不登三宝殿。虽然仍有不速之客，"事"谈完了，他已一迭声地抱歉对不起打扰，告退了。亮轩的《主与客》，从主客间事事按部就班，彬彬有礼，折射人际关系的冷漠与疏离。

而数字与人生竟然也唇齿相依，那么耐人寻味。支配人们生活的是一大堆数字。窥斑见豹，吴鲁芹的《数字人生》将现代都市文明里人群处世的机械式的麻木和无奈刻画得十分真切。

抒情、说理、表意、叙事、写景、状物等等，台湾风情散文往往杂糅于中，无法截然分开。抽象缘具体而落于实处，具体借抽象而生发开来。

反映异域风情的篇什，在台湾风情散文中占据特殊位置。数十年来，不少人摆脱生存环境的圈限，跨出台岛，浪迹八方。一地一时的风情向外延伸。本土和故土，西方和东方，时潮和传统……相互冲撞、交融，眼花缭乱之后，引人回味、深思。

"生存书店"触目即见。老太婆、学生、便衣警察……来客蜂拥，热闹不堪。这是个相信末日即将到来的人的供应站。你可以买到各种干粮、野地营包、滤水器、利刀、大小来复枪。书呢？《生存指南》《如何杀人》《炸弹制作法》……应有尽有。

也有年轻人一心当"全职嬉痞"，每月靠失业救济金维生。平日吃素，绝不沾腥。心地极为善良，白天义务看小孩，晚上上门当义工。却又嗜好抽大麻，腾云驾雾，飘飘欲仙，宛如"褪色的彩虹"。

假如到日本，吃生鱼，可是一种令人耳目一新的体验。首尾齐切而俱存，中间切好的生鱼片摆置在尚带有透明薄肉的骨架上。仍然维持早先完好的鱼形，仔细看去，上面一片片的鱼肉赫然竟在颤动。

——由此生发开，谈美国人对政府的信用，谈年轻一代对于自身价值的体认方式，谈日本人对于死亡的神秘和独到的理喻与解悟……

夹叙夹议，借题发挥，隐喻，象征，寓意，等等，语言运用的多样化，有助于作品内蕴的丰富和深刻。

展读台湾风情散文，我们不难领悟萧萧的这番概括："散文的关注突破了家人、家禽，扩充到世情、物情的体贴；散文的技巧跨越了平铺直叙，迈向繁复多歧。""散文所能承载、所能承接的，早已不是记叙、抒情二语所涵括的范畴；论述、感怀的层面。早就从纯朴的生活，提升为繁异的生命，从文字蝴蝶的捕捉，蜕变成文化巨龙的描摹。"① 我以为，这正是台湾风情散文的独特价值所在；当然，"蜕变"和"提升"，还是初步的，相对而言的。

(1994 年)

注：该书由海峡文艺出版社出版。

---

　　① 萧萧：《散文的波涛》，台湾九歌出版社 1990 年散文选。

沉浸在爱的温馨里

——《台湾当代爱情诗选》编后小记

爱情，那最难以言喻的爱情……

哪些人，不曾有过爱情？

哪些诗人，不曾写过爱情？

在当代台湾诗坛上，爱情同样居于突出的位置。我们本着浓厚的兴趣，以及文学工作者的使命感和责任感，从 1983 秋天起，便陆陆续续地着手收集这些生长在台湾、饮誉海内外的爱的花朵了。时至今日，承蒙上海"五角丛书"编辑的大力支持和督促，终于缀编成册，使读者有机会一睹它们绚丽的风采。

曾有一位兼擅新诗创作和评鉴的台湾作家感慨系之地写道："爱情，有几种情况值得写：初尝爱情的青涩，患得患失的心情，是初恋男女的共同心声，值得写。热恋时候，唯我独尊，勇往直前，泼不进任何一滴冷水，这种火热的心境，值得写。情深之时，沉稳的感情可以比诸天之长地之久，不以火花为美，而以源远流长为胜，值得写。单恋，失恋，相思之苦，仿佛天地绝灭，不可独生，这样的心境，更值得写！爱情与诗，诗与爱情，两者不可分离。"《台湾当代爱情诗选》的不少篇什，便是那样精湛高妙地把这几样心情写活了，其期盼殷殷的焦灼，缱绻绵绵的痴迷，别离依依的无奈，回肠曲曲的绮思，字字句句，点点滴滴，无不萦绕于人的心灵的回音壁……

也许，当你展读书中的某些诗作时，不仅立即会沉浸在一片爱的温馨里。而且，你甚至还会从中悟到世间的一种弥足珍贵的亲情与友情，或浅或深，或近或远，或淡或浓。这是内在的多义性使然？或由欣赏的再创造所致？哦，爱情、亲情、友情，在它们之间划道泾渭分明的楚河汉界，恐怕很难。因此，似乎可以说，台湾的不少爱情诗，是完全可以从"泛爱"的意蕴上去接受它的。

当然，这本诗选并非鸿篇巨制，但其涵盖面也不算小。它从大量的台、港及海外华文书籍、报刊选编而成。时间上，取自四十年代迄今。地域上，以台湾为主，还包括了一部分旅美台湾诗人。所选作品，兼顾了多风格、多流派、多样式。或舒放长吁，或浅酌短吟。或见海峡两岸的文化渊源和数十年传统道德的浸濡，或显转换型社会环境的各色投影。其内心世界的浩瀚恣肆，感情色调的细腻繁复，真可谓叹为观止。

在编选此书的过程中，我们想到：无论大陆，还是台湾、香港，或者海外，华文文学是一个有机的整体，它们各具特色，而且又互相联系，都取得了令人瞩目的成就。因此，尽管资料有限，我们还是不揣浅陋地从华文文学的百花园中，情有独钟地采撷了海峡彼岸的这一束花朵，献给海峡此岸的广大读者，以便供其欣赏、研究；借此机会，并向热情支持、协助这一工作的有关部门和文朋诗友们致以衷心的谢忱！

(1987 年 4 月)

注：该书由杨际岚、朱谷忠编选。

"因为风的缘故"
——"诗魔"洛夫及其"第二度流放"

　　暑间，收到洛夫先生自加拿大寄来的两部作品：《洛夫小品选》和《雪楼书稿》。

　　九年前，洛夫"半被迫、半自我选择"地自台北迁往温哥华，他称之为"第二度流放"。"第一度"，自然指从大陆到台湾的四十七载，洛夫曾说，他"从不自认是过客，但也总觉得未曾落地生根"。这"第二度"，洛夫也坦云，颇感迷茫困惑：究竟是一种"潇洒出尘的云游"，抑或"不堪压力的流放"？一种"绝对必要的选择"，抑或"无可奈何的逃避"？他将诗题"因为风的缘故"，当成"第二度"的"无解之解"。洛夫认为，处于极度尴尬而又暧昧的时空中，唯一的好处是能"百分之百地掌控着一个自由的心灵空间"，而充实这心灵空间的，"正是那在我血脉中流转的中国文化"。

　　初期侨居生活中，洛夫大部分时间沉潜于书法艺术的探索。此后，应邀为北美版《明报》写专栏，每周两篇八百字左右的方块小品。洛夫此次赠书，正是这些作品的结集。《台港文学选刊》10月号上安排选载了一组小品以及数幅书艺作品。这些小品抒写移民生涯的心境，文字优雅，意涵隽永；书法作品灵动萧散，而又温润蕴藉。

　　洛夫曾谦称，写诗数十年，十年后诗思日蹇，情感日敛，"把余兴转移到书法上，也是一乐"。洛夫书艺亦如诗艺，中国的和西方的，传统的和现代的，融汇糅合，浑然一体。他试图以传统的书法艺术，作为表现现代诗的媒介，并尝试制作一些颇具现代风格而又不失古典情趣的新诗对联入其书法，如"海峡浪惊千载梦/江湖水说两地愁"，如"秋深时伊曾托染霜的落叶寄意/春醒后我将以融雪的速度奔回"，等等，别具诗意。正如洛夫在马来西亚举办书艺展，命为"血墨诗情"，魂魄所系仍为诗心，诗神始终为洛夫最爱。

千禧年开春，洛夫即"摒除一切外劳与应酬"，埋首伏案，专注于长诗《漂木》的酝酿和创作。《漂木》分为四章，共计三千行。2001年元旦起，一家台湾报章全版刊发这一长诗，逐日连载二月有余。有学者认为，报纸以如此篇幅连载长诗，这是自有中文报纸以来"破天荒的第一回"。《台港文学选刊》2001年1月号选登第三章《瓶中的基督》的一节《瓶中书札之三：致时间》。此节51则，204行。于此摘录数则：

> 1
> ……滴答
> 午夜水龙头的漏滴
> 从不可知的高度
> 掉进一口比死亡更深的黑井
> 有人捞起一滴：说这就是永恒。
>
> 2
> 另一人则惊呼
> 灰尘。逝者如斯
> 玻璃碎裂的声音如铜山之崩
> 有的奔向大海
> 有的潜入泡沫
>
> 3
> 都是过客留下的脚印
> 千年的空白
> 一页虫啮斑斑的枯叶
> 时间啊！请张开手掌

让太阳穿越指缝而进入

……

在接受媒体采访时，洛夫对《漂木》的创作及其主旨做了诠释：最初的构想，只想写出海外华人漂泊心灵深处的孤寂和悲凉，但后来一面写一面调整了方向，逐渐转为对生命全方位的探索。定稿之前，他读完最后一遍，"突然有所惊悟"，这样的长诗，竟可归纳为这么一句简单的命题："生命的无常和宿命的无奈"。从上引诗句，午夜的"漏滴"，飞扬的"灰尘"，过客的"脚印"，虫啮的"枯叶"……透过对语言的着意锤炼、对意象的精心塑造，富有张力地体现了诗作内在的悲剧意识。

洛夫在台湾诗坛素有盛名，被称为"诗魔"，其诗作享誉海内外。他的超现实主义精神内涵与艺术表现中国化的努力，在世界华文诗歌史上留下深刻的印记。

洛夫与福建文学界、与《台港文学选刊》文缘不浅。1990 年 9 月，洛夫应邀参加福建省文联举办的"海峡诗人节"，先后到过厦门、泉州、湄州岛、福州、武夷山等地。那次，他还到《台港文学选刊》杂志社做客。1994 年 1 月，《台港文学选刊》以较大的篇幅，推出《洛夫专辑》。2004 年 9 月，《台港文学选刊》创刊 20 周年，洛夫撰文表达良好祝愿和殷切期盼。前些年，洛夫先生赠以一帧条幅，上录法融禅师诗："花开花落百鸟悲/屋前物是主人非/桃源咫尺无寻处/一櫂渔蓑寂寞归。"今日展诵，念及远在异乡的洛夫先生，不由令人感慨系之。

（2004 年）

因为风的缘故

非非想　栩栩然

——呼啸小说《鬼恋》阅读随想

一个深不可测的海洋，

　　无边无际，苍苍茫茫，在这里长度、宽度、高度和时间、空间都消逝不见。

——英·弥尔顿

一、《鬼恋》一书脱稿于 1973 年 7 月 23 日，原名《岁月·天涯》，由台湾彩虹出版社出版，1988 年 5 月易名《鬼恋》，改由台湾黎明文化事业公司股份有限公司出版。

作者自承，这本书"是以极为平俗的素材，描写人与鬼之间相恋"。当我们循着情节发展的线索，追寻这段"荒谬的奇缘"的始末，不免为之生发许多联想。

二、是否还存在一个超现实的世界？人类常为此而困惑。

究竟有没有鬼？鬼为何许物？言者谆谆，听者藐藐。古人曾云，鬼者诡也，诡是诡诈的意思，不是正正当当、清清白白的。另有一种说法，凡为外物所依而无法自拔者，鬼也。清朝纪晓岚谈鬼，他说，鬼是离开了房子的人，人是住在房子里的鬼（房子指身体）。在不少笔记小说里，都存在一种大体上认定的观念："人神一体、阴阳一理。"玄妙得很。倘要多数人认可，却又缺乏亲见亲闻的体验，那是无法感同身受的。

　　这就冒出了一个问题：《鬼恋》里的林春花是人还是鬼，人鬼相恋是真还是假？但作者认为，是真、是假，那并不是他着笔的重点。他说："我们从许多人与事之中，都可能发现，由假变真，由真变假，甚至在每一个人的心中，都隐存着真和假，那么我便无法来答复《鬼恋》的故事是真是假了。我想，读者应该原谅我不是卖弄玄虚。"（《〈鬼恋〉自序》）有的论者直截了当地把《鬼恋》称为"现代人的神话，真实的梦……"其立论在于：人在主动的、能动的行为与梦想中，创造出"以幻为真"的艺术；小说、鬼、神话与梦，同源乃非异流。真实耶，虚假耶，无须执拗地加以辨析。

三、"方生方死，方死方生"，《鬼恋》作者的真意之一是对"生死"之谜的探寻。有人认为，《鬼恋》表现了作者的一种人生观：生不必喜，死不必悲，生与死只是一种轮回而已。

《鬼恋》初版时的书名《岁月·天涯》，"岁月"，亦即时间，"天涯"，亦即空间。破译时空之奥，无异于解开生死之谜。德国恩斯特·卡西尔所著《人论》对时空与生命的有机关系做了深刻阐述：空间和时间是一切实在与之相关联的构架；有机生活只是就其在时间中逐渐形成而言才存在的，它不是一个物而是一个过程——一个永不停歇的持续的事件之流，有机物绝不定位于一个单一的瞬间。在它的生命中，时间的三种样态——过去，现在，未来——形成了一个不能被分割成若干个别要素的整体。林春花的生生死死即便多么扑朔迷离，作为一个过程，总有发端、变迁、伸延，也是有迹可寻。无论远至"山之巅、海之角、天之涯"，或近在咫尺，林春花与"我"心有灵犀一点通，超越生死之间的阻隔和羁绊，从短暂求取永恒。

当然，林春花终究按照生活的固有逻辑走自己的路。她以自杀显示了对生命意志的充满悲剧意味的抉择。对于个人，自杀的真正意义不在于它是大千世界的一项外在的、公开的事件。恰恰相反，它是我们内心深处时常蠢动着的一种可能性。现代文明不但没有舒解焦虑的情绪，反而处处挑衅人类的死亡本能，为自杀提供了有利的客观条件。把死亡带进生活，德国哲学家海德格尔称之为"朝向死亡的自由"。林春花的二度自杀，缘起于对爱情的向往和幻灭。第一次是对

非非想 栩栩然

母亲为她所定亲事不满，第二次是对婚姻不满。爱情本来体现了人类的生存本能，但它同时可以发展成一种义无反顾的死亡意志。"世界和生命里，最富悲剧性格的是爱。爱是幻象的产物，也是醒悟的根源。爱是悲伤的慰解；它是对抗死亡韵唯一药剂，因为它就是死亡的兄弟"（西班牙乌纳穆诺：《生命的悲剧意识》）。一旦失去爱，林春花便那么决绝地投入死亡的怀抱，以生命的昂贵代价来赢取自由。

四、自由，从生中不可得，而必须从死中求取，足见世间的种种不公、不平。作者借林春花之口，严肃地审视人世，抨击其缺陷。

"作家，我想你会相信，这世界上坏人要比恶鬼还可怕千百倍，纵使我是鬼，你又何必那样骇怕呢？"

"作家，你不能不承认，活人的地方，到处都是残杀的战场，死人的地方，才是一块宁静的畛土。"

"不管一个活人是得意或是失意，当他立在一堆一堆的孤坟上，想想那些死人，他都会心平气和了。因为那是活人一面最好的镜子，……"

请原谅，如此烦琐地一再引述作品原文，因为它淋漓尽致地发抒了对于人世的不满和愤然，再明白不过地显示了作者的批判态度。其锋芒所及，依然直指核心所在——人。

正如《人论》所指出：人被宣称为应当是不断探究他自身的存在物——一个在他生存的每时每刻都必须查问和审视他的生存状况的存在物；人类生活的真正价值，恰恰就存在于这种审视中，存在于这种对人类生活的批判态度中。

写假，为了写真；写死，为了写生；写鬼，为了写人。按照安德烈·莫罗阿的说法，"我们中每个人内部有一个'社会人'与情欲炽盛的'个人'，有灵与肉，神与兽"（《人生五大问题》）。《鬼恋》细腻地描绘了人物的多重性，灵与肉、神与兽之间的纠缠、抗峙和转换，深化了作品的意蕴。它所展示的不只是一个人、鬼奇缘，更让人反省所处的外部环境和自身的心灵世界。

五、《鬼恋》是一部带有幽默笔调、讽刺意味的小说，这是作者多年来创作十多部小说以后所做的新尝试。

从第一节到第九节，作者写"我"与林春花之间的一段奇缘，将重点放在林春花在爱情生活中"一挫、再挫、三挫"的遭遇，到了第十节，作者将前面九节所发生的一切抹去，把"我"置于与林春花、周莉的三角关系之中。前半部，"我"和林春花的恋爱关系推进到情欲，后半部分，恋爱关系拘限于纯情。其间，以作者笔名为第一人称，将文艺界一些朋友植入作品，真真假假，虚虚实实，蒙上扑朔迷离的色彩，对读者增添了翔实感和吸引力。

人物塑造也颇具特色。林春花、麻蓓蒂、周莉与"我"，构成三组人物关系，彼此参差、对应。林春花亦得亦失；麻蓓蒂，未得即失；周莉，似得实失。周莉的个性强化到使人憎恶，而且发笑的地步。麻蓓蒂的形象美化了，也幻化了，成了"我"的心灵世界里的永恒的情人。林春花的个性色泽相当鲜明，作品里不乏性格化言行的描述。比如，这么一段她与"我"的对话："作家，你太傻了，我当然是人。""凭什么能证明你是人呢？""那就难了，人跟鬼本来就难分。"她想了想："有了。鬼的嘴唇可能是苦涩的，人的嘴唇可能是香甜的，作家，你如果不相信我是人，你可以吻我的嘴唇，试试看是苦涩的还是香甜的？"几分娇嗔，几分绚艳，几分淘气，人物呼之欲出。

整部作品氛围的描绘融入"鬼恋"的基调。外部环境："在台北，炎热的夏天夜晚，植物园就好像我想象中的伊甸园，我在里面编织着无数甜蜜的网，和无数绮丽的梦。在这风清月朗的良夜，我愿意在那里踯躅深思，去寻回那失落的旧梦。"梦幻般的意境，了无痕迹地衍生了人鬼之恋。内部关系："我"拿了她的钱是冥纸，"我"穿了她的衣是纸衣，她带"我"去的最美丽的地方是墓地，蒙上了神秘的面纱。这一切，形成了异常奇妙的世界。

六、作者曾坦诚地表明他的创作观："文学创作，对作家来说，多半并不是为名为利的；我的创作欲的冲动，只是为了表达和发泄心灵的苦闷……"他说，他写《鬼恋》时的心情，"也是情绪低落期"，

非非想　栩栩然

121

"我以游戏之笔，写我心灵深处的落寞和淡淡的哀伤……"另一方面，他对生活抱持积极进取的态度："人类没有战争，没有嫉妒，不为生活所困，永远生存在爱与美的领域里，这才是人类的造化。我想；纵使人类的社会是多么紊乱和污秽，但是，必定有不少的人们，抱着像我这样的理想和希望！"把这二者结合起来看待《鬼恋》，读后，或许不仅留下奇异的故事情节和人物形象，而且还可能留下别的一些东西。

七、这次能由家乡出版社出版呼啸的作品，是一件格外有意义的事。呼啸，本名胡秀，1922年出生于福建省闽侯县茶园乡。师范毕业时正值抗战，投笔从戎，至江西莲荷干训团受训后，历任军职，中校退役，去台后从事新闻工作，曾任报纸副刊主编，青溪新文艺学会理事长，台北各报副刊主编联谊会会长，现任台湾《中华文化复兴月刊》总编辑。他的作品，无疑将为家乡的文化建设增添色彩。

（1989年5月）

注：《鬼恋》由海峡文艺出版社出版，该文为附录。

新门旧门
—— 颜纯钩小说印象

忧患意识：充盈其内

作品人物如是说：

> 年轻人总是把鸡毛蒜皮都看作生命攸关的大事，其实他们哪里知道，恋爱结婚算得了什么，如果他们把整个沉重的人生都背起来试试，就知道日子的艰难了。
>
> —— 《背负人生》（香港"博益"《龙门集》）

德明，在他为亲友、为社会舆论所排拒，走投无路时，发出深深的感喟。一声吁叹，道尽无数人生悲凉。

读颜纯钩的小说，总是被那难以言传的楚怆感深深地攫住了。我们似乎也背负着沉重的人生，在无边无际的苦难历程中彷徨，挣扎，跋涉……

回顾他的创作道路，切身体验具有决定性意义。"博益"出版的小说集《红绿灯》"作者简介"这样概述："颜纯钩，笔名慕翼，1948 年出生于福建省晋江县安海镇一个华侨家庭，幼时曾在港居留，后回国读书，参加文革，上山下乡。自 1971 年起在铁路部门担任电力外线架线工，1978 年来港，在报馆任校对，现任副刊编辑。""知青"和"移民"的双重艰辛，或隐或现地，或浓或淡地，渗透于他的所有小说作品。

作为那场历史悲剧的见证人，颜纯钩激情难抑地发抒为文，《红绿灯》一书的第二辑收录了五篇，即《山路》《牺牲》《迷茫》《降霜的日子》《秘密》，均为"文革"题材（假如依照内地的习惯划分）。驾驭这类人所习见的题材，颜纯钩自有匠心独运之处，既不过多地描绘鲜血淋漓的惨象，也不着力于鞭笞涂炭生灵的丑类。他似乎对叙说一个个平常的故事更感兴趣。《降霜的日子》里，年轻、美丽的生命被扼杀了，荒山野岭，一抔黄土，孤寂地挨着无涯的黑暗和凄凉。外孙洒尽一腔热血，献身神圣的"革命"，掌权的对立派斥之"替反动路线卖命"，外婆为这无谓"牺牲"锥心般地疼痛。近乎疯狂地破"四旧"之后，厄运接踵而来，亲人屈死，理想和爱情幻灭，亚琴陷入一片"迷茫"，新娘曾为谋求出路而献出贞操，当年文清无意间窥知"秘密"，为了新郎的安宁幸福，纵为莫逆之交，他也只得三缄其口。人见人夸的城市姑娘，到深山窝插队，在扎根风潮推涌下，嫁给窝囊、邋遢、笨拙的穷光棍，天长日久地在"山路"上苦度时光……一场大浩劫给万千"寻常百姓家"带来的"大不幸"，透过一个个平常的故事，切切实实地令人信服地得到艺术印证。

"哀莫大于心死"。颜纯钩的那把解剖刀，冷峻、无情地剖深一层：一颗颗麻木不仁的灵魂。失去亲人后，外婆孤零零地想着孩子，三年了还不明白，当初让孩子参加武卫队对了还是不对（《牺牲》）。魏高一时觉得自己太渺小了，在"史无前例的大革命"中，龟缩在灰暗的一隅，为个人的悲戚——晓菡的屈死耿耿于怀（《降霜的日子》）。亚琴狂热后"迷途知返"，向冥冥之中的主宰者忏悔过失，像皈依神明的信徒们那样顶礼膜拜（《迷茫》）。为了维系以青春换取的"荣誉"，颖玉断然拒绝了白老师执着、深沉的情恋，心甘情愿地让岁月埋葬可望可即的幸福。小人物的命运，始终是作者关注的焦点；"哀其不幸，怨其不争"的基调，在这些作品中一以贯之。

星移斗转，时光如涛。那段生活经历，那种人生体验，铭下的印记依然清晰可见。几年之后，作者借《眼睛》一吐胸中块垒：

> 二十年风流云散，白了少年头。当时的无知与热狂，当时的血气方刚，都过去了，只留下恩怨情仇，剪不断理还乱。到如今，把历史的东西还给历史，把真正的人生还给人生，是非曲直何足挂齿，只是，让受尽磨难的人过几天安生日子吧！

也许我们会为如此平白直露的文字感到迷惑不解，假若将之置于全民族的历史反省的文化氛围中，视为作者理性审视的理性表述，反倒觉得，他的直抒胸臆，真真切切地弥漫着浓得化不开的忧患意识。

刘再复认为，优秀作家的创作实践一般都表现出三种特征，即超常性、超前性和超我性。作家主体性的实现，特别体现于自由意识、使命意识。他就此做了多方面的阐发：

> ……广义的使命感，这就是指作家的心灵必须与历史时代的脉搏相通，必须承担人世间的一切苦恼，承担历史留下的各种精神重担，因此，使命意识必然表现为深广的忧患意识，即先天下之忧而忧。作家的爱是无边的，他们的忧天悯人的情怀是无边的。
>
> 忧患意识，不是个人的"患得患失"式的狭隘意识，不是自我哀怜的戚戚之心，而是与人世间的苦恼相通的博爱之心，是以人民之忧为忧的人道精神。……①

基于此，刘再复把忧患意识视为"古今中外优秀作家最核心的主体意识"。

笔者无意以事先设定的尺子，先入为主地衡量作品的短长，自以

---

① 见刘再复《刘再复论文选》，香港大地出版社 1986 年版，第 291 至 292 页。

为是地戴上某种炫目的桂冠。假如细读颜纯钩反映内地移民生活的作品，你会不由自主地为徘徊在红绿灯下的人们的遭际所牵引，以其忧而忧；你也会深切感受到作者背负的"替大众受罪"的忧患意识异常浓郁，异常强烈。

在他笔下，内地移民道途坎坷，头顶一片阴霾。生，不得安生；死，不得好死。美貌纯洁的妻子沦落风尘；偷渡女和一群男人大被同眠；老友重逢，刺瞎眼睛以报"文革"武斗一箭之仇……更有自寻绝路的：悬梁，跳楼，割腕；惨遭横祸的：病发猝亡，撞车丧命，偷渡溺死，弃婴被野狗嚼咬……一幕幕悲剧惨绝人寰。

一两篇犹可，这类作品多了，读者也许会心生疑窦：这便是今日香港吗？笔者以为，颜纯钩的本意不在于描绘香港的全景。艺术家的具象塑造，与思想家的抽象概括，毕竟不是一回事。他还不至于愚不可及地把东方明珠视为人间地狱。但他确乎对现代社会的"两大特色"——"一是庞杂，一是隔离"（颜元叔语），异乎寻常地敏感，具有切肤之痛。他的人物群像，彼此间漫溢着疏离感，夫妻之间疏离，兄弟姐妹之间疏离，母女、婆媳之间疏离，朋友之间疏离。"人人都是这样，各有自己的一小片世界，天堂也好，地狱也好，互不相干，谁也不能给谁什么。"（《割肉》）

唐文标在《张爱玲研究》中把张爱玲小说鼎盛期的创作背景概括为"……生长在二十世纪的中国，而且根基在中西冲突的交叉点，古今混乱的集散地——上海"。移用于香港，也颇为相似。柳苏曾言简意赅地概述："香港最大的好处有人也许可以归纳成一句话：有钱就有一切。""反过来最大的坏处自然是：没有钱就没有一切，从生活必需、社会地位甚至直到生命。这是由于它是殖民地社会的缘故，尽管是现代化了的殖民地社会。"（《香港，香港……》，中国图书刊行社）香港与内地极大的生活反差，许多移民久久难以认同，陷入无法排遣的苦闷。《红绿灯》一书第一辑所收的六篇小说，即《红绿灯》《忌日》《割肉》《为逝去的》《夫妻》《不平路》，以及其后的多篇小说，如《背负人生》《天谴》《桔黄色毛巾被》《彼岸》《团圆》

《眼睛》《螳螂》等，刻画了一系列内地移民形象，无论各自的经历、身份、职业、文化水准、经济状况存在多大差异，几乎无一例外地处于困境和难局，失落于那"喧嚣的纷扰不安的都市"。短篇小说《红绿灯》里的"他"，大学训诂专业毕业，来港后四处碰壁。他感慨万端，原也不是想来发财的，只图少受点气。可这一年多来受的气还算少吗？中国人比外国人低一等。没钱的人比有钱的人低一等，外来的人又比本地人低一等。他的这番感慨透露了不少移民的心曲。

内地移民的精神重负，除了价值取向的急剧变化，还出于潜藏的"中国情意结"。颜纯钩近期的一篇题目奇长的小说《关于一场与晚饭同时进行的电视直播足球比赛，以及这比赛引起的一场不很可笑的争吵，以及这争吵的可笑结局》，情节极简单，人物关系极单纯，围绕中国队和香港队的一场足球赛，老子与小子也爆发了一场火辣辣的"内战"。

儿子犟嘴："也是你自己说的，什么文化革命，上山下乡，害死人！这不是你说的？你不是要回去吗？回去嘛！"

"我"霎时恼羞成怒，使劲一拍桌子，大声骂道："你也配跟我说这种话？你知道文化革命是什么？……文化革命不好，我们傻傻地流血，傻傻地送命，可是总不能因为文化革命不好把中国从地球上搬走吧！"

"中国人，谁不想中国好？中国完蛋了你会长命百岁，你会中六合彩？你到底算不算中国人！"

"我没说香港不好，如果不是这里好，我暖被窝里不睡要跑到蚝壳堆上翻跟斗？可香港好了我们也想中国好是不是？"

请原谅，如此烦琐地一再引述他们的对话。这些近乎枯燥的话语，坦彻地把作者的肺腑之言和盘托出。诚然，"我"非我，但"我"有我，有作者的影子，这把钥匙，开启了颜纯钩小说忧患意识的奥秘所在。

"移民潮"是世界性的。旅美台湾作家丛甦认为"土地和语言"对祖国"情意结"尤具决定意义："对于一个流浪人，土地和语言是在他流浪生涯里日夜渴望，不能忘怀的！土地象征着他和他的祖国的根源的关系，语言象征着他和他同胞的连带关系。"因而，不在自己的土地上，不讲自己的语言，"谨言慎行是一种最残酷的惩罚！"从内地南迁，置身香港，脚踩自己的土地，讲自己的语言，似乎少了几份海外华人特有的孤寂和落寞；而"初入贵境"的怯生，对家乡、亲友的眷恋，又多了在故园里所没有的背井离乡之情。特殊形态、特定环境的"中国情意结"，给迁港的内地移民抹上了浓郁的悲剧色彩。

陈映真曾在香港阐述一贯坚持的文学观。他声称，由他主持的《人间》杂志宗旨是"从社会、人生里面弱小者的立场去看生命、生活和世界"。他一方面表示，要充分尊重作家各自的自由，同时认为，"在像中国这样一个在可以预见的将来还有很巨大的问题，还有崎岖长远的路要走的民族里的作家，还是应尽为民喉舌，为弱小者代言的责任"。颜纯钩对那些备受现实生活压迫、命运煎熬的小人物，倾注了由衷同情之心，这与怀着猎奇心理玩赏弱小者的悲哀，不可同日而语。

人性底蕴：剥析其幽

作者如是说：

> 有的作品较善于挖掘社会深度，广度，反映当时社会的某些本质，是好作品；有些作家发掘了人性的深度，也是好作品。
>
> ——《香江对话录》（《台港文学选刊》1988 年第 3 期）

颜纯钩对"发掘人性深度"情有独钟。他的创作实践提供了富有说服力的佐证。多数作品描绘了友情、亲情、爱情的畸变。在常态—异态—常态—异态的循环往复中，一层层地剖析人性。

友情的畸变。以《眼睛》为例。

　常态：振邦和叶青，一对老同学、老朋友，前者是后者的入团介绍人，有一年叶青脚上生疮，整整一个月振邦背他上学。

异态："文革"武斗时，两人成了对立派，一场混战中，叶青用竹矛刺瞎了振邦的左眼。19年后在香港重逢，一个做起生意"发达"了，一个拎着垃圾袋拾破烂变卖。

常态：通过振邦太太，叶青按月接济二千元。

异态：振邦用折断的竹筷刺瞎叶青的左眼。

最后一段尤其精彩。

一场会面：

终究还是碰上捡垃圾的振邦。仿佛带着难以压抑的好奇心，他死死地盯着我的左眼——先是惊悸继而冷漠，然后，满脸的筋肉慢慢地紧蹙起来，畸形地扭成一团，他嘿嘿地阴森地笑起来——不知为什么，我也跟着笑起来，像从另一张毫不相干的嘴里绝望而凄凉地笑出来，宛如活僵尸——几乎在同时，从另一只活眼里流下眼泪，混在一起的笑声和哭声中，我便觉得一身坦荡荡，无挂无碍，心头澄澈如蓝天。

一段对话：

我劝他与妻子和好，还告诉他，有个医院可以装假眼球，联系好了就通知他——

"从今以后，我们扯平了，谁也不欠谁。"（扯平）

"你想得倒美，怎么扯平？我比你多挨了19年的苦，这笔债你怎么都还不完的。"（债还不完）

"你还会在这里拾垃圾吗？"

"如果你觉得不好受，我就到别的大厦去。"

"不不不，我是说，星期六我太太多数到澳门，如果不嫌弃，进来喝杯咖啡。"（喝咖啡）

"不了，喝咖啡会失眠，我星期天一大早都得上教堂做礼拜，刚刚开始，我不想放弃。"（做礼拜）

生生死死，亲亲仇仇，恩恩怨怨。刺瞎的也是左眼，使用的也是竹制品。血淋淋的疯狂报复。虔诚地皈依上帝。人性的极善和极恶，简直难以置信地统一于一身。傅雷家书有道："了解人是一门最高深的艺术，……人真是矛盾百出，复杂万分，神秘到极点的动物。"信然！叶青性格的丰富多样，较之振邦毫不逊色。用金钱来赎罪，求得心理平衡；"以眼还眼"，想的还是"扯平"，卸下精神重负，无挂无碍。一心还良心债，"冤家"不予置理；平和地以诚相待，便被知度地接受了。留下对人的"矛盾""复杂""神秘"的寻思和回味，而不是对"善"与"恶"机械性地判定、随意性地褒贬。

亲情、爱情的畸变，更是令人不寒而栗。

《割肉》写了三代人：母亲与"她"，"她"与孩子。刚分娩，母亲就有言在先，不能侍候她。将来也不能替她带孩子。丢了孩子，母亲和哥哥、嫂嫂像没事人似的，仿佛料定有这么一天，老早就暗自等着。她越想越冒火，这年头人都不像人了。——此番怨艾、嗔责，反诸自身，何如？割舍亲骨肉，罪耶，罚耶，似乎全是家人逼出来的；这一了百了，"从此只当一块割下来的肉，留在暧昧的夜色里。"罪在他人，不当罚。然而，电车上偶遇老阿婆，对婴儿的呵护、抚慰，反衬了为人之母的无情；惨不忍睹的结局，更轰毁了逃脱良心谴责的遁词。但对其分寸把握得体，进退两难、一波三折的心理流程，淋漓酣畅地抒写了弃婴的无奈，以及母爱的未泯。仅一个置放处，真是煞费苦心。厕所绝不考虑，那么肮脏污秽多恶心；放在露天总是不妥当，下起雨来苦了他；放汽车下更不行，万一碰上个莽撞司机，醉醺醺地开车，车轮一动就完了。挑了天桥座椅，清洁工人发现便得救了。丢弃之后，进一步有层次地剖示内心活动：离开时——一阵强似一阵的心跳，像是全身都支离破碎了；回家后——手足无措，惶恐不安，对家人若无其事的愤懑、气闷；赶往桥下——听到野狗咬噬声，猛觉一阵毛骨悚然，手脚都瘫软起来。弃婴无奈，母爱未泯，却又狠心"剜却心头肉"，未婚妈妈的形象立体化了。

爱情的畸变，《夫妻》以随泛、冲和的笔触，描绘得可惊、可怖，夺人魂魄。司空见惯的事：来港，求职，赴"康复中心"应召，被设下圈套迷奸，堕入陷阱不能自拔。置于夫妻之间，神妙迷幻的情事竟也失色、变形。"我"：有时候和她相好，看她那种百无聊赖的样子，心想她也和应付别的男人一样应付着我，那种滋味真不是人可以忍受的。"她"：情绪一直很差，甚至在极少一些亲热的时候，她肆意地嘲笑我，拿我和她的那些嫖客相比。表现情爱被严重扭曲的状况，笔墨虽用得极省俭，"少少许胜多多许"，艺术感染力极深沉、极强烈，引人追寻侵蚀人、毒化人的主、客观因素。

颜纯钩作品表现友情、亲情、爱情畸变的，当然不限于上述列举的篇什。我们特别不能漠视作者的匠心所在。曾有论者将白先勇小说常出现的主题之一归纳为："人性之中，有一种毁灭自己的趋向，这趋向是一股无可抗拒的力量，直把人往下拖，拖向失败、堕落或灭亡。"（欧阳子）这在颜纯钩的小说中，着力尤甚。其中，包括描写婚外恋、乱伦的力作《山路》《为逝去的》《背负人生》《桔黄色毛巾被》《天谴》《螳螂》等。这组系列作品，集中体现了作者目前已达到的艺术高度。《背负人生》曾荣膺博益第一届小说创作奖冠军，《山路》也曾获得第八届青年文学奖小说高级组冠军，《桔黄色毛巾被》收入"新亚洲丛书之五"《中国当代短篇小说选——第一集》。名至而实归。

反映婚外恋、乱伦，绕不开情欲。刘再复把情欲的运动形式分为三种：第一个层次，无意识层次；第二个层次，前意识层次；第三个层次，意识层次，显示情与理的缠斗。在理知的制约面前，刘为情感描述了三种出路：1. 妥协出路，化为理性情感；2. 变形出路，裂变，即情感发生变形，变态，潜于心中，不断发生两种生理功能的碰撞；3. "合理化"出路，把不合理的感觉性欲望，采取合理化形式表现出来，如梦、艺术等，在虚幻世界中寻求宣泄的渠道。

颜纯钩的几篇反映婚外恋、乱伦的作品，上述的情欲的运动形式的三个层次，情感的三种出路，全都做了或浓或淡的描述，或深或浅的刻画。

《山路》《为逝去的》《桔黄色毛巾被》《螳螂》写了婚外恋，写了非夫妻的两性关系（《山路》除外）。有悖于传统道德规范，但不亚："性"与"爱"糅合为一。无论多么漫长，长达二十年，或是多么短暂，短如一场邂逅，彼此间交融着无法言传的默契、沟通和关切，息息相连，心心相印。一旦触发契机，急剧推进到极致。但作者写到紧要处，简约极了，铺垫的描写却十分充分，舒缓，渐进，"水到渠成""瓜熟蒂落"。三篇作品都只写了一次，"也许我们这辈子只有这一次了"（《为逝去的》），淋漓尽致地抒发了人间真情的弥足珍贵，以及情爱无望的苦涩、痛切。

婚外恋、乱伦，处理这类难以驾驭的题材，颜纯钩游刃有余，应付裕如。他着重表现为什么这样，而非能不能这样。他不回避写性关系，但着重表现性关系的发展过程，而非动作性过程。这就绕开了一大难点。太简、太虚，缺乏说服力；太详、太实，降低了格调。《背负人生》和《天谴》表现"为什么"、表现"发展"，舒卷有致，直探人性之幽，显示了作者的深厚的艺术表现力。

《背负人生》，写叔嫂乱伦，嫂为授者，叔为受者。《天谴》写姐弟乱伦，弟为授者，姐为受者。《背负人生》写了返乡、回港两段。《天谴》集中写了在港这一段。《背负人生》写返乡，主要收束于上石佛寺烧香的前前后后：车子拐弯，大嫂的碰触，小叔的异样，上坡摔跤，大嫂的伴噗，小叔的心神恍惚。回港后，小叔和大嫂、侄同住于一室，朝夕相处的局促、扰乱和不安，收到来信后在恶毒谣言的劈头盖脑的打击下，梦游似的被神秘力量拖向堕落。《天谴》的"解释"也很独特而有说服力——其一"一生一世的事，叫我怎么做人呢？可是难道眼睁睁看着他死吗？他一死，周家也就断了香火了。"（姐，为了周家香火的接续）其二："我觉得他更期望的只是安安稳稳地睡在我怀里，只是有那么一个人，不但关怀地体贴他，而且在肉体上包容他，让他可怜孤独的灵魂，有一个安息之所。"（弟，为了灵与肉的安息、包容）这些，加上肉欲，把乱伦的"理由""解释"得合符逻辑。

所写婚外恋、乱伦，多出自香港，事涉双方，一方孤身在港，另一方多为未婚，或丈夫、妻子亦不在港（《桔黄色毛巾被》例外，但傅太太与"我",文章做得很足,并无突兀之感)。有意设计"惹是生非"的环境条件,有助于让当事者挣脱固有道德规范的约束,触发彼时彼地不易出现的事端。

颜纯钩小说的格局不大。他有自己的理解和主张:"格局小,未必不好,像张爱玲的作品,格局都不大,涉及社会面不广,反映社会变迁很深刻,写人性写得深刻。"(《香江对话录》)这和苏珊·朗格的情感论(文艺的社会功用就是给"情感赋予形式",使情感明朗化和对象化,从而使人们得以观照它和理解它),颜元叔的"镜子观"("文学是一面深邃的镜子,或者说是无数面镜子,让人看到深处的自我,面面的自我。"),从不同角度肯定了文艺的"向内转"现象的积极意义。颜纯钩的艺术实践与艺术主张完全吻合。

正如颜元叔所说,任何一个单独的作品,它的人性探讨人生纪录,可能是片面的,有限的,甚至有偏失的,但概言之:"文学是千万个人凭借良知良能,对人性人生做成的千万种见证。文学的目的就是探讨人性之真,人生之真。""人类的良知能透过一些文学作家,对人性人生做观察,探讨,同时也做价值评估,做情感的注入。"颜纯钩对人性之真、人生之真的探讨,虽然难脱个人的局限,时常流露过多的困惑和疑虑,但如此执着,专注,真诚,他的努力绝不是毫无价值的。

叙述语言:灵动其间

文学界如是说:

> 情节的发展有分明的脉络,顶点也处理得不错。(刘以鬯)
> 作者描述人物形象的能力极佳。(倪匡)
> 对白写得非常好,尤其是冲突场面的对白。(钟玲)
> 布局很好,描写相当深刻,文笔传神。(何文汇)
> ——香港"博益"《龙门集》

以上都是博益首届小说创作奖评委对《背负人生》的评语。展读颜纯钩的全部小说作品，当能获得同样的印象。当然，不仅仅限囿于此。

内地有一种见解，把小说的艺术模式大致划分为情节模式、心理—情绪模式、复合模式。对于"心理—情绪模式"，这样归纳：

> ……小说并非展现一些完整的事件或性格。小说中的意象更多地寓托着人物的情绪，而不是构成情节中相互联系的一个环节；小说的形象体系组接暗示着一道意识活动的心理秩序，而不是一段因果分明的情节行程。与此相应，小说也不在于勾起人们渴望紧张、曲折和戏剧的审美情感，而在于以一种心灵的直接呈现而在读者中形成情绪上的同构对应。[1]

假如不无偷巧地参照划类，颜纯钩小说就总体而言，比较接近"心理—情绪模式"。虽然《红绿灯》一书收入的部分作品，情节因素也比较突出，但占主导地位的仍为情绪的寓托、宣泄，心理秩序的组接，心灵的直接呈现。

从着眼于对外部社会结构和生活事件的描绘，转向注重对人的内部心理结构和精神世界的揭示——世界性的"向内转"潮流，对颜纯钩的影响也同样是决定性的。

与此相适应，叙述语言出现了巨大变化：

> ……当小说直接以幽深曲折的内心世界为表现对象时，叙述语言则不能不对此加以尽量弥补。……作家的努力在于尽可能地扩大语言的内心世界表现力。这将是叙述语言对内心活动的全面模仿：从叙述内容到风格、色彩、节奏、语调，叙述语言将以全

---

[1] 南帆：《小说艺术模式的革命》，上海三联出版社1987年版，第60、67页。

部形式应合着意识流动中的起伏、波纹和漩涡。

颜纯钩的叙述语言，明显带有上述特点。以下，列举一些实例，主要谈谈参差和转换的应用。

一、参差（时间、空间、人际间的参差）

1. 时间、空间的参差

异地（家乡与香港）、异时（从前与现在）的参差《红绿灯》——

昔：弟弟一天到晚跟在屁股后头，哥哥这样，哥哥那样；他送哥哥上学，他懊恼地站着，举着手背抹泪。

今：听他怎么说？"你来了后我就倒霉，到手的钱都会飞了，好好的人叫你近了身也沾了晦气！"

同地、异时的参差

《失妻》——

若冰刚到香港"小别胜新婚"。"都市灯夜的余光窗里来，像月色，又比月色更浓艳一些，我可以很分明地看见她那双深情的大眼睛。她真的是很美丽的，那种美似乎超尘脱俗，每一寸肌肤都文雅得像一首诗，都像有一种韵律，一种小夜曲似的令人陶醉的柔情。"

两年多后，久别重逢。"……若冰倒像是刚出了一趟街回来，没有一丁点惊奇的样子，草草瞟了我一眼就擦身而过，一屁股坐到床上了。"一天午夜，若冰悄悄放的士高音乐，"只穿着内衣裤，正随着乐曲手舞足蹈地扭着身子"，"那种肆意的狂野，宛如包含着原始的冲动和迷惘"。

同地、同时的参差

《红绿灯》——

"又是红绿灯，红的是太阳的光和热，绿的是生命之树常青"；"又是红绿灯！红的是血，绿的是呕出来的胆汁。"

人的性格的变异，心理状况的变异，纤毫毕现。

2. 人际间的参差

"我"与两人对应

《桔黄色毛巾被》——

傅先生对"我"，冷漠，刻薄，鄙俗。

傅太太对"我"，尊重，关注，热切。

为"我"与傅太太的暧昧关系，提供了逻辑发展的依据。

"我"与三人对应

《背负人生》——

"……不远处大路上有个女人走了过来，单从那袅袅婷婷的身段，稍微踮高脚尖走路的步姿，他就认出那是碧莲子。"

"一走进大门，就闻见一股泔水的馊味和烂地瓜的酸味。翠花从灶间拎了一桶猪食出来。"

"再走回家来，天已黑了。……上厅里挂起了煤油灯，门外暗影里，似乎站着一个人，德明定睛一看，原来是大嫂爱琴。"

昔日恋人，妻子，大嫂，不同的开场，"我"的因人迥异的感应，全然融入了意识涌动。

二、转换（"物"、"我"间的转换）

1. 物与物的转换

《生死澄明》——

阵痛拦车，无意间"我"看着挂在车头的一个盘金绳结，很富态地垂着，大红流苏微微荡出一种别致的韵律；

那天清晨的警车里也挂着什么东西，也许不是绳结，而是一个铃铛，或一条丝质的红穗。

从私车转换到警车。从"我"联想男朋友失恋自尽。微妙地表现"我"的依恋和歉疚。

2. 物与我转换
《山路》——

> 北京的胡同口，十来个孩子围着爆米花的老头，风箱呼哧呼哧响着。仿佛自己的孩子也在那里。风箱声还呼哧地响着，不慌不忙；旁若无人，再定神一听，就在耳边上——原来是德福的鼾声。

从少时"串联"的梦想转换到现实的困境。剧痛袭来，锥心般地。

3. 我与我转换
《割肉》——

> 无边的夜色。在夜的那一头，孩子将长大起来，有如一尊狰狞的黑漆金刚，怒目圆睁，仰天长啸，那时，天地也会在他的吼声中颤抖起来。

从弃婴转换到黑漆金刚般的巨人。心灵战栗，无可自抑，也无从自赎。

此类例证俯拾皆是，不胜枚举。其意无非在于"实证"颜纯钩叙述语言的新异和丰富。

颜色、声响、气味、视觉、嗅觉，等等，也都一一成了活脱脱的有机构成因素，甚至流转着活力和灵性。观察视点更自觉地选取独特角度（而非全知全能），叙述语言更纯熟地调动合成因素（而非单一化），颜纯钩的表现领域显著地拓展了。近年的作品（如《灯烬》《螳螂》《生死澄明》等），在多侧面地呈现心理、情绪上做了进一步的大胆尝试。

　　黄继持的《〈刘以鬯论〉引崵》，引述了刘以鬯老到、精确的见解。刘以鬯把我们目下所处的时代称为"苦闷的时代"，人生变成"善与恶的战场"。他提出，在错综复杂的现代社会，"只有运用横断面的方法去探求个人心灵的飘忽，心理的幻变并捕捉思想的意象，才能真切地、完全地、确实地表现这个社会环境以及时代精神"。颜纯钩小说的叙述语言，也是顺时应势，取自大环境（中西交汇），反诸大环境。

终场鼓点

　　1987 年陈映真首次来港，感触良多："香港远远比我想象中的还要现代化"，"简直不能相信这是另外一批中国人建立的地方，当然它有很长远的殖民地历史和很复杂的现代化过程"。恕我直言，香港文学的地位与香港的地位还不那么相称。表现香港"很长远的殖民地历史""很复杂的现代化过程"，实为取之不尽、用之不竭的富矿区。海内外读者期待于香港作家的，远比香港作家已奉献的多得多。颜纯钩也不例外。

　　"那里有一扇门吱吱呀呀地响着，新门旧门都会响，新的是一些未曾磨平的棱角不服气地叫嚣，旧的却是不甘老去的破损的哀吟，但每天都是这样，艰难地开了，又艰难地关上，而日子也便这样一天天地过下去了。"（《秘密》）新门叫嚣着，旧门哀吟着。昨日的一页掀过去了，今日的一页掀开来了，还有明日，后日……

（1988 年）

长者·智者·仁者

人们尊称曾敏之先生为"曾老",因为他是一位可敬的长者，"铁肩担道义，妙手著文章"。倾毕生心血，奉献于钟爱的文学事业、新闻事业和教育事业。曾老提携后进，扶持新人，一向不遗余力。我们有幸请曾老担任《台港文学选刊》的顾问，二十多年来，他又"顾"又"问"，对刊物发展关怀备至，对编辑同人呵护有加。《台港文学选刊》创刊周年，曾老赋七绝志贺："缕缕文思绕港台/辛勤栽得百花开/金针频度交相誉/取证神州有俊才。"创刊十周年，曾老又赋七绝志贺："为有文章传海宇/十年辛苦不寻常/金针度得人皆仰/闽表飞腾火凤凰。"创刊二十周年，曾老师赋七律志贺："纵目寰球汉语潮/中华文化待高标/殷勤为播侨园美/筚路还栽传统苗/百载弱贫多感慨/廿年开放喜惊涛/沉潜识得东流势/好谱人文品格飘。"慰勉之殷，希冀之切，溢于言表。

人们尚尊称曾敏之先生为"曾师"，因为他是一位可敬的"智者"。曾师以知识、以智慧同社会、同读者对话交流。眼底，世相人情，洞若观火。笔下，纵横古今，恣肆汪洋。或散文随笔，或杂文论说，或旧体诗词，文采、史识和哲思熔为一炉，著述多多，蔚为大观。开卷有益，如晤良师益友。

人们还尊称曾敏之先生为"曾公"。因为他是一位可敬的"仁者"。在世界华文文学事业中，他犹如一位率军奋进的"文将军"。不避风霜，不惮艰辛。敏于把握契机，勇于担当责任。环顾过往不平路，种种难处、苦处，旁人难以体味。二十年前，发起组建香港作家联会。十多年前，倡议筹组中国世界华文文学学会。一年前，推动成立世界华文文学联会。曾公首倡之功，功不可没。华文文学恢宏协奏曲中这三段华美乐章，堪称曾公无比壮丽的人生三部曲。岁月如歌，事业永存，晚霞璀璨，霞光万道。

（2008 年 1 月）

冬日暖阳

——悼曾老

已是隆冬时节。南国羊城，正午时分，依旧艳阳高照。

此刻。广州殡仪馆仙鹤厅里，却分明平添了几分悲凉。

人们正与曾敏之先生诀别。曾老生于一九一七年，几近百岁，在前辈作家中算得上高寿。生老病死，自不可违。老人在安睡中辞世，也算是善终的了。

然而，噩耗传来，却还是让人感到突兀。说不出的难受。

因为，两年多前，曾老还能远途前来，出席中国世界华文文学学会和福建师范大学联合举办的第十七届世界华文文学国际学术研讨会。之后，学会在广州举行的几次活动，他大都到场，并畅谈个人意见。而仅仅在一个多月前，他的健康状况可谓迅速转危为安，恢复得出奇地快。

11月中旬。赴广州参加"首届世界华文文学大会"。听说曾老住院动手术，赶忙前往探视。只见老人卧床，双目紧闭。他女儿说，这时还在"深睡"。昨天上了手术台，医生见症状太重，顾虑存在危险，不主张开刀。老人这两天吃不下东西，很虚弱。早晨刚起床时会清醒一些。

第二天，用完早餐，几人赶忙到医院看望曾老。出乎意料，老人坐在沙发上，精气神十足。聊了一阵，曾老感慨地说："我知道，这次是大限已至。人啊，到这个时候，还有什么看不开的呢？"听了，不由一怔。这么说"大限"，似乎在说他人的事，曾老显得那么平静。其实，哪看得开呢?! 老人心心念念的，还是这次世华文学大会、还是学会工作。曾老一生坎坷。他的夫人在多年前即病故。前几年，他的二女儿在一次旅行中意外去世。老人遭受莫大的精神打击，回到广州长住。对于学会，对于文友们，更是牵挂于心，联系更为热络。逢年过节，我也都给他挂电话问安。而老人总是挂念《台港文学选刊》的事，询问在福建的文友的情况。现在见到曾老病情大有好转，心想，他口中的"大限"相距尚远吧。后来，听说老人执意出院回家，竟然又能吃能睡了。叹为奇迹。

几天之后，"首届世界华文文学大会"落幕。临离广州，先到曾老寓所辞行。曾老事前得知，端坐在客厅等候。老人气色不错，再配上一身崭新的唐装，显得格外精神。曾老听力不佳，我们便伏在他耳畔，争相向他介绍此次大会的盛况：四百余人参会；十场分论坛；散文大赛颁奖……老人高兴得连连点头。我还不忘向他汇报《台港文学选刊》的现状，感谢他为创刊三十周年赋诗致贺。他嘱咐我代为问候《选刊》的朋友们。

走出曾老家，阳光灿烂。往前方看，数百米外，便是黄花岗七十二烈士陵园。此处叫"先烈中路"。平常每期投寄《选刊》，就是往这里寄的。

那时的心情，如沐初冬暖阳，格外晴朗，温煦……

元旦，两三次想打电话，却没挂。关于学会工作，过一段或将去广州一趟，届时，登门拜访好了。

没承想，这次再到广州，竟是参加曾老遗体告别仪式！

阴阳两隔！终究不得不面对现实。曾老自此驾鹤远去……

临时安排，需在仪式上宣读中国作协和国务院侨办宣传司的唁电。在这庄严肃穆的场合，真担当不起这样的角色。转念又想，为了老人，该做些什么就尽力去做吧。顾不得这这那那的闲碎之事。

"曾敏之先生是著名作家、资深新闻工作者，在新闻与文学两大领域成就斐然。"他的一生，是"与文学同行的一生"。

"敏之先生一生笔耕不辍，治学广博，是世界华文文学界的泰斗，也是世界华文文学学科的开创者和奠基人。长期以来，敏之先生不遗余力地向海外传播华文文学，积极推进海内外中华文化交流，谱写了华文文学走向世界的壮丽诗篇。敏之先生的逝世是世界华文文学界的重大损失。"

……

古人云："盖棺定论。"于曾老，这样的庄重评价，他是当之无愧的。

厅口摆放着曾老的两部作品：《望云楼诗词》续集，文集《寒晖集》。来者纷纷索取。翻开"续集"，内有一首《题贺〈台港文学选刊〉》，那是曾老在《选刊》创办二十周年时的贺诗：

> 纵目寰球汉语潮　中华文化待高标
> 殷勤为播侨园美　筚路还栽传统苗
> 百载弱贫多感慨　廿年开改喜惊涛
> 沉潜识得东流势　好谱人文品格飘

附注写道："福州出版之《台港文学选刊》拟改版取名《世界华文》，主编杨际岚先生嘱题词，特成一律以报。"三十载的交集不禁浮现于前。创刊次年6月起，《选刊》开始标示顾问。曾老与文坛大家萧乾、毕朔望及福建出版界元老杨云一同被敬聘为顾问。曾老对《选刊》一向又"顾"又"问"。创刊周年、十年、二十年、三十年，他均题词。十几年前，还向《选刊》赠送了数百册个人藏书。近年，他不顾我们的一再劝阻，执意捐赠1万元"供策划作《选刊》征文奖之用"，而且嘱咐"千万不要提及"他的意愿。对《选刊》，他十分关注；对本人，他也多所扶持、奖掖。我于1984年开始，即参加世界华文文学界的学术交流活动，自此，便与曾老结识。及至1993年，曾老提出动议，筹组学会组织；直到2002年，中国世界华文文学会成立；老人提议我参与学会工作，慰勉有加。老人的期许，让人既感动又惶恐，真个愧不敢当。然而，在他言传身教的策励下，敢不尽心竭力?!

《寒晖集》中，曾老有一首怀念老友吕德润先生的挽联：

> 戎马铸新词，烽火余生，百折不挠真战士
> 诤言衡世事，襟怀坦荡，几乎史笔耀文林

抚今追昔，这正是老人数十载风雨人生的真实写照。

走出吊唁厅。晴空无垠。四处暖意融融。

老人似乎并未远去。熟悉的笑容，爽朗的话语，遒劲的诗文，仿佛还在眼前，耳畔……

（2015 年 1 月）

华夏南隅凤凰木

    不少人赞同这样的看法：澳门是"小地方，大文化"。"大文化"，无疑包括文学。

    澳门文学具有独特价值，并非说它出现了多少出类拔萃的作家和作品。主要是因为澳门提供了独特的文学经验。

    它的独特之处，在于它的丰厚的特殊意蕴。中西文化交汇并存。它的中国文化的因素，一方面，来自传统成分的中原文化，另一方面，来自近代意义的岭南文化。它的西方文化的因素，既包括传统的葡萄牙文化和拉丁文化，又吸收了近代史上兴起的欧美文化。八面来风，蔚为它的多元化奇异景观。

    它的独特之处，还在于它的繁复的特殊构成。在当代澳门文坛上各竞风采的，不仅有普遍的重要文类——小说、散文、新诗、戏剧和文学批评，而且有长盛不衰的旧体诗词创作和独一无二的"土生葡人"创作。五彩缤纷，形成它的多样化的绚丽样貌。

    它的独特之处，又在于它的鲜明的特殊品格。"感时忧国"的精神脉流，"为人生"的创作理念，在相当广泛、深入的层面上被接纳。

    澳门作家陶里曾为文概要描述了澳门文学发展的轨迹。澳门与祖国大陆，在地理上并无自然界线；在政治上是全面接受祖国的政治意识；在经济上更是密切到不可分割。从 80 年代起，大陆实施改革开放政策，珠江三角洲经济起飞，澳门的经济亦随之同步前进；作为上层建筑的文学依傍经济强势而发展起来……乡音未改情已归。显然，澳门文学以它的独特性，成为中国文学大家庭的一员。

过去存在一种误解：澳门文学从属于香港文学。无形之中抹杀了澳门文学的特殊性。前者于后者，并不是"附庸"，如影随形。由于上述的诸种因素，地理的，政治的，经济的，澳门文学比较自觉地回应现实生活的变迁和社会环境的转换。一段时期以来，正如另一位澳门作家所表明的，随着澳门回归祖国日近，作家们自觉地赋予作品爱澳门、爱祖国的文学主题。这类作品大都显现出不同程度的历史质感、现代意识和乡土情怀，而不是流泛于"贴标签"式的公式化和模式化。从 1993 年首届"澳门文学奖"的"新诗冠军"《凤凰木之魄》（郑卓立），可见其一斑。作者以凤凰木的精神来比喻澳门的历史发展：

> 你站在小城的肩头
> 糅进鲜血糅进性格糅进质朴
> 繁衍魂魄繁衍才华
> 展示一种坚硬骨骼
> 屹立在祖国的南隅窗口
>
> 你握住小城的意想去感动天色
> 浑同你艳红一样的静默
> 你剪断碧浪为坦荡空间
> 让你的追求翱翔蓝天

"糅进鲜血糅进性格糅进质朴"——澳门文学正向世人展示的。"让你的追求翱翔蓝天"——世人期待于澳门文学的。

（1999 年）

"狮城的脚印在神州"

——新华作家在地书写谈片

"那是春的季节。一种荡漾、一股温馨、一片春色。"

骆明先生《花的季节》开篇的这段话，正是此时阅读新加坡华文作家在地书写的心情的真实写照。

一

出于职业习惯，对新华作家在地书写"选集"所录十三位作家的简历，细细地读了。

籍贯，分布于广东、福建、海南，大多数生于新加坡。李光耀先生逝世后，报章披露，中国大陆改革开放初期，他与邓小平先生有过一次开诚布公的对话。邓表示，新加坡发展得好，值得学习。李应道，新加坡居民大多数是闽粤贫苦渔民、农人的后代，而中国人的祖先有许多是中原读书人，能够发展得更快、更好。邓沉吟不语。如果所述属实，李的直言可能让邓有所触动。数十年斗转星移，新加坡创造了举世瞩目的奇迹。"小巨人"屹立于东方。诚如李光耀所说，新加坡是第三世界地区的"第一世界绿洲"。

分析职业，除了二位教授，二位专业画家，所涉面很广，不仅有政府官员、企业家、建筑师、渔业专家，医疗管理，而且有教育家、全职作家、文化总监、影视人、出版人，体现了这些作家在华的真实状况，可谓中新多领域交流合作的缩影。

年龄段，生年自 20 世纪 30 年代，至 60 年代，跨度达三四十年。他们之中，有些曾在中国接受教育。朱亮亮女士三岁时跟随家人迁居中国，在北京及南方各地完成小学教育，10 年后返回新加坡。木子先生和李永乐先生都在复旦大学深造，分获文学博士和国际关系博士。吴韦材先生则到北京电影学院电影导演系学习二年。叶孝忠先生分别毕业于新加坡国立大学和香港中文大学。另一方面，多位又有在中国从事教育工作的经历。至于政治、经济、文化等领域，均深度介入。他们已是"下马观花"，并非"走马观花"。"在地书写"，名至而实归。

二

亦主亦客。或叙事，或咏景，或状物，许多篇什抒发了对于祖籍国的一片真情，这是新华作家在地书写的显著特点。

白振华先生的一番告白，道出了原因："到访中国百余次，走遍名山大川，到过所有省份和直辖市，对中国有一份真挚的感情！"他直截了当地将筹备出版的书籍取名为：《我的中国情结——狮城的脚印在神州》。

毫无疑问，这样的"中国情结"，于"在地书写"中已不再是想象，眷恋，追忆，全成了可感可触、所见所闻的客观存在。

蓉子女士和李永乐先生关于苏州工业园区的精彩书写，让人顿生虽未能至，而心有戚戚焉的感慨。李永乐的笔下，描述得很具体，7 个多平方公里面积的金鸡湖，一方美丽的湖水，一片青翠的园林，蓝天，白云，草地，流水，人群，融汇成独特的风情……无怪乎，他感叹，这很难将它与工业园区串联起来。蓉子的《魅力苏州》，把苏州分为三块：老苏州，名园古迹扬天下，一般人所熟知的；当地开发的，叫新苏州，显示发展业绩；中国与新加坡合作的第一个开发区，苏州工业园区，称为"洋苏州"。特别是第三块，"洋苏州"，笔者向来未曾涉足，先入为主的印象，和文里描绘的，"走到哪个角落，看看都是一幅画"，相去甚远。蓉子挥洒开来，直探奥妙，苏州园区20年，魅力不仅于景点新造，那样虽美还是贫血；世界级的城市，成功点还在于管理。"此为魅力苏州！"李永乐也做了类似的诠释——水乡还是水乡，古老仍然古老，苏州工业园区自有她的音容与笑貌，里边包含新加坡人的心意与感情，当然还有努力。此次会议在园区举行，平添了期待与向往。

较之于常规式的、行旅类的、短暂的逗留，林蒙先生的选择提供了"中国情结"的另一种不寻常的解读。他于1993年投资中国，6年后长住中国，2012年移居山东，目前定居威海。他的抉择在很大成分上基于旅行经验和生活经验。两篇散文标题即显题旨：《我爱你，山东威海》《人类的天堂——山东威海》。11年前曾到威海参加学会主办的研讨会。散文描述的美好景象，感同身受。

三

亦主亦客的另一面，显而易见。

李永乐先生《实在"弄"不懂》一文，不无幽默地自称"黄皮肤老外"，虽带有自我解嘲，却活脱脱地道出了实情。住地居民小区，居委会举行楼层代表选举，整栋大楼家家户户门牌及屋主姓名全都公开示众。无"隐私"可言。平日进出的电梯，时见有人隔着人墙肉壁，高谈阔论私人话题。同样毫不顾及他人"隐私"。由此，作者慨叹："身处异国他乡，'弄'不懂的事物还会很多很多。"身份认同和文化认同的多重性，渗透于日常生活的点点滴滴。"在地书写"的可贵之处，在于平实真切，在于细致入微，在于生动鲜活。尤其对于负面因素的披露和针砭，也许一时觉得不那么顺耳，可那正是爱深责切的逆耳忠言！

产生差异的成因多种多样。尊重差异的存在，并不等于一概认同差异。在读到的文章里，出现"中国及台湾"的提法，还有为"中港台新马各地中文媒体撰写专栏及专题"的表述。这类说法，当然无法苟同。不过，这么表述，未必全然出于所持立场、所秉理念的歧异，多半可能因为习惯性用法的延伸，无意间而为之。举此一端，无非表明，差异的存在如此之具体。

四

海外华人的现实境况千差万别，历史遭际却大同小异。近、现代中国屡遭外侮，日本侵略者的铁蹄，在中国民众和海外华人的历史记忆中留下永难消弭的伤痕。

骆明先生的随笔《历史，从云南走来》，牵引人们穿过风云，重返第二次世界大战的烽火硝烟。"滇缅公路""南侨机工"……和东南亚华侨、华人血肉相连。珍贵的史实，难以忘却的往事，通过后人的叙写，回到当下。朱亮亮女士的《被掩埋的历史》《南侨机工二三事》等作品，同样激荡着那段凝重历史的遥远回声。一端是历史之本，另一端是文化之源，凝聚"中国情结""中国经验"。

木子先生的散文《在珠海，我用九种刀功切片文学》，长达二万多字，在新加坡华文作家"在地书写"中，无论篇幅之洒脱，或者角度之独特，还是写法之新颖，都十分罕见。且来见识这"九种刀功"：

1. 在珠海，我用剁刀法打响《诗经》和《楚辞》的节奏；
2. 在珠海，我用拍刀法定格诗词画面；
3. 在珠海，我用滚切法转动电影镜头来叙述诗词故事；
4. 在珠海，我用花刀剞纵横刻画文学蒙太奇效果；
5. 在珠海，我用排刀剞把唐诗鱼列对比；
6. 在珠海，我用片刀法铺陈五色并调动五感去贴近骚人墨客；
7. 在珠海，我用劈刀法跟准诗眼；
8. 在珠海，我用反刀片的切法推切古代声韵；
9. 在珠海，我用食雕刀法戳刻创意文学新形象。

照实说，不谙厨艺，读了上述两三种"刀功"，已觉十分吃力。

后面的几种，全然混沌一团。然而，无论如何，中国古典诗词之玄奥，之优雅，之曼妙，之绚丽，在他的笔下，无比奇妙地徐徐展开。

"历史中国""文化中国""当代中国"，为中新交流织就一道道牢固的纽带，为"在地书写"拓开一片片广阔的空间。

五

此篇小文，如换一标题，也可以这么写："黄皮肤的老外"的中国经验。

差异之对比；

差异之由来；

差异之转换；

……

"黄皮肤""老外""中国经验"，相互间牵连、拉扯、纠结、演化，假如能一层层展开、一步步深入，其丰富，其深刻，其趣，其理，或能呈现更加不一般的样貌。

"文无定法"。此番信笔说来，言易行不易。似亦无足道。

谈片而已。

（2015 年 5 月）

"王彬街" 内外

——关于菲华文学的一点思考

一、"王彬街"之内

在一些菲华作品中，菲律宾马尼拉的"唐人街"——"王彬街"，成了菲律宾华人文化乡愁的投影："一艘来自故国的艨艟"，"一代代一辈辈的游子，用血汗垒筑起来的第二故乡。"（黄春安：《游子吟》）原因并不复杂："菲律宾的华人，世世代代，都是在王彬街这块小地盘生活着，终其一生，也跑不出这个小圈子的。"（书欣：《王彬街剪影》）

菲华社会自逐步成形，迄今走过一个世纪的历程。沧海桑田，风霜雨雪。维系世世代代菲律宾华人社会的有两个重要因素：一是乡土情思，另一是语言文字。

曾有论者以"表现在海外华文文学那里的思想本身的独特情况举例"，断言："就中国文化而言，寻根和乡愁乃是一种垂死心情，亦哀亦怨，茫无所之，有所企望而又明知被企望者乃在远方。"企望……被企望者……在远方，倒也是实情；寻根、乡愁——"垂死心情"，依据何在，则不得而知了。

"'乡愁''理念''感情'始终不脱中国人的心态，未必染上什么民族情，也许只是异乡人江山之梦的神话：寻寻觅觅之间，确有几分难平之意，恰似舒曼《童年即景》中的那一阕'梦'，满是天涯情味，越去越远越牵挂。"（《乡愁的理念》自序）董桥淡淡几笔，道出此中三昧。"越去越远越牵挂"，几代"老移民"如此，70年代以来的"新移民"亦如此。数百年来，西班牙、美国的殖民统治，日本的侵略战争，等等，菲律宾人民蒙受极大的苦难。从千山万水之外迁徙而来，菲律宾华人更是难以割断与原乡故园的精神上的"脐带"。于是乎，站在菲律宾的土地上眺望南中国海的美景，"只因为这片海被冠上了'中国'二字，在情感上来说，我跟它有了认同。我，不再是个离开家国数千里遥的人"。（黄海：《南中国海之迷恋》）联想"异乡人"前尘往事，对内中蕴含的深厚情感也就不难理解了。

语言文字是人与人之间表达情感、进行交际的重要工具。"使用某一种语言的社会集团——一个民族，一个部落，一个地区，一个方言区——对自己的父母语都拥有强烈的感情。"① 曾读到一则实事：那年菲律宾大地震，伤亡逾千。在一倒塌的菲校残垣下，挖出一具十三岁童尸，左掌写着"戴文全一九九〇年七月十八日"一行汉字，父亲凭此认出死者身份。作者感动莫名，由衷慨叹"咱们的仓颉不会老，美丽的方块字不会死——印证自你的小小手掌心"。（施柳莺：《掌中汉字》）与其说它叙说了生动的故事，倒不如说它借助极具典型性的细节描写叩拨了一阕深沉的心曲，于余音缭绕处让人反思华人的命途，从"掌中汉字"，到"天涯情味"……

海外华人作家的历史遭际和现实选择，都与"寻根"相纠结。前些年，在美国的一次小说座谈会上，几位华人作家围绕"寻根"问题有过一场耐人寻味的讨论。在杨牧看来，"先有乡土的根，再有国土的根，才有'人'"。欧阳子则认为，"根"，不在于生活过的任何实地环境，也未必在于体内流动的种族血液，而完全在于自己的内心，"'根'之所在，即'心'之所在"，对她来说，"那便是对父母亲人的爱，对知己朋友的爱，对文学写作的爱，对中国文化的爱……"（欧阳子：《乡土。血统·根》）无论"根"与"人"孰先

① 陈原，《社会语言学》，学林出版社（上海），1987年4月第1版。

孰后，非亲历浸濡泪与血的人生体验，无法真切地认知海外华人对于"乡愁"和"寻根"何以有着如此深沉的感受。

二、"王彬街"之外

寒来暑往，斗转星移。无论祖籍国，或居住国，都在不断变化，菲华社会也在不断变化。一些重大历史事变，如"二战"后中国局势演迁，菲国的"军管"和"特别归化"，中菲建交，菲国政权的几次更迭，等等，无不带给菲华社会极大的冲击。它对菲华创作的影响显而易见。

"身份"的变化带来一系列的变化。精神归属意义上的文化身份，法律意义上的居民身份，是"两种互相区别而又互有联系的指涉"。① 对于海外华人而言，两种身份的相互作用和长远影响，不仅是普遍性的，而且是实质性的。

"王彬街"已不再是先前那个"王彬街"了。

"我每次想中国/就去王彬街/王彬街在中国城/中国城不在中国/中国城不是中国"：谢馨诗的"王彬街"，把精神寄寓与现实境况区隔开来了。

近年菲华作品不乏类似的刻画和描写，读来不禁让人为之震颤：移居他乡，菲律宾再没有可牵挂的人，却感到，"更怀念的是那块孕育我的岛国，那蕉风椰雨中的一山一水，我的师长朋友和亲人"，"我的乡情是文化是血缘是爱国主义的乡愁。"（林婷婷：《雪楼话乡愁》）而"王彬街头，我是归人，不再是归客"（施柳莺：《家在千岛》），道尽了"菲律宾才是我的乡愁"的人生感喟。

"乡愁"的附着、转移和多样，究其根由，与"身份"转换息息相关。有篇随笔，从一件"寻常事"入手，提供了耐人寻味的命题。

---

① 钱超英，《"诗人"之"死"：一个时代的隐喻》，中国社会科学出版社 2000 年 1 版。

读报，无意中看到一个红版贺喜的中款，用了"誉满中外"一词，"很不以为然"："中外"二字"用得过于离谱"。作者进而推断，其中一种可能的解释，把"中"字作"华人社会"解，而把"外"字作菲律宾社会解。随即质疑：华人已扎根于菲律宾，怎可以还对菲律宾见外呢？依然是"身份"转换的命题——"菲律宾已是我们的国家，而绝不是一个外在之国"。（立菲：《从"誉满中外"说起》）无可逃遁地面对"身份"的重新认定。

走出"王彬街"，成了历史的必然。

三、走出"王彬街"

文界喜用"叶落归根"和"落地生根"喻指海外华人两种不同的生存状态，两个发展阶段。华侨华人的发展史，"实际上也是一部从'寓居'到'定居'，亦即从只把居住国当作暂时的家到成为永久的家的过程"，"可以说也是华侨从中国人转化成非中国人的过程"。[①]这种过程尽管伴随无尽的彷徨、忧虑、焦灼和痛苦，但终究不以个人的主观意志为转移，逼迫人们做出明确的抉择。

抉择同样推移到菲华文学界面前。尚有论者提出"华族文化"和"华人文化"两个概念，认为华族文化和华人文化虽都以中华文化为核心，但前者较为单一地固守中华文化传统，体现着较为纯然的汉族思维方式，较多地带有（同一籍贯）移民群体的文化色彩；而后者已比较明显地建立了居住国本土华人文化的传统和较多地融入了海外华人群体现代思维的成果（自然包含有跟居住国其他民族文化较为和谐相处的成果），是一种既扎根于中华本源文化又扎根于居住国乡土的华人文化。由此提出，华人文学应是上述华人文化的文学对应面；应以"有容乃大"的心态跟居住国其他民族的文化，尤其是

---

① 吴文焕，《华人的二重性》，《融合》（第二集），菲律宾华裔青年联合会，1997年8月。

居住国主流文化平和相处。① 换言之：融合。

融合并不意味认同。经济全球化的背景下，强势文化挟带经济之威，对弱势文化形成侵蚀、消解之势；但文化多样性以其历史渊源和现实需求，仍然活力充沛，不可能被文化同质性所取代。

学界有人撰文，谈及亨廷顿著《文明的冲突》，以"文明"或"文化"的差异及冲突作为理解世界格局的"范式"，中译本把原著全力强调的"文化个性"，都误译成"文化认同"。② 假如将逐步融合视为被吞噬乃至消亡，无异于将"文化个性"误读为"文化认同"，未免失之于偏颇。

在外力撞击下，求诸自身的，倒是应正视种种偏失，回应时代的挑战。一种意见提出：华人文学存在着忽略欲望/人性的深层分析的问题，存在着失去理论深度的危机，存在着缺乏丰富多样的个人化风格的问题，存在着不够重视提升美学观念和调整艺术方法的流弊。就某些缺陷和弱点极而言之，不无警戒意义。

"走出王彬街"，从关怀族群（华人），进而关怀人群（人类）；客观地，而非偏狭地，丰富地，而非粗糙地，深刻地，而非肤浅地，刻画菲律宾社会的巨大变革，抒写菲律宾人民思想情感的复杂变化，以迎来二十一世纪崭新面貌的菲华文学。这将是可以期许的。

（2001 年）

---

① 黄万华：《华文文化转换中的世界华文文学》，中国社会科学出版社1999 年 1 版。

② 河清：《文化个性与"文化认同"》，《读书》1999 年第 9 期。

在天是星　在地是花

——悦读《小诗磨坊》

一

论及"小诗"，不能不说冰心。

评价冰心小诗，不能不提《繁星》《春水》，不能不谈苏雪林的论断。"五四运动发生的两年间，新文学的园地里，还是一片荒芜，但不久便有了很好的收获。第一是鲁迅的小说集《呐喊》，第二是冰心女士的小诗。"就文体的开创性贡献而言，苏雪林对于冰心小诗的推崇，也有其合理依据。

五四运动之后，短篇小说创作与小诗创作，其影响力，其文学地位，二者相较，显而易见，不可同日而语。然而，在中文书写圈，小诗绵延不绝，持续近百年，覆盖面愈益广泛。泰华"小诗磨坊"，正是其间卓然而立、摇曳生姿的奇葩。

二

现在有两种说法，泰华"小诗磨坊"创立，一说十年，另一说九年。按现有资料，"小诗磨坊"这一诗社成立于 2006 年 7 月，距今整整十年，《小诗磨坊》第 1 集出版于次年 7 月。采前说，较为合理。

十年，不是简单的数字叠加。诗友，从"七加一"到"十加一",一年一本诗集。凡事,开创难,守成亦难,坚韧不拔、持之以恒绝非易事。

三位"30后"诗人,在"小诗磨坊",可谓创始人,可谓顶梁柱,可谓"压舱石"。他们既"创"又"守",漫漫长路,一本初心。

《小诗磨坊》第1集,开篇是《纸船》:

> 小孙子把我的诗稿
> 折成小船,放下水盆里漂流
>
> 妻闪电出手,把船从水里捞起
> 说,那是爷爷的诗
> 我说,就让诗坐船也去漂流……

岭南人的这首小诗,饶有情趣地撷取家庭生活里的小事,倾注了对于诗歌淳厚、深沉的感情。而在《小诗磨坊》第9集,依然是取材日常生活,他的《青菜·红烧猪蹄》这么写:

> 老了,爱上水煮青菜
> 偶尔,加几块豆腐
> 不能老吃素! 妻说
>
> 晚餐桌上,端上一盘
> 香喷喷的红烧猪蹄
> 换了口味,觉太油腻

他于"诗外"直言:"口味随年龄而改变,饮食如此,读诗写诗也是。"换言之,或许"口味"有所变化,然而,读诗写诗不改初衷,热忱依旧。该诗集中,曾心卷22首,若论意涵,涉诗,论诗,

抒发诗人之思，便有 7 首之多。心心念念，同样是诗。"在天是星/在地是花/开在小诗磨坊亭是诗"。（《联想磨坊》）

成立九年，出版九本《小诗磨坊》，犹如垂柳，"正在河边，守望/日落日出"。（《垂柳》）

细数过往，欣慰和艰辛交织。

作家、诗人犹如苦行僧，"千山万水的背后/烙着一串'由人评说'的印迹"。（《自白》）野花盛开，引来蜂飞蝶拥，而在花瓣上题诗，孤云却"泠泠然掠过"。（《花与诗》）

参透人生三昧，便格外体味诗人甘苦自知。

长寿秘诀，晨服一片"满足"药，晚服一片"感恩"药，诗人还应服一片"缪斯"药。（《三人行》）

梦中彼岸，有座诗岛，修炼成浮云，"横渡/剩余的岁月"。（《横渡》）

深夜荒野，孤灯焚烧，"凝聚成一颗/透明的舍利子"。（《诗人啊诗人》）

以诗横渡，生死任由之，诗心至真至纯。

林焕彰曾在《我有一种绝症》"诗外"这样表白："癌症是一种绝症。但我患的绝症，一样无药可救；命也运也！只有写诗，才能得以延续生命——活着写诗，死了就让诗活着。"也许借助这解码秘籍，方能诠释"小诗磨坊"诸诗友何以年复一年地坚守，久久为功，于海外华文诗坛，蔚然而成一道独特的风景线。

三

五四时期，周作人也曾钟情于小诗创作。周氏尝言："如果我们'怀着爱惜这在忙碌的生活之中浮到心头又复随即消失的刹那的感觉之心'，想将它表现出来，那么数行的小诗便是最好的工具了。"

"刹那的感觉之心"，往往缘事而发。

早上七时
一树树坤花
挂满了黄色的花朵
一队队化缘的和尚
穿着黄色的袈裟

花在静坐　和尚在走动

如同篇名《曼谷晨景》，该诗系苦觉即景而作。"诗外"说："早上，我给和尚斋饭的同时，也给坤花浇水。"他认为坤花由高僧坐化变成。静坐：坤花。走动：和尚。坤花——高僧坐化。动静置换。由事切换于人。渗入关于生命"无常"和"有常"的感悟。数年间，在地的人、事、物，化为小诗题材，渐渐多了起来。如岭南人的《历史走过》，意味深长：

忽而黄衫，忽而红衫

站在当风路口，蓦然回眸
历史，高呼点火可着的口号
浩浩荡荡走过
那声势，都走远了

随风　随雨

上文动态静态转换，此处却是异态常态转换。不论如何"走过"，历史始终按照既有轨迹，随风挟雨而去。

小诗，尺幅虽小，意旨未必小，依然能够"风声雨声读书声，声声入耳"，"家事国事天下事，事事关心"。今石写"狗"，"黄黄"不吃不喝三天，正要带它去医院，它却突然出走。

我十分伤心地替它整理居室
一张发黄的照片给抖落出来——
我的父母戴着高帽，它的祖母挂着铁牌
走资派和走狗，一个年代的名字

"诗外"写道："记住！这是个黑白颠倒、疯狂的年代。"即便时过境迁，依然噩梦难消，往昔记忆刻骨铭心。作者笔下"无尽的故国情思"（毛翰评述），有嘴，"刮起飓风"，有泪，"如喷泉/从心里喷出"（《禁》）。湖北京山一中学生焚书抗议校方乱收费。"无数黑蝴蝶/飞走""他们分头去/向/孔丘、朱熹、王守仁/哭诉"。《黑蝴蝶》直面"一切向钱看"的乱象。《雾霾天》更是痛陈心灵里的雾霾比大自然的雾霾更加凶险："什么事我都装作看不见/这下就不用装了/看不见就与我很无关""反正不是我一个人吸/反正不是我一个人病反正不是我一个人死""看不见多好啊，反正明天我就要到北极"。"感时忧国"如同文化 DNA，和过往的人生经历，和当下的社会经验，紧紧融为一体。《小诗磨坊》并没有超然物外。

四

林焕彰倡议六行小诗，始终身体力行。他甚至热衷于两三行超短小诗创作。如：

瓷砖上的落叶

光阴。下棋。

时间空间，
对弈。

时空对弈，不可逆地逐步改变着一切。从最庸常的凡人小事，到最隐秘的情感世界，带来点点滴滴的变化。喜怒哀乐。聚散盛衰。卷舒起伏。有所悟，有所悔；有所得，有所失；有所觅，有所求。哲思，情愫，汨汨而出。

杨玲：《不悔》

悔不当初吗
不是
无悔当初吗
也不

悔或不悔
无解

无解处，太多留白。缘由。过程。结果。愿望与现实间，有契合，更有背离。生活，稀释了许多，也沉淀了许多。回溯，追寻，带来喟叹，更留下遗憾。

莫凡：《风筝》

在你之后，
我决定
奋力攀飞——即便命运不得由我

我并不任性，只不过
我只想过一过风过的日子
仅此 而已

极其个人化，似乎除了"我"，还是"我"。然而，又具典型意义。"你"，"我"，"他"，或曾如是，或也想做出同样的选择。从一己生发开，面对普遍性的命题。

时空置换，伴随人生的各个阶段，《小诗磨坊》作者，心中，笔底，恣肆汪洋尽深情，格外丰富，格外深切，格外细腻。

"忍了一辈子，母亲眼里／苦如海水 那滴泪""临终时，终于／滴了出来!"岭南人的《惊叹号——献给母亲》，读后，犹如戳到痛处，心有戚戚焉。一掬亲情，直抵心底。海枯石烂难更易。

爱情，是文学的永恒主题。《小诗磨坊》十年奉献，爱情篇什占据突出的位置。

试取一个抽样。

陷 阱
博 夫

曾经跟浪花默默诉说过
曾经跟雪花悄悄私语过
曾经跟飞花轻轻耳语过

无法用文字描述
你的酒窝
迷离得像陷阱

面对"心仪的人"（《诗外》），浪花，雪花，飞花，默默，悄悄，轻轻，诉说，私语，耳语，有层次感的，一一铺陈。突然来个转折，"无法用文字描述"，凸显饶有特征的"酒窝"，以犹如"陷阱"作结。这种妙喻，实是绝佳的情语。

再读一首——

青春的风筝

温晓云

忍住想你
忍不住爱你

幻想一个美丽邂逅
青春的风筝在心的沃野
飘飞

梦里呼唤一路期待

诗中，女儿家，那惯有的矜持，欲迎还拒，幻想，期待，梦里呼
唤，围绕放飞"青春的风筝"展开。尤其让人过目难忘，是那极为
平常的词语串成的奇异组合："忍住想你/忍不住爱你"。既是对比，
又是递进。缘情而起，为情所困，往复，纠结，刻画得淋漓尽致。

蛋蛋的《醉》，与此亦有异曲同工之妙。"不看你的眼不看你的
眉/不品你的笑不想你的好""把它们通通酿进酒瓶里""浅尝即可，
多喝怕会/一生醉掉"。把爱恋比喻为酿酒。于"浅尝"和"多喝"
之间拿捏。探触隐秘情愫。微妙心态描绘得活灵活现。

五

《小诗磨坊》第9集，晶莹有这样一首：

追忆

未泯童心
已然被皱纹包裹
痴迷的目光

仍在向来处张望

花儿还在那儿开放吗？

　　此处所言"未泯童心"，实则彰显了"小诗磨坊"群体的理念和旨趣，从一个侧面印证了明代杰出思想家李贽的"童心说"。李贽声称："天下之至文，未有不出于童心焉者也。"他主张"护此童心而使之勿失焉"。有感时弊，他进而慨叹："呜呼！吾又安得真正大圣人童心未曾失者而与之一言文哉"！（李贽《焚书·童心说》，中华书局）纷扰喧嚣的现实环境中，"小诗磨坊"诗友们葆有"童心"，何其珍贵！不受世俗功利侵扰的"童心"，纯粹，杂糅梦幻、神秘，充满想象和联想，为小诗创作提供了必不可少的前提。

　　前述苏雪林关于冰心小诗的评价，包括对于模仿者的否定。她曾说："自从冰心发表了那些圆如明珠，莹如仙露的小诗之后，模仿者不计其数。一时间'做小诗'竟成为风气。但与原作相比较，则面目精神都有大相径庭者在：前者是天然的，后者则是人为的；前者抓住刹那灵感，后者则借重推敲；前者如芙蓉出清水，秀韵天成，后者如纸剪花，色香皆假；前者如姑射神人，餐饮冰雪，后者则满身烟火气，尘俗可憎。"苏氏衡文论人，主观色彩较浓，扬，则上天；贬，则入地。此处，肯定冰心小诗之长，虽稍嫌绝对，但基本到位；否定"模仿者"之短，未免失之于偏颇。多数人作诗，能不"借重推敲"？置身尘世，"烟火气"不可免。不过，她所提醒的某些弊端，确实也曾客观存在，对于今人创作，倒也不无借鉴意义。

六

　　一年前，笔者到了曼谷。上"小诗磨坊亭"，与诗友们欢聚。感叹，未曾料想，竟有这等好去处。堪称"都市里的绿洲"。回来后，再翻阅数册《小诗磨坊》，感想不少，却迟迟未动手，觉得无从下

在天是星　在地是花

165

笔。面前展开了五彩缤纷的世界，囿于水准，至多是"走近"，并没有"走进"。况且本人未曾尝试写诗，也极少评诗，很难有切近诗艺的适当把握。但是，诗友们的那份深厚情谊，那种不懈追求，让人感动，感佩，感叹。

诚如曾心诗咏：

在天是星
在地是花
开在小诗磨坊亭是诗

于是，不揣浅陋，写了这篇"谈片"。

再引蛋蛋的《〈我是这样的女子〉之"文字的记录"》及"诗外"作结。

没读过五经四书
不善唐诗宋词
一点喜好半滴墨汁和偷偷地邯郸学步

不喜名非谋利
爱，只因血液里流着的方块字

"诗外"：中华文化是全世界华人的根，有根才有家，有家才有国。

家山北望

——试析岭南人乡愁诗

一

"命运跟我开了个令人啼笑皆非的玩笑,当我恋诗梦诗的时候,不得不与缪斯依依分手;二十多年匆匆过去了,当我忘了诗的时候,诗,却追到天涯,找到了我。从此诗离不了我,我也离不了诗。"①

"我"与诗有"结"。这一不解之缘,贯穿人生的各个阶段。年轻时,诗是"我的梦、我的爱、我的初恋"。人到中年,诗是"管短笛","吹出我的思念,我的乡愁"。如今,已届晚年,诗便是"我膜拜的神","诗与我常在"。② 或许,这也可称之为一种宿命。

论文衡世,诗在岭南人的心目中,由"梦"到"神",拥有的特殊地位,并非一般意义上的个人爱好和生活方式的选择,本质上,它是生命意义和生存价值的体现,是一种乡愁之"结",人文之"结"。

二

散播于世界各地的华人,大都存在浓厚的"家""国"情结。白

---

① 岭南人:《结》后记,诗双月刊出版社1991年版。

② 岭南人:《诗与我》,《蕉风华韵》,中国文化出版公司2006年版。

先勇在外留学数年，回到台北，和友人叙旧，说在美国"想家想得厉害"。他不认为台北是他的家，桂林也不是。"那不是一个具体的'家'、一个房子、一个地方，或任何地方——而是这些地方，所有关于中国的记忆的总和"。① 这种"记忆的总和"，亦即"文化乡愁"。

作为东南亚华人，最重要的一个共同特点就是对于华人血统与华人传统的认同。因此，尽管生活在不同的时空，却拥有共同的想象："对自己血统与传统的发源地——隔着南中国海的中国，作为'乡'的想象。"② 想象，可以是具体的，物质化了的，清晰的，也可以是抽象的，精神层面的，朦胧的。

岭南人的乡愁诗，都是有感而发，缘情而起，具象和抽象融合。

二十年前，入秋时节，岭南人应邀访问北京。他到艾青家中做客，谈话中，岭南人说来到北京，看见月亮胖了。艾青大喜，建议他作诗。中秋之夜，岭南人写下了《回到故乡的月亮胖了》。

曼谷窗外的月亮，"瘦瘦的/像湄南河畔的象牙香蕉"；回到故乡，月亮"胖"了，"圆圆的脸蛋/正如陶陶居的月饼"。一"瘦"一"胖"。瘦，如湄南河畔的象牙香蕉，可感可触。胖，先引喻为圆圆的脸蛋，再转喻陶陶居的月饼，同样具象化了，可近可及。

乡愁原本是抽象的。岭南人的乡愁诗体现了中国传统美学特征——具象的抽象，表现力显得更为丰富了。

岭南人着意于在广阔的历史文化背景上表现自身的乡愁。他赋予"太极起式"特殊的文化意义。顶天立地，将双手举起：血管里，流水潺潺；流来湄南，流来黄河，从身上潺潺流过。他把乡愁喻为又苦，又涩，浓浓的工夫茶。明知啜后归来就会失眠；还是忍不住啜了

① 林怀民：《白先勇回家》，《白先勇文集》（4），花城出版社2000年版。

② 王列耀：《隔海之望——东南亚华人文学中的"望"与"乡"》，中国社会科学出版社2005年版。

168

一杯接一杯。他焦虑下一代"失根""断层"的危机。"我们饮湄江长大的/孩子，早已不会用筷子/挟汉字"（《筷子的故事》）。岭南人诗作中的文化乡愁，具象化了，经过艺术转换，有效地将感染力传导给读者。

在岭南人的乡愁诗中，《历史老人扔下的担子》有着独特的历史感。作者从胡里山炮台，远眺金门，见到一衣带水的两岸之间，漂浮着几个小岛。"大担　二担/一担，历史老人扔下的担子/依然，扔在一湾浅浅的海峡/等着，江湖好汉/练就一身少林寺的功夫/胆敢往铁肩上一放/一挑，就走出一衣带水/就挑上了岸"。不只喟叹过往的困局，而且冀望新途的拓廓。视野宏阔，构思新颖，深刻内涵寓于意象，在众多东南亚乡愁诗中，堪称别具机杼之作。

三

岭南人《一条川，三条河》于 1995 年作于曼谷。它是解读岭南人"乡愁诗"的一把钥匙。血管里"三条河""潺潺"而过，有论者视之为"与诗人结为一体的生命元素"；孩提时光，青春岁月，移民生涯，人世沧桑，无不与这些过往的"记忆之流"密切相连。[①] 它触及艺术创造中一种不可缺少的因素，一个举足轻重的环节：情绪记忆。诗人以看似淡然却蕴含深意的笔触抒写了生命中无奈的漂泊及过往的记忆。

诗中描述，"对镜，竟然惊见/额上三条皱纹，岁月留下的/一条川，沧海桑田/越陷越深，更冲积成/三条河"，上面那条最浅最短（村前小溪），中间那条最深最长（黄河），下面那条，比黄河短，比村前小溪长（湄南河），上引论者以此判定三条河在诗人心目中记忆

---

① 詹婷钰：《岭南人〈一条川，三条河〉》，《跨国界诗想：世华新诗评析》。

及感情的深刻程度：黄河为最，湄南河次之，家乡小溪为末。① 笔者却以为，评析作品无须过于拘泥字面上的意义。"浅"与"深"、"短"与"长"，可视为实有，也可能只是虚拟。就长度而言，毋庸置疑，黄河最深最长，村前小溪最浅最短，湄南河自然是比前者短，比后者长。记忆及感情的深刻程度，却未必对应等同。不少人都有这类体验与感受，即童年记忆异常深刻，历久弥新，随着时间推移，环境变迁，甚至越来越浓郁，越淳厚，越强烈。在文学作品中，此类例证更是不胜枚举。

四

举凡以"乡愁"为题材，时间和空间的元素不可或缺。

岭南人《看星》一诗，截取了人生历程中少年、青年、中年三个阶段。诗中表现的时间，地点，人，事，是作者独有的，又是人们所熟悉的。

"小时候，在故乡的庭院/和家人坐在一起乘凉，/祖母指着天上的星星，/教我看星斗。/那时，天边的星辰，/向我眨着神秘的眼睛：/看来离我很远，/远得像祖母说的故事。"月光下，星辰眨着"神秘的眼睛"，祖母娓娓说着故事。"我"稚气未脱，对陌生的未知世界充满好奇。这样的场景，在不少人的早年记忆的屏幕中，都曾清晰地显现。

记忆推移到青年时代。"到了中学毕业，在校园，/和要好的同学躺在草地上，/一边交谈升学的志愿，/一边仰望夏夜的繁星，/那时，满天的繁星/向我眨着甜蜜的眼睛；/看来离我很近，/近得伸手就能摘下。"满天繁星"眨着甜蜜的眼睛"，契合青春年少的特性。意气风发，在想象中、在向往中，规划和憧憬着未来。

---

① 詹婷钰：《岭南人〈一条川，三条河〉》，《跨国界诗想：世华新诗评析》。

回忆拉回现实，环境和心境都迥然不同。"物非人是"。诗人笔触陡然冷峻起来。"如今，人到中年／在海外，在海边，／和久别重逢的友人，／躺在帆布椅上看星。／唉！寒星对我不再眨眼；／只冷冷地挂在寥廓的天边，／有时，看来很近，很近／有时，看来又很远，很远……"遥望星空，星辰不再眨眼；"寒星""冷冷""寥廓"，无不点染浓郁的感情色彩。境迁心移，"霜星"，不再感到"神秘"，也不再觉得"甜蜜"。

读《看星》，读其他东南亚华文"乡愁诗"，一般很难忽视那些诗作的空间元素。从"故乡的庭院"，从"校园"，转换至"海外""海边"，空间大相迥异。

作者时常咏叹："我，浪迹天涯的流浪汉，饮过长江水的岭南人，／犹如飞絮因风飘零……"（《一管短笛》）起于"岭南"，栖于"湄南"，作者毫不掩饰发自内心深处而弥散开来的惆怅和孤寂。空间元素是产生乡愁的基础。就本质而言，乡愁是空间的乡愁。

假如说，乡愁诗的空间元素较为人们所关注，而其时间元素则往往被遮蔽了。《一条川，三条河》，村前小溪、黄河、湄南河，三条河在血管里悠悠流过，流逝的是时光，是人生。《看星》，"小时候"看星，"中学毕业"看星，直至"人到中年"看星，流逝的也是时光，也是人生。又如"含泪眼送少年的我悄悄走了／又躬迎中年的我翩翩归来"（《致周柏》），"一丝丝，一缕缕／都是岁月，也是记忆"（《白发》），等等，流逝的还是时光，还是人生。

岭南人多篇诗作，抒发感慨和情怀，时间点都选择在"中年"："人生，中年过后／可不就是，一杯／不下糖的菊花茶"（《中年以后，一杯不下糖的菊花茶》）。《咏》里，"过了中年／没有了，年轻时的／壮志豪情／找不到往日的／游伴斗快"。

在《寄友》中，又是别样情怀："过了中年／学僧人，盘腿挺腰／潜然修炼，一身／傲骨／坐成一棵古松／立在山巅／终日与野鹤盘旋……"

先贤云，"四十而不惑"，"五十而知天命"。剖切这一时间点，岭南人已在泰国生活多年，并于20世纪70年代末、80年代初，重新拾笔作诗，缪斯"追到天涯，找到了我"。身居异地，人到中年——此时此地，此情此景，翻涌万端思绪，一一流淌于笔下。岁月留下的一条川，镌刻于额上，烙在心底。时时元素使得乡愁诗诗韵愈加隽永、沉郁。从这个意义上说，乡愁不仅是空间的乡愁，而且是时间的乡愁。岭南人的多数乡愁诗，空间的乡愁和时间的乡愁，比较协调地融为一体。

五

"乡愁"一词，原本始于瑞士士兵的思乡之念，被判定为精神疾患；不仅指称乡愁这一精神状态，也包含作为精神疾患的思乡之情。无论哪一种，假如不具备归属意识，就不可能产生乡愁。这种归属意识，和群体意识密不可分，受到历史状况的制约，在个人范围之内无法得到改变。

遍布世界各地的华人，绝大多数都存在"文化身份"与"居民身份"的纠葛和困扰。前者，一般指说"人和他所生存的世界作为文化环境的联系；利用这种联系，他得以做出关于其生活意义的解释"，"也即精神归属意义上的文化身份"。后者，则是指"通过国家实施对人身管辖或保护的入境权利、居住权利及其他附带的权利，即法律意义上的居民身份"。①

从岭南人的乡愁诗，读者不难听闻"黄河"和"湄南河"翻卷起伏、前推后涌的不息声响。"文化身份"与"居民身份"的双重性，于岭南人有了另一层的特别意义："诗人身份"与"商人身份"。

一边是从商："栖于湄南之湄/和不解风情的算盘同居"（《缪斯》）；"越堆越高的信/喋喋诉苦的打字机/呼我唤我不停的电话/进

---

① 钱超英：《"诗人"之"死"——一个时代的隐喻》，中国社会科学出版社2000年版。

进出出的人客"（《人生，短短的布一匹》）。

另一边是从文："没有携酒，没有背琴，/随身只有一管短笛，/叙说藏在玉壶里的冰心，/谁是爱听我短笛的知者？"（《一管短笛》）

"从商"与"从文"的矛盾，岭南人在《如果》一诗中坦承："如果我不放下毛笔而拿起剪刀，/如果我不拿了剪刀又丢不下毛笔，/如果我不是左手拿算盘，右手又拿起毛笔，/那么，我的左手就会轻快，右手就会灵巧，/那么，我的歌就会哭声少，笑声多！"

对于岭南人，以及其他东南亚华文诗人，坚持中文写作，并不纯然出之于个人兴趣喜好。那是对于"根"的执着，对于精神家园的坚守，对于生命价值的珍惜与尊重。

六

岭南人乡愁诗淡而有味。

诗家对新诗诗艺主张不一。艾青说："诗的语言也还是，而且必须是以日常的用语做基础的。"晓雪持相似看法："口语入诗，可以使诗歌创作更加民族化、群众化，更富有生活气息和感染力量。"岭南人乡愁诗的突出特色，正是常有"口语入诗"，"以日常的用语做基础"，诗味盎然，朗朗上口。

曾有诗评家认为："现代汉诗在语境取向上，一直存在着两种主要类型：一是繁复/朦胧的美，一是单纯/透明的美。"单纯/透明之美，"来自对'叙述性语言'的再造，注重事象与意绪的诗性创化，简缩意象，并有机地引进口语，以高僧谈家常事说家常话的手法，追求文本的语境透明而文本外意味悠长，有弥散性的后张力。"[①] 读岭南人的一些乡愁诗，似能品赏和领悟上述"单纯/透明"之美。诗句简练，诗风明朗，内蕴深长。有些诗作构思奇巧，令人耳目一新。同

① 沈奇：《小析"语境透明"》，《拒绝与再造》，西北大学出版社1999年版。

时，也还感到，"口语入诗"，不等同于口语化；口语"诗化"关键在于进行创造性的艺术转化。古人赞扬那种"只眼前景，口头语，而有弦外音，味外味，使人神远"（清·沈德潜：《说诗晬语》）。"曲径通幽"也罢，"开门见山"也罢，诗味、诗韵、诗趣等等，都是诗人孜孜以求的。岭南人所做的不懈努力，取得引人注目的成效。

谈诗论艺其妙无穷，拙文难以探触究竟，只是片言只语，略发一二感想。

（2006 年）

为灵魂而艺术

在海外，论及海外华文文学和中国文学的关系，出现两种迥然有别的看法。其一：东南亚华文文学具有自身的独立性，并非中国文学的组成部分。从北美新移民文坛却传来另一种声音：新移民文学"属于中国文学的主流在特定发展阶段的海外分支"，"海外的华语作家其实本就是特定意义的中国作家"。陈瑞琳的描述和辨析，让我们看到一种耐人寻味的文学现象——就整体而论，东南亚地区的文化表现，其主要的精神内核还是对中国传统文化的血脉继承，即对"家""国""族"文化的寻求和依归；从文化身份上，却又强调"同"中之"异"。而欧美新移民作家"用母语抗拒'移殖'后的失语"，与此同时，一面跳出传统文化的思维轨道，一面又力求不致在西方主体文化的吞噬下失去自我，"保持在双重意义上的创作独立"。寥寥数语，准确、深刻地描述了新移民文学独特的历史贡献。世界华文文学研究水准的提升，需要外界的重视和关注，更需要自身的突破和发现。

在海外，于环境的条件的种种困厄中坚持中文写作，其万般艰辛非亲历者难以体味。陈瑞琳由衷赞叹，这样的创作"不为名利，只为灵魂"，"是一种生命的需要"。她自身又何尝不正是如此！当年，"五四"文学革命的大潮中，曾出现"为人生而艺术"和"为艺术而艺术"的不同主张，前者具有现实主义倾向，后者浸染浪漫主义色彩。陈瑞琳的创作和评论，兼具现实关怀和浪漫情怀。从这个意义上说，她和许多新移民作家一样，都是"为灵魂而艺术"。

（2009 年）

流人·灵思·欧美风
——《共饮一杯芬芳午后》编后札记

一、"流人"

> 不管离乡的理由是什么，我们同样是二十世纪的流人，面对午夜明月或枯树寒鸟，会兴起精神漂泊的感伤。
>
> ——张让

"异乡人""边缘人""夹缝人""流人"……在不少欧美华人女作家笔下，频频出现这样的字眼。

远离故土，飘徙异域，人在天涯。地域上的阻隔，人际间的疏离，置身于一种迥异于母国的生存状态。吕大明在作品中吟叹，长年羁旅的生涯，感到自己已是"天涯倦羽"；从极南到极北，所涉的是一条名为"望乡"的江。

游人望乡，常以缅念亲人的方式出现。聂华苓的《寄母亲》，赵淑侠的《悲母篇》，谢冰莹的《姐姐》，丛甦的《三姐》等，渗透着对天各一方的亲人刻骨铭心的挚爱。发自内心的情愫，春茧抽丝般，不绝于缕。即便是一段回忆，一种生活细节，也会翻江倒海般搅起滚滚心潮。欧阳予的《书·书架与我》，叙写了一次平平常常的返台经历。当年姐妹兄弟共用的书房改为客房，老书架依然沿墙而立，她怀着奇异的虔诚心情，站在书架前，浏览一本一本的书名……每一册书名，都引回一段往日的记忆，仿佛遥远，又仿佛近在眼前。当她看到书架另一头，有几本相当新、未受时光污染的书，她所编著的书，是她父母放进去的，那一片刻，她的眼里涌起了泪。"这些旧书等于是我的过去"，把它们留在屋里，"是不是能稍微减少父母内心的寂寞"？落笔于此，恬淡的话语，反而映衬出浓烈、深沉的情感。

本书的一些篇什，多见这类平中见奇的文字。

逢年过节，格外让人生发许多感慨。叶子的《阳关十年》，生动描绘了儿时家园过年的情景：妈妈炸肉圆子，爸爸扛回新蒸好的年糕，孩子们整天抱着口袋里鼓鼓的糖饼满街跑，午夜梦回之际，"叫人有时捧着心，滴着难消受的乡愁泪"。年节，总是与亲人团聚、合家和美联在一起；时过境迁，怅惘与愁苦交织，发抒为文，增添了艺术感染力。

有些家居琐事同样不期然地让"游人"遥想往事，激发思乡之情。婆婆离开人世多年，她在那阴长的冷巷、吱吱作响的大木床边，口中教孩子的儿歌，"一朵红花伴鬈围"，竟游过这许多时日，游过万水千山，在异域繁花盛放的公园中出现。顷刻间，跨越时空，返回梦绕魂牵的故土。

对于祖居地人物、山川的怀想，以其真挚和真切，深沉和深刻，在欧美女性散文中，占有特别突出的位置。

二、"灵思"

……"灵思"二字，在不断以新的眼光和思考反刍之后，意义更加深刻隽永起来……人生亦不过是一种永不间断的对于灵魂的探索。

——曹又方

"动人心魂的美"，"耐人寻味的悟"，有位旅美女作家新出了一部散文集，封底题签写了这么两句类似广告性质的提示。推及开来，欧美华人女作家的不少散文作品，都带有这种相似的特点。

简宛的《单纯之乐》，以"单纯"的文字，叙说了一个"单纯"的真理。"我"在夫妻逗趣时对"他"说："你应该说，思想要深入，但生活要简单，才会有单纯的快乐。"通篇写的是夫妻晚饭后散步，简单至极。作者却从平常中开掘，发现不平常的理趣。以前孩子年幼，全家一起到公园喂鸭喂鱼，看晚霞落日；曾几何时，孩子们全已长大成人，各自有了自己的世界，转眼间，又只剩下两人相守。作品把生活喻为一个圆，开始时，两人共创生活，由小小的两点扩大，包容了许多，然后，慢慢又回归到两点，恢复到出发时的两个人。读到这里，我们不自禁地与作者一同发出慨叹：这正是最为弥足珍贵的人间情怀！

这本集子中也有一些散文，所描写、刻画的似乎并不那么"单纯"。张让的《隐藏的人》，把未能相互了解的"我们"比作"必须彼此防范如丛林中的猛兽"。作品层层递进：旅途上，"我们"沉默而愤怒；很快，"我"认识到它的愚蠢，沉到底又弹回来了；于是，"我"开口了，谈自己的感觉、想法，接着，"我"问了"他"关于"他"的很多问题。作品浓墨重彩地描述这"知心的一刻"，"神秘的一刻"，"我们由隐藏的树丛后面现身，没有敌意，没有伪装，暴露在光天化日之下"。极其敏锐的心理感受，极其细腻的情感刻画，着力于抒写性灵，女性作家特有的创作个性，在本书中得到形象生动的体现。

对于多数欧美华人女作家而言，异域的生活体验大多是风平浪静的，但也不乏惊涛骇浪。"生命中有过大失落"的李黎，以《悲怀四简》诉说丧子之痛的特殊的心路历程。从一场猝不及防的、惨绝酷痛的灾变到能够提笔给自己疗伤，从人间跌入地狱，再挣扎回到人间。作者以"在我内心不啻是移山填海的力量，将自己的心灵从全然的悲怀中拉拔出来"，交织于中"既有理的悟亦有情的痴"。透过作品的字里行间，我们能够真切地触摸到自天而降的人祸对作者内心世界的强烈震撼。

勇于展示情感世界，围绕爱情、亲情等，直探人性内核，使欧美女性散文焕发出灵思之光。反观时下流行的一些无病呻吟的浅薄之作，妍媸立见。

三、"欧洲风"

> 我常说，在欧洲久住的作家，笔下出的作品总有些"欧洲风"……那是一种由中国文化里儒家思想，和欧洲传统的基督教文明，交互相融后产生的一种新品质。特征是温柔敦厚，有容乃大……用真诚婉约的词藻，唱出那些源自心底的音符。
>
> ——赵淑侠

联类美国、加拿大等，无妨将"欧洲风"扩展为"欧美风"。赵氏概括的"新品质"，我们的确不难从大量欧美女性散文中体认和感受。

《农耕之乐》，是欧阳子吟咏的一曲曼妙的"田园颂"，作者平和地抒写在美国得州意外的收获——学会种菜，把菜园设计整理得如同花圃一般美观。延伸开来，作者意在种菜之外："祥霖本性恬淡寡欲，与世无争，对名对利都没兴趣，只最喜欢做田园的工作。""仿佛泥土之中，劳动之中，蕴含着人间至高的乐趣。"以小见大，我们从"田园颂"感悟到了"劳动颂""和平颂"……

翻开这本选集，不少散文显见"欧美风"的鲜明痕迹。写异族间的友情，如陈少聪《安妮与我》，异族间的爱情，如聂华苓《雾夜牛津》、绿骑士《面包与米》，无不充溢人间至纯至圣的深情厚谊，那超然物外的豁达大度，那心心相印、浑然一体的温馨，尤其感人肺腑。

"流人""灵思""欧洲风"，大致勾勒了一个创作群落的轮廓：海外华人的，女性的，欧美的，从而归并为"欧美华人女作家"。当然，任何简约的概括都很难周详、完整，更无法准确。这样的群落，相互间存在的种种差异，比如生活经历、教育背景、社会环境等等，是显而易见的；创作成就的不同，更是一目了然。也正因为如此，这一选集，汇聚的 23 位作家、45 篇散文，自有其参差错落之致。然而，由此也许反倒体现了一定程度的丰富性。此外，还要说明两点：其一，入选者居多为自台湾至欧美，不论当年是否已在台湾"成名"，而今均在欧美"成家"，亦即"落地生根"；其二，选本篇幅有限，只能酌量而录，于人、于文有所取舍，不免留下了缺憾。

（1996 年 4 月）

注：该文系《共饮一杯芬芳午后——欧美女性散文选》编后记。此书由杨际岚、江城子编选。

三　刻痕

《共享文学时空》 编后记

"共享文学时空——世界华文文学研讨会"于辛卯年金秋时节在南粤羊城——广州举行。海峡两岸的文学团体共襄盛举，意义尤不寻常。本书与此同名，系研讨会文集。

这是一部颇为"特别"的文集。特别之处主要在于以下几个方面：

其一，宏阔。披阅本书，犹如展开漫长而悠久的文学之旅。五千年文明古国，数万里壮丽山河，文脉绵绵，文心灼灼。立足神州大地，放眼浩瀚环宇，世纪风云尽收眼底，家国情怀满蕴文中。透过篇篇作品，寻觅历史轨迹，仿佛望见千百年来中华儿女跨海越洋，披风沥雨，生生不息，代代相传。

其二，丰沛。全书收录300多位作者简介、照片和作品，多为散文、随笔及感言，也有诗词作品和微型小说，题材多样，风格各异。作者或弹或赞，或低吟或深叹，无论着力于叙事，缜密于义理，抑或侧重于抒情，专注于咏物，无不从各自侧面体现了中华文化绵延不绝的生命力和无远弗届的影响力。

其三，简约。由于篇幅受限，此次收录作品一律求短，部分作品给予技术性处理。繁富盈溢往往引人入胜，简洁精纯亦能耐人寻味。"一叶一枝总关情"，尺幅之间，意蕴悠长。不少篇什虽寥寥数笔，却收"言已尽而意无穷"之效。母语表现力之强、感染力之深，于此可见一斑。

本书为规范体例，作者排列按姓氏汉语拼音首字母为序。

《共享文学时空》从征稿到面世，时间十分短促。其间，获得出版单位的热情帮助，也凝聚工作人员的辛勤劳绩。

（因出版周期所需，付梓后尚有来稿则难以辑入，谨祈作者见谅。由于各种因素限制，本书难免存在诸多未尽人意之处。这些遗憾，容待日后或有机会再予弥补。）

《共享文学时空》编辑组

2011 年 10 月

（注：《共享文学时空——世界华文文学研讨会文集》编后记，由本人受托撰写）

永远做个灿烂长桥

《台港文学选刊》创办十周年时，冰心老人题词致贺，祝《台港文学选刊》"永远做个灿烂长桥"。没有什么语词比"桥"更能准确概括《台港文学选刊》的特点和作用了。

"愿《台港文学选刊》为两岸三地，搭起一座文学虹桥，让爱与美更为滋长繁荣。"台湾著名作家曹又方表达了彼岸文坛许多朋友的共同期盼。著名评论家、北大教授谢冕亦将我刊喻为"开风气之先和引领时代潮流的一座亲情、友谊之桥"。

回溯往昔，由于历史的和人为的因素，台湾海峡波汹涛涌，相互阻隔数十载。曾有一位四川读者撰文真切表述了当年的深刻感受：从噩梦中醒来后，渴望了解别的人是怎样生存以及汉语写作存在的其他潜在可能和样式；渴望生活、渴望阅读的情绪交织在一起，构成了一种强烈的社会需要；这种正当需求最终就以《台港文学选刊》这样的形式找到了公开的位置；这样，"一种杂志就把我们的个人生活和历史结合在一起了。"作为福建省文联主办、主管，大陆第一家、目前也是唯一一家专门介绍台港澳及海外华文作品的文学期刊，《台港文学选刊》伴随改革开放大潮，走近千千万万读者。

寒来暑往，登山涉水，《台港文学选刊》已走过二十二年。透过岁月风尘，寻觅华夏儿女沐风栉雨的蜿蜒足迹：溯源而上或顺流而下触摸中华文化的宏大根系。该刊先后介绍了一千多名台港澳及海外华文作家的两千多万字作品。犹如前福建省委书记项南所说："如何促使不同制度、不同社会的人增进了解、消除隔阂、求同存异，进而融会贯通，和谐默契？文化的交流，可能是一个较好的途径。"基于此，排除重重困难，持续不懈地努力，以求成为"瞭望台港社会的文学窗口，联系海峡两岸的文化纽带"。无论世事如何变幻，环境如何艰辛，这么多年，感于文化多元的走向，《台港文学选刊》并不一味板起面孔，孤高自矜，而鉴于人文精神的坚持，也不盲目跟风，媚俗自贱。办刊实践中，不断探索，不断创新。作家、作品推介力求系统化、科学化，既着力于"选择"，精心地进行比较、辨析，也注重于"展示"，艺术地加以组合、呈现，在思想性、艺术性与可读性上达到较好的统一。

《台港文学选刊》一路走来，始终得到广大读者和许多作家、学者的高度关注与热忱勉励。时任中国作协党组书记、书记处常务书记的著名评论家唐达成曾热情洋溢地致函我刊，给予充分肯定："筚路蓝缕，备历艰辛，为了给文学交流架起一座灿烂桥梁，编辑诸同仁劈波斩浪，运土填石，孜孜矻矻，在所不辞。"他还形象地加以描述——"每翻阅《选刊》，便觉万种风情，齐来眼底，或市井掠影，或人间百态，或精灵隽秀，或悲歌慷慨，或心灵磨难，或感情波荡，或愁浇块垒，或神驰云外，台港作家笔下的种种人生情态、社会样相，与我们的生活，固然各有不同，但从他们笔下流露的人生姿态，错杂心情，万端感触，并非隔山隔水，不可理解，都可以相通、相知、相解。"在千姿百态的文苑里，独树一帜，我刊以自身的鲜明特色获得种种褒奖，如全国中文核心期刊、华东地区优秀期刊、福建省一级期刊等等。

在某些人一再鼓噪"去中国化"浊流的今天，推进海内外文化交流的现实需要和长远意义更加凸显。台湾著名作家洛夫赞许我刊同仁"直把这一搭建两岸三地文学桥梁工作做得有声有色"，特别强调"这个文学交流的任务远比大陆任何一个刊物都有显著成效"。也正因为如此，著名作家、中国作协书记处书记高洪波予以诗化的概括："一座文学的桥梁，/架构在海峡两岸。/风风雨雨二十载，/欢笑与思考、诗与人生——/从这座桥上走过，/留下的足迹无比鲜明。/不知不觉中进入历史，/同时成为一道桥上的风景……"

（2006 年 9 月）

永远做个灿烂长桥

"口碑" 及其他

一

数月前，为《台港文学选刊》写了篇短文《迟到的表示——在一位仁者远行之际》，文字不多，无妨于此引述：

1918年11月出生，1997年11月10日逝世，12月3日遗体火化。这些，把他与人世联结起来。

1984年7月6日，于福州撰写代发刊词《窗口和纽带》；10年之后，于北京为创刊10周年题词。这些，把他与《台港文学选刊》联结起来。

我们从未当面向他表示过谢意；而今更已无从表示了。

这十多年，我们只是按期寄赠一份刊物；即使在他远迁京城，也没有间断，那地址是多方打听来的。也许借此向他汇报，我们为敞开"窗口"，为牵起"纽带"，始终在努力，按他的话说，在不懈地"苦斗"。

今后，我们还将继续向他的家人寄赠刊物。或许，这也算是我们对他的谢意的间接的表示吧。

在他远行之际，重刊《窗口和纽带》及贺词，以此寄寓深深的哀思和缅怀。在我们的心目中，他的名字，他的形象，将是永恒的。

让我们遥对他的在天之灵，道一声：

谢谢您，项南同志！

二

《窗口和纽带》刊于《台港文学选刊》创刊号，时为 1984 年 9 月。全文如下：

窗口和纽带
项　南

地处祖国东南的闽、台、港，可说是一个国家，两种制度。也可以说是一个国家，三种社会。

如何促使不同制度、不同社会的人增进了解，消除隔阂，求同存异，进而融会贯通，和谐默契？文化的交流，可能是一个较好的途径。

不论是台湾、香港，还是大陆，人民都是聪明、勤奋的，都渊源于一个古老的文化传统，都蕴藏着光耀夺目的艺术珍宝，都以自己是一个中国人而感到无比自豪。也不论是追溯往事，还是展望未来，我们都能发现，共同的东西远比差异之点多得多。

《台港文学选刊》将成为瞭望台港社会的文学窗口，联系海峡两岸的文化纽带，团结三种社会力量的一种精神象征。

我认为，这个选刊是可以担当起这一任务的。因此，我也相信，这个选刊是会受到炎黄子孙的欢迎和喜爱的。

1984 年 7 月 6 日于福州

那年 6 月，筹办《台港文学选刊》，我们敬请时任中共福建省委书记的项南同志撰写发刊词。这并不纯是出于项南同志身居高位，借以"借光"。项南同志于 1981 年初来闽主政，忠实贯彻、执行党的十一届三中全会制定的路线、方针、政策，力排"左"的干扰，开创了福建改革开放事业的崭新局面。他从实际出发，倡导建设"八大"基地，其中包括对台工作基地，立足本省的地理区位，着眼全国的发展大局，为具体实施"一国两制"的战略构想、推进祖国统一大业提出一系列极具前瞻性的主张，在海内外引起良好反应。项南同志曾在宣传部门工作多年，对办报、办刊很有经验，做报告出口成章，写文章出手不凡。请他撰写发刊词，再合适不过了。我们的愿望没有落空。约稿信送去没几天，《窗口和纽带》就呈现在人们的面前。文章由点到面，由远及近，宏阔地回顾中华文化源远流长，影响深广，并精辟阐释了《台港文学选刊》的宗旨和任务，言简意赅，文情并茂。后来，这篇文章被推荐参加福建省第二届（1983－1984）优秀文学作品评选，在散文类五篇获奖作品中列为第二名，究其内涵深刻、辞采斐然，"优秀"二字当之无愧。

三

两年之后，项南同志离开福建。临走的一天，他突然来到省文联，据说是前来看望有事到福州住在文联招待所的一位画家朋友。这位画家外出，项南同志顺便看望了文联机关干部。事先并没通知，当他来到《台港文学选刊》的办公室，我和另一位编辑一下怔住了。文联领导向他做了介绍，他微笑着和我们握手。那么温馨，那么诚挚。从他的神态，分明感受到了一种慰勉和期盼。像是与一位可敬可亲的长者相逢。他肯定不会忘记为《台港文学选刊》写过那篇代发刊词。《台港文学选刊》创办后不久，风闻对这类刊物有一些议论。但我们并不觉得存在任何压力，工作没有受到丝毫影响。后来才知道，经项南同志出面，事情化解了。十余年后，列席党的十五大期间，他在小组会做了语重心长的发言。他的发言提纲写了十条意见和建议，第一条写道："我党全部历史，是部辉煌灿烂的历史，但也犯过极其严重的'左'的和右的错误。为害最烈的是'左'，而不是右。我国知识分子，极大多数是好的，都有为人民干一番事业的雄心壮志，我们党应该为他们营造一种宽松、宽容、宽厚的氛围。"他正是这么身体力行的。他的开明作风，永志难忘。

《台港文学选刊》创刊十周年纪念，自然又想到项南同志，盼望他能为此题词。果然，他如期寄来贺词："台港文学选／窗口加纽带／苦斗十年整／骄骄海内外。"贺词中，他用了"苦斗"二字。我揣测，这不仅是对一家杂志办刊艰辛的体恤，更是对自身襟怀坦荡，矢志不渝，为真理奋斗不息的昭示。

孟郊诗曰："大贤秉高鉴，公烛无私光。"那无字之碑，镌刻于老百姓心间，英名广布，传之于久远。还是那句老话：公道自在人心。最朴素的真理，也是最深刻的真理。

（1998 清明前夕）

窗口·纽带·平台

——《台港文学选刊》的三个面相

一、窗口

《台港文学选刊》是一扇文学窗口。

《台港文学选刊》于1984年9月创刊，由福建省文联主办主管，《台港文学选刊》杂志社编辑出版。始终以"瞭望台港社会的文学窗口，联系海峡两岸的文化纽带"为办刊宗旨。是我国第一家、迄今也是唯一一家专门介绍台港澳及海外华文作家作品的文学期刊。办刊近二十七年，先后介绍了1600多名台港澳及海外华文作家的四千余万字的作品，其中台湾作家作品约占60%，并与台、港、澳地区和欧美、东南亚等地的华文作家和出版机构建立了广泛联系。

随着两岸文化交流活动在促进海峡西岸经济区建设中的地位日益凸显，《台港文学选刊》在原有的基础上进一步发挥资源优势、适时调整办刊策略，提升刊物品位，于2009年转型为双月发行的大型文学丛刊。贯彻"并非低层次才有读者，文学永远有市场"的理念，以"多彩的东西文化，精致的华文文学"为内容定位，全面凸显台港澳及海外华人文化特色。所调整的步伐较为集中展示近年创作成果，此外，增加了特约稿，突出了重点作家和文学新人的重点作品，同时强化对当期作品的评论。调整后，新版《台港文学选刊》倚重文学，并向文化延伸，能够容纳长篇、中篇、短篇各式作品。作为旨在介绍台港澳及海外华文文学作品以及华人世界文化交流的媒介，《台港文学选刊》对于华文文学的传播，注重不同地区的特殊性，选取其历史经验、文化经验、文学诉求对于大陆地区社会发展、精神铸造、价值建设等方面具参考借鉴意义的部分，主动进行编辑的文化创造。改版后且在物质层面改善用纸，美化装帧，内文增设彩色印刷版面。由于选文、装帧颇为大气醒目，读者反响热烈，并受到众多海内外作家、学者的肯定和好评。著名诗人洛夫在阅读2009年《台港文学选刊》第一期后欣然致函本刊，盛赞所选作品"达到彰显人文、趣味隽永、富于创意的素质"，选编的小说、散文具有"高品位、高可读性"，其"扎实而多彩"，是"真正的具有严肃意义的文学选刊"。台湾作家、著名出版人隐地先生来信说："收到2009年第1期贵刊，令我眼睛一亮，这才是一本好的文学读物，从封面设计，到编排和内容，都焕然一新，这就对了，好的文学刊物，摸在手里，就是让人舒服！"

此外尚加强编读互动。近年来，刊物以各种文学形式为平台，联结海内外华文爱好者，成功举办数届大型征文活动。2008年4月至12月，在"原创特区"栏目举办以"身边的民生"为题的大型征文活动，该征文活动聚焦百姓生活，反映民生诉求，倡导构建和谐社会，收到一千余篇应征稿件，活动取得圆满成功。2008年5月，震惊世界的"5·12"汶川特大地震发生后，在省文联领导的全力支持下，刊社在第一时间与四川省文联及福建省电视艺术家协会、省文联组联处等单位共同发起组织海峡两岸中小学生"手拉手我们同行"大型有奖征文活动，台湾《明道文艺》《澳门日报》等多家媒体参与宣传和组织工作，自2008年6月，收到大陆各省份及台湾、香港、澳门中小学生的大量来稿，澳大利亚、马来西亚等地的华人青少年通过互联网得知征文信息后，也纷纷寄来饱含深情的诗文，抒发感同身受之情，同抵灾难之心，携手同行之志。全部获奖作品和部分其他自发来稿已结集出版。由杂志社倡议，2011年5月与福建省读书援助协会等单位共同举办纪念汶川地震三周年活动，活动以"缅怀逝者，珍惜幸福"为主题，由中小学生朗诵该征文活动中的部分获奖作品，获得积极的社会反响。

2009 年，《台港文学选刊》在由华东地区六省一市新闻出版局主办的第五届华东地区优秀期刊评选活动中，获评华东地区优秀期刊。这是自该活动举办第二届以来，《台港文学选刊》连续三届获得该称号。并且在 2005 年、2006 年、2008 年荣登国际龙源期刊网中文期刊网络阅读百强排行榜。

二、纽带

《台港文学选刊》也是一条文化纽带。

2002 年，《台港文学选刊》杂志社发挥刊物的资源优势，积极谋求闽台"五缘"的切入点，倡议发起了首届"海峡诗会"活动。是年中秋，在厦门、金门两地同期举办诗歌研讨会、诗歌朗诵音乐会，并组团出席"金门诗酒文化节"。自此，《台港文学选刊》作为沟通两岸文学界的纽带，将该项交流活动逐年常态化、纵深化，在推动华文作家共同继承、弘扬中华传统文化、发展现代诗学等方面发挥了独特的作用。

"海峡诗会"至今已成功举办了七届，始终得到福建省委宣传部的高度重视、省台办的热情指导，并由省文联党组、书记处直接领导，各有关方面共同参与。邀请对象有"诗文双绝，学贯中西"的余光中、被诗歌界称为"诗魔"的洛夫、影响了几代华人心灵成长的席慕蓉、素有诗界"任侠"之称的郑愁予、发现众多文学"天才"的"诗儒"痖弦等享誉海内外文坛的名家，系列活动中的"余光中原乡行""诗之为魔——洛夫诗文朗诵会""席慕蓉作品研讨会""痖弦中原行"等亮点频出、精彩纷呈，在海内外文坛反响强烈、影响深远，并受到国台办、中国作协、省台办等有关部门的充分肯定。历届活动得到海内外媒体的广泛关注，中央电视台、福建电视台、东南卫视、海峡卫视、"海峡之声"、华艺广播公司、省电台，台湾《中国时报》《联合报》，香港《大公报》《文汇报》，澳门《澳门日报》，《人民日报》《文艺报》《中国艺术报》《文学报》《福建日报》《海峡都市报》等众多媒体先后制作了专题节目或进行跟踪报道，特别是近年来，一些华文网络媒体也参与了活动的宣传和报道，信息的受众和影响面进一步扩大。

2008年，中国作协第七届主席团第五次会议、第七届全国委员会第三次全体会议于福建省福州市召开。会议期间，中国作家协会主席铁凝接受了《福建日报》等多家媒体的专访，在回答记者关于如何看待正在大力推进海峡西岸经济区建设的福建文化建设的问题时，铁凝再次肯定了由福建省文联、《台港文学选刊》杂志社等单位举办的"海峡诗会"的积极作用。铁凝在采访中说："福建与台湾一衣带水，拥有独特的地理优势。现在每年由省文联牵头举办海峡两岸诗会，先后已有余光中、席慕蓉等著名诗人跨海赴约，成为两岸文化交流的一大盛事。相信两岸文学交流在联结人心、凝聚两岸亲情的心灵沟通中，能起到独特的积极作用。"

《台港文学选刊》杂志社尚开展了其他交流活动。2010年3月，筹组"福建省文艺家访问团"访问香港，活动得以圆满举行，为闽港两地文学界交流机制化、常态化创造了有利条件。9月，接待印尼华文写作者协会一行20人来访。10月底，举办"浮生探月——走近台湾诗人古月"系列活动，20多名台湾、香港、北京知名作家、学者来闽参会。11月下旬，美国、日本、澳大利亚、马来西亚、文莱等国以及台湾、香港、北京、江苏等地十多名知名作家、学者来闽参加学术研讨会，并进行文化考察。

2011年6月，杂志社组团赴台参访，参访团以福建省文联副主席、省作家协会主席杨少衡为团长，省作家协会副主席、《台港文学选刊》编委会主任、海峡文学艺术发展研究中心执行主任杨际岚和《台港文学选刊》主编宋瑜为副团长，成员11人。在台期间，先后访问了台湾"创世纪"诗社、台湾文学馆、《文讯》杂志社、台湾"中国文艺协会""中国诗歌艺术学会"、《联合报》副刊、《联合文学》

杂志社、联合文学出版社、联经出版事业公司、宝瓶文化事业有限公司以及高雄中心大学等单位或团体，与余光中、郑愁予、痖弦、张默、席慕蓉、张晓风、尉天骢、亮轩、李瑞腾、陈义芝、辛郁、封德屏、丁文智、碧果、汪启疆、李锡奇、古月、张国治、林静助、绿蒂、落蒂、龚华、徐瑞、顾重光、朱为白等60余位作家、学者、艺术家及出版人亲切晤谈，此次出访与台湾文学艺术界进行了广泛接触，并就期刊发展、传统文化的传承与发展等有关议题展开深入探讨，取得实质性成果，获得圆满成功。2011年10月，台湾"中国诗歌艺术学会"在林静助理事长的带领下，一行14人对刊物进行了回访，进一步加深了两岸文学界的友谊。

三、平台

《台港文学选刊》还是一座学术平台。

长期阻隔的历史因素，造成有形无形的疏离；因而也促生了增进相互了解的现实需要。《台港文学选刊》面世后，迅即为文学界、学术界乃至广大读者所关注。创作与批评，犹如鸟之双翼、车之两轮。介绍台港澳及海外华文作家作品，必然要求梳理文学发展的脉络，还原历史的本来面目，呈现作品的审美价值和艺术特色。《台港文学选刊》为此所做的努力，持之以恒，颇有成效。开辟了《文苑纵横》《华文道场》《论丛小拾》《文坛掠影》《选刊之友》等专栏，刊发了海内外许多知名作家、学者的理论研究和文学评论文章，还选编了不少文学新人以及普通读者的文章，前后累计不下三百万字。

另一方面，《台港文学选刊》杂志社还积极参与省内外的学术活动。在福建日渐形成高等院校、科研机构、出版单位"三位一体"的态势。福建省台湾香港澳门暨海外华文文学研究会于1988年11月成立，"选刊"系发起单位之一，创会后长期作为研究秘书处所在单位，自2005年起，为研究会依托单位。刊社曾与福建社科院文学研究所、海峡文艺出版社分别主持学术"月谈会"，并在本刊登载"笔谈"文章。同时，《台港文学选刊》杂志社也成为中国世界华文文学学会（筹）的发起单位之一，共同推动这门学科建设的确立和拓展。2002 年，作为国务院侨办主管的学术团体，并经民政部批准中国世界华文文学学会正式成立。刊社同仁积极参与学会工作。刊物两位负责人，一人现任学会副会长兼秘书长，一人担任学会理事及对外交流工作委员会副主任委员。近几年，刊社参与举办了一系列学术活动，其中有："世界华文文学研究：理论与实践国际学术研讨会"（2007年）；"福建省台港澳暨海外华文文学研究会成立二十周年纪念会"（2008 年）；"第三届全国高校教师世界华文文学课程高级进修班暨第二届世界华文文学教学工作研讨会"（2009 年）；"全球化时代华文写作与海西文化传播国际研讨会"（2010 年），四十余万字论文作为《台港文学选刊》增刊结集出版。

在福建省文联党组、书记处的直接领导下，2010 年省文联组建了海峡文学艺术发展研究中心。这是省委对我会积极开展两岸民间交流、主动呼应海西建设、着力先行先试工作的肯定与鼓励。这一机构的成立，有助于整合资源，发挥优势，拓展对台、对外文学艺术交流与研究的空间。《台港文学选刊》杂志社参与了组建工作，两位负责人分别担任了研究中心的有关工作。

学术机构、学术团体、学术园地，有机地联动、协作，资源共享，优势互补，将能进一步深化两岸交流合作，增强中华优秀民族文化的影响力和凝聚力，为海峡西岸经济区建设添砖加瓦。

（2011 年 10 月）

注：该文由杨际岚、梁星执笔。

窗口·纽带·平台

透过这扇窗口
——从《台港文学选刊》看世界华文文学

一

四年前，尊敬的项南同志不幸与世长辞。兔年伊始，冰心和萧乾，两位文坛耆宿，又先后离我们远去。

追思既往，他们的教诲和期盼，恍如仍在昨日。

1994年，《台港文学选刊》（下称《选刊》）创刊十周年之际，收到上述三位长者的贺词。

冰心老人题曰："敬贺/《台港文学选刊》十周年纪念/并祝它/永远做个灿烂长桥。"

萧乾老人热情慰勉："我佩服《台港文学选刊》的编者把握准方向盘十年如一日的苦干精神。"

《台港文学选刊》创办于1984年，时任中共福建省委书记的项南同志撰写了代发刊词《窗口和纽带》，指出："《台港文学选刊》将成为瞭望台港社会的文学窗口，联系海峡两岸的文化纽带，团结三种社会力量的一种精神象征。""我认为，这个选刊是可以担当起这一任务的。因此，我也相信，这个选刊是会受到炎黄子孙们的欢迎和喜爱的。"创刊十周年，他又赋诗相赠："台港文学选/窗口加纽带/苦斗十年整/骄骄海内外。"

回首来路，这么些年，与全体同仁精诚协作，经年累月地"苦干""苦斗"，获得一些劳绩。《台港文学选刊》被评为全国中文核心期刊、华东地区优秀期刊、福建省一级期刊，为推介台港澳及海外华文文学，为扩展海内外文化交流、推进祖国统一大业，发挥了有益的作用。

二

我是"老三届"。高中毕业后，上山下乡。1971年5月，抽调到平潭县报道组。1978年4月，调入《福建文学》。其间，业余在福建省广播电视大学中文专业学习四年，1984年毕业。

1984年6月开始筹办《台港文学选刊》，当即毅然挑起了这副不轻的担子，从此，全身心地投注于办刊工作。草创时期为唯一的专职编辑。《选刊》原由《福建文学》主办，1987年8月起改由福建省文联主办；时任福建省文联党组成员、书记处书记的季仲先生兼任《选刊》主编，本人担任副主编，专职，主持日常工作。1996年1月起，本人担任《选刊》主编，负责全面工作。

《台港文学选刊》是我国第一家专门介绍台港澳暨海外华文文学作家作品的文学期刊。由于工作特点，也由于个人爱好，自参与《选刊》工作后，即对世界华文文学研究产生比较浓厚的兴趣。十几年来，结合办刊实践以及有关学术团体活动，进行了相关研究，积累了一些心得。

三

《台港文学选刊》是瞭望台、港、澳及海外华人社会的文学窗口。倚窗眺望，纵览千百年来风起云涌，沧桑移易，台港澳地区以及海外华人社会的特殊的历史遭际，造就了特殊形态的台港澳及海外华文文学。因此，在办刊中，始终保持警觉，从原则性的把握到技术性的处理，都慎而又慎，坚持拒斥存在"台独"倾向的作品。对于那些貌似反对国民党当局独裁统治，表现故土情思其实又隐而不彰地糅杂了敌对思想以及隐含"台独"思想的作品，在仔细辨析后排拒不用。始终坚持"一个中国"的原则立场，抵御"一中一台""两国论"等在文坛上的恶劣影响。依循党的基本路线，切实贯彻"以我为主""为我所用"的原则，既不断解放思想，挣脱种种僵滞观念的束缚，又审慎把关，抵制形形色色的错误倾向，避免了政治性、政策性的疏误和偏差。

《台港文学选刊》逐渐从早期的毫无经验可循的摸索中走出自己的路子，形成独具个性的雅俗共赏的基本风格。实践中。不断探索，不断创新。作家、作品推介力求做到系统化、科学化，既着力于"选择"，精心地进行比较、辨析，也注重于"展示"，艺术地加以组合、呈现。既从刊物自身特点出发，使之呈现台港澳及海外华文文学发展的整体脉络，又体现出具体文学类别的历史位置。着重介绍台港澳及海外艺术价值突出、创作风格鲜明、影响广泛的华文作家作品，同时也注意兼顾读者多方位、多层次的需要。尽可能地使《选刊》在思想性、艺术性与可读性上达到较好的统一。

在介绍优秀作家作品的同时，一向比较重视相关评论和研究。曾有论者指出，《选刊》虽以刊登作品为主，"但它也专门辟出篇幅，发表有关台港澳和海外华文文学的学术论文。在这些文章中，被学术界的权威文摘刊物《人大复印报刊资料》全文转载的共有11篇，显示了《台港文学选刊》除在介绍台港澳暨海外华文文学作品方面具有举足轻重的地位之外，还在台港澳暨海外华文文学研究领域具有着重要的地位和影响"（刘俊：《"人大复印资料"收录〈台港文学选刊〉之文章一览》，《选刊》1999年第12期）。17年来，《选刊》先后介绍了一千多名台港澳及海外华文作家的两千多万字作品，所发各类评论及研究文章在两百万字以上。

四

《台港文学选刊》不仅具有透过文学窗口瞭望台港澳及海外的认识功能，而且具有通过刊物增进海内外华人文化界了解的交流功能。因此，在文化联络和学术交流方面，我同样投入不少心力。

福建省台湾香港澳门暨海外华文文学研究会成立于1988年，1993年和1999年两次换届。该会是全国本学科领域中第一家省级学术团体。《选刊》为发起单位之一。本人担任副会长兼秘书长，主持日常工作，联络各有关单位，协调相关活动，促进开展学术研究。在本学科领域中，福建居于前列。为此，我做了一些工作，起了应起的作用。

伴随改革开放的前进步伐，内地对于台、港、澳及海外华文文学的介绍和研究也走过了20个年头。由1984年到2000年，我参加了从第二届到第十一届世界华文文学研讨会。从1993年开始，参与筹组全国性学术团体"中国世界华文文学学会"（以中国社科院文学所和暨南大学等为主），担任筹委会委员、副秘书长。我积极参加多种学术团体和其他专业团体，担负了一部分社会职务；扪心自问，绝非沽名钓誉，而是为社会公益事业，特别是为文化交流，做些力所能及的事，同时借此有效地"充电"，多方面地吸收专业知识。十几年来，参加了40多次各类学术研讨会，或提交论文，或做大会发言，或受托主持，坦诚地发表了个人意见。围绕办刊工作，我先后组织了本刊一系列学术座谈会。以近几年为计，还参与主办全省性的乃至全国性的"世纪之交的台港澳暨海外华文文学研究"中青年学者座谈会（1997.4）、"跨世纪的台港澳暨海外华文文学及其研究"研讨会（1999.6）、"跨世纪的中华文学"闽台作家恳谈会（1999.9）、"菲律宾华文文学研讨会"（2001.5），都办得较为成功。1999年10月，一百多名专家、学者参加的第十届世界华文文学研讨会在华侨大学（泉州）召开，我受邀协助筹办，历时半年多。

多年以来，结合本职工作坚持开展研究，取得了一些成果。担任《台湾文学史》编委，参与组织和审稿，并负责撰写有关章节；担任《传承与拓展——菲律宾华文文学国际学术研讨会论文集》编委，参与审稿和编稿。撰写了一些论文，如《台湾当代杂文扫描》（《台港文学选刊》1993 年第 8 期）、《关于台港澳文学再衡量的思考》（1998年 2 月 17 日《港台信息报》），分别为中国人民大学复印报刊资料《中国现代、当代文学研究》月刊 1993 年第 12 期和 1998 年第 5 期全文转载。此外，选编了十多种台港澳及海外华文作品集，撰写了序和编后记等。

五

从事《台港文学选刊》编辑工作，因刊物性质使然，朝夕面对台港澳及海外华文文学，时时披阅，耳濡目染，自然累积了一些感受和心得。世界华文文学研究中尚有不少"盲点"及"难点"。比如，最基本的界定问题：何谓"世界华文文学"，即有多种意见。笔者倾向于，它应是世界范围内所有地区用华文（中文）创作的文学。存在两大板块，即"中国文学"和相对于中国的"海外华文文学"。然而，研究工作中，却不乏"常识性的缺陷"。笔者曾在一次散文研讨会发言中谈了自己的看法："关于不完整。时见有关散文现状批评文章，动辄'中国散文'如何如何。然而，所叙所议，全是大陆散文。别的且不论，至少显得不太完整。'中国散文'云云，除了大陆散文，尚有台港澳等地散文，乃至于其延伸——台港澳旅外作家散文。论及创作成就和文学地位，以及文体写作贡献，有林语堂、梁实秋、张爱玲（随笔小品）、王鼎钧、余光中（美文）、柏杨、李敖、龙应台（杂文）等，在我国现当代散文发展史上，自有其不容忽视的一席之地。由于历史的和现实的原因，几个区域散文发展状况不尽相同。得失成败，自应据实细究。不完整，便难以准确，更谈不上深刻。"从另一方面看，也有一些学者议论世界华文文学，仅仅谈及台港澳及海外华文文学，有意无意地忽视了中国大陆文学。这也是一种"不完整"。数年前，人们就开始强调整体格局的观照。时至今日，它依然是亟待解决的基础性的也是根本性的重大课题。有了整体格局的广阔视野，才有宏观把握的坚实基础，才有微观剖析的深厚依凭。完整，准确，深刻，相辅相成。

（2001 年）

昨天并未远去

——《台港文学选刊》纪念抗战胜利50、60、70周年专号（专辑）之回顾

一

面对《台港文学选刊》之《昨天——纪念抗战胜利台湾光复60周年作品专号》，虽然编辑出版这一专号已过去了整整十年，今日读来，依然心潮汹涌，许久难以平复。

甲午之战，清大败求和，签订《马关条约》，将台湾之主权永久让于日本，简言之，"割台"。"割的何止是一块碎肉地，还包括扎根于这土地上、有血有肉的二百五十多万名百姓。任何人若是这二百五十万分之一，便能想象乍闻晴天霹雳所生的那份惊恐，将这惊恐乘以二百五十万倍，即能体会当年台民悲愤至极、无天可呼、无主可依之悲景。"

"既言割，就政治层次及家国意涵而言，台湾成为弃儿，任何一个意识清楚的弃儿不管被卖入豪门还是贱户，他首先必为自己的尊严与自主权遭到践踏而起身反抗。因为弃儿也有弃儿的骨气啊！"

简娖的长篇纪实文学作品《朝露》，正如其副题"献给一八九五年抗日英魂"，返回历史现场，再现当年一幕幕惊心动魄的场景。作品从1993年参加台湾《联合报》组织的"原乡行"活动，在漳州毫不提防地遇见"简大狮蒙难处"石碑起笔；终篇于简大狮蒙难。

"执刑时正是清晨日出时分，当简大狮气绝倒下，初春的朝露纷纷然坠落，以滋润一名三十二岁血性男子之——

死不瞑目。"

这血性，这骨气，荡气回肠。

《昨天》分为三个部分：

记录：国族之痛。

朝露（简娥）；

屠城（张纯如）；

海峡两岸的呐喊（钟兆云）。

叙写：生民之哀。

送报夫（杨逵）；

先生妈（吴浊流）；

秋信（朱点人）；

红萝卜（林越峰）；

糜城之丧（宋泽莱）。

诉说：时世之愤。

反抗的姿势——台湾日据时代诗人作品选（巫永福等）；

红头绳（王鼎钧）；

我的战争经验（郑清文）。

作者中只有张纯如是旅美华人作家，钟兆云是大陆作家。《昨天》选载张纯如长篇纪实文学作品《南京大屠杀》部分章节；钟兆云纪实文学作品《海峡两岸的呐喊》则叙写了厦门民众与台湾同胞同仇敌忾展开地下抗日斗争活动的业绩。二文，与本期专号大多数台湾作家作品形成一个有机整体。

1995 年，《台港文学选刊》也曾编辑出版《抗战胜利纪念专号》，"献给世界反法西斯战争、中国人民抗日战争胜利 50 周年"。该专号主体部分为文学作品：

"烟尘长望"：一千个春天（节选）（陈香梅）。

"台湾小说潮"：猎女犯（陈千武）。

　　"叶叶心心"：生命写史血写诗——抗战题材散文六题：记得当年在重庆（叶蝉贞），黄沙河的噩梦（张漱菡），大汉天声永传唱（钟丽珠），苦涩的八年（郭晋秀），老蜡梅（姚宜瑛），龙飞高原（曾焰）。

　　"诗路花雨"：世纪之歌——台湾日据时代诗选：南国哀歌（赖和），祖国（巫永福），尼姑（水荫萍），诗人（王有渊），漂流旷野的人们（吴坤煌），疾驰的别墅（吴新荣），空白（吴瀛涛），魔掌（徐涛吉），世纪之歌（郭水潭），卖不掉的诗（杨云萍），《黑潮集》选（杨华），春色（陈千武）。

　　此外，还有杂感《南京大屠杀》（苏雪林）和《由日本修改教科书而想起的》（赵淑侠），新闻报道和档案资料《飞虎加入重挫日军》《日军慰安妇内幕》《日本曾研发原子弹》《日本又向史实挑战》。

　　今年是中国人民抗日战争、世界反法西斯战争胜利70周年。又到了一个非同寻常的历史节点上。《台港文学选刊》推出特别策划《困难风云——纪念抗战胜利70周年作品专辑》：

　　九一八事变（司马桑敦）；

　　抗日女特工郑苹如（孙孟英）；

　　飞虎英雄王光复（口述王光复）；

　　常德守城战亲历记（口述李凤林）；

　　九一八遗事二则（亮轩）。

　　在专辑之外，尚刊发影评《一切从张纯如说起——兼论陆川的〈南京、南京〉》和翻译作品《吉川宏明与林宝美的故事》。实际上，也相互有机呼应。

二

　　出版纪念专号（专辑）的编辑意图，在这三期的卷首语或编者的话之中，已经有所体现。

1995.7 卷首语：

　　像南京大屠杀这种血淋淋的惨剧，我们中国人是永远不能忘记的。中国人一日存在，日本人这项罪便一日铭刻在人类罪恶史上，强抵硬赖是无济于事的。

——苏雪林

2005.8 卷首语：

勿忘昨天
——写在卷首
陈映真

　　一八九五年中日战争中清朝战败，在《马关条约》中将台湾屈辱地割让给日本。然而，英雄的台湾人民绝不屈服。除了组建短暂的抗日临时政权"台湾民主国"外，一直到一九一五年，台湾人民以简陋的枪戟刀竿面对日帝最现代化的枪炮，从事反占领的激烈斗争，长达二十年之久！

　　从二十年代开始，台湾人民改变了反帝抗倭的策略，掀起了以文化启蒙以及社会和政治斗争为主要内容的"非武装抗日"运动，从各自的战线上开展台湾的民族民主斗争。

　　一九三一年，日本侵攻我国东北，并于翌年成立伪"满洲国"，从而加强了对殖民地台湾的政治钳制、经济压榨与文化渗透。台湾人民的抵抗从未终结。三十年代开始，抗日的战线转移到台湾文学界。到了战争末期的一九四三年，以杨逵为首的台湾作家，在艰困的环境下，犹就"皇民文学"问题，就台湾新文学坚持批判现实主义问题，勇敢地与殖民文化势力进行尖锐的理论斗争。

　　一九四五年抗战胜利，台湾光复。一九四七年爆发二月民变。在三月大屠杀后的第八个月，台湾作家、评论家和旅台进步

昨天并未远去

文化人，以当时《台湾新生报》"桥"副刊为平台，开展为期一年许的"重建台湾新文学"的论议，皆异口同声强调"台湾和台湾文学是中国和中国文学不可分的一部分"，并且系统地介绍了三十年代以降的"无产阶级文学""大众文学"等左翼文论。此后不久，便遭致当局镇压，从而开始了台湾漫长的"白色恐怖"。七十年代末，八十年代初，台湾政治环境急剧变化，台湾思潮泛起，一些作家转向。面对"去中国化"的浊流，继承台湾新文学史中绵长坚定的爱国主义传统并未中绝，中华文化的生命力依然强盛。

在风云激荡的今天，《台港文学选刊》推出"昨天——纪念抗战胜利台湾光复60周年作品专号"作为一种见证和记录，自有其历史意义和实现意义。

二○○五年七月十日

2015.8 编者的话（第一部分）：

70年前的今天，广袤的中国大地被日本侵华的战火蹂躏，自此8年间，"生命/分分秒秒/站立刺刀的顶端"（台湾林燿德诗语），四万万中华同胞陷入一场空前的浩劫，民族危亡之际有过彷徨，有过幻想，也有过畏惧和退缩，然而侵略者的铁蹄和国人的血性，最终促使不甘做亡国奴的军民奋起反抗。至今，战争留下的惨痛记忆以及战后的历史残痕让海峡两岸人民对于日本侵华或日据的时期仍不能不心存悲怆的情结。"可怕的共同记忆必然唤醒我们，去争取和希望能开创一个没有战争时代的一切。"（［法］阿尔贝特·史怀泽）然而，人类是否能听从历史事实和理性的引导？"建立战后新关系时，在不考虑历史事实，也不追求其客观和公正解决的地方，就仍然保留着导致未来战争的火药，它不能保证持久和平。"（同前）因此，两岸中国人都不可忘记历史。对于国难的硝烟、战争的风云，有必要从那些珍贵的历史记载中去回味，去反思，去获得警策。就请一读本期纪实作品"特别策划"——《国难风云》。

（注：系"嵩松"文）

上述，《勿忘昨天》系特邀台湾著名作家陈映真撰写。原文较长，论及问题更多些，征得本人同意，做了相应技术性处理，该文集中阐述台湾民众抗日斗争的艰苦历程和不屈精神。

"去中国化"的浊流，从日本殖民当局到台岛某些分裂势力，其来有之。从教育入手，切断与母体的脐带，故伎重演，如出一辙。曾有论者撰文，以日据时期台湾初等教育课程与教科书为中心，剖析日本殖民者秉持的教育方针同样以同化政策为主轴，是其在台殖民统治的重要组成部分。该文具体分析了课程设置与教科书编撰的几个突出特点：指导思想以所谓大日本帝国"肇国精神"为核心；课程和教科书以日语普及和技能训练为主，为殖民地训练既能够创造剩余价值但又不危及其统治的低能劳动者；努力切断台湾人与祖国——中国的联系，致力于消除台湾民众的中华文化传统。文章一针见血地揭示症结之所在："日据时期殖民当局的教育政策乃是要求台湾人向日本及日本文化的单向、无条件同化，以制造出一批没有政治权利且具备若干文化程度的殖民地顺民。"[1] "像不知回归迷路的孩子/固陋的心遗忘了一切/遗忘了自己的精神习俗和伦理/遗忘了传统表达的语言/鸟 已不能歌唱了/什么也不能歌唱了/被太阳烧焦了舌尖"，巫永福的《遗忘语言的鸟》，犹如殖民者"皇民化"图谋的缩影。

三

战争是人类极端的苦难。日本侵华战争又是苦难的一种极致。在

---

[1] 陈小冲：《日据时期台湾初等教育课程与教科书析论》，《台湾研究集刊》，2015 年第 4 期，第 71 页。

昨天并未远去

这场大浩劫中，生灵涂炭，哀鸿遍野。南京大屠杀正是一幕惨绝人寰的悲剧。2005年第8期纪念专号《昨天》选发张纯如长篇纪实文学作品《南京大屠杀》第四章《屠城六周纪实》，专号中改题为《屠城》。2015年第8期影评《一切从张纯如说起》，介绍了张纯如人生历程及《南京大屠杀》创作始末，耐人寻味。其始：南京大屠杀这一历史事件，以往"西方世界一般人都不熟悉"，"想不到改变这个情况的是华裔女郎张纯如"。1994年，美国加州"世界抗日战争史实维护会"在一个小镇举行纪念南京大屠杀活动，张纯如到场参加，极为震撼。此后，她开始寻访大量资料，包括日记、书信、拉贝文献资料，当时拍摄的现场电影纪录，一些美国友好人士收集的历史照片，一千多页与东京审判有关的战犯资料。1995年和1997年，她两度前往北京、上海、杭州和南京继续调查寻访。1997年12月，终于写成《南京大屠杀——被遗忘的二次大战浩劫》并出版。其终："张纯如全身投入发掘历史真相，一直活在南京大屠杀的氛围里。"她难以自拔，极度紧张，长期受到精神煎熬，头发不停脱落，终于在2004年11月9日自杀身亡，年仅36岁。

日前，中国申遗成功，《南京大屠杀档案》，列入《世界记忆名录》。从张纯如以生命为代价，为"南京大屠杀"留下历史见证，到《南京大屠杀档案》申遗成功，这一曲折历程，给予人们严峻而深刻的启示：拒绝遗忘，留住记忆，何等艰难，又何等重要！

《常德守城战亲历记》，口述者李凤林，抗战时担任炮兵团副官，在1943年常德会战中随炮团投入激战。残酷的巷战开始后，为了不落入敌手，炮团团长命令将八门大炮集中起来炸掉。这时，大家都哭了，团长也哭了。《亲历记》有一段惊心动魄的描写："导火线哧哧地响起来，我万万没有想到，有几个老兵竟然迅速向大炮奔去。起初，我以为是去拔引线，后来只见他们扑向大炮抱住不放，待要挽救已来不及了，说时迟，那时快，轰隆一响，他们与大炮同归于尽了，炮成碎块，几位老兵也血肉横飞了，真是惨啦！"文章最后一句是，"全团官兵500多人只剩九人，其余的人都战死在常德了。"非亲历者，无法这么逼真、这么具体地描述当年血与火的惨烈搏杀。三期专号（专辑）中，纪实文学作品和散文作品，居多为亲历者所撰写或口述实录。其温度，其质感，尤为真切。再加上许多亲历者的传奇经历和特殊身份，增加了作品的感染力与说服力。《一千个春天》的作者陈香梅，与"飞虎队"陈纳德相识、相恋于烽火岁月。《飞虎英雄王光复》由飞虎队员王光复口述，访问整理而成，他作为王光美胞兄的身份，更是让他的戎马生涯和人生经历蒙上一层异样的色彩。

四

相较于《朝露》《屠城》的"大叙事"，三期专号（专辑）绝大多数纪实类作品，都算是"小叙事"了。

1995 年第 7 期纪念专号六篇散文，《龙飞高原》描述军民抢修滇西公路的壮举，其他作品都是作者忆往纪事，年少时的记忆，点点滴滴，丝丝缕缕，揭开家事的幽微处，桩桩件件却又紧紧联结着国事，家仇与国恨已经融为一体。

亮轩的《九一八遗事二则》，于细微中展开大时代的深重苦难，历久弥新。

二则之一《绝食》：

> 刚刚才知道，林老太太过世了。
> 不由得想起几年前到他们在美国的府邸。
> 那一天，9 月 18 日，在他们府上用了一顿晚餐。
> 老太太没有像往常一样同席。同学只说她还不饿。
> 吃好了，老太太从楼上房里下来，陪着说了一会儿话。
> 半夜，女儿给她做了简单的夜宵。
> 女儿说，刚刚过了九一八，她才肯吃。
> "每一年的九一八，她都不吃，连水都喝得少，我们从小她就这样。"

事情说到这儿，作者往下说："她经历了什么样的九一八啊？"他同学解释，"那天我妈没事儿"。

战事过后，回来，"我妈听到了些，也看到了些"。

听到什么，看到什么？

"一问，她就抹眼泪，一个字也说不出。"

文章接着写，同学说，每年，那一天早上，妈妈总是穿着素净的衣裳下楼，永远是那第一句话："今天是九一八。"

京戏也不听，电视连续剧也不看，过了这一天。

文章还写，九一八次年起，老太太以绝食一日纪念，整整 81 年没有忘记。而且还强调，她从来没有要求任何人跟她一起配合，只是自顾自地哀悼，安安静静的。①

引述得够多了。只是想说，这些"叙事"，重在细节描写。常见"闲笔"，实际上，"闲笔"不闲。

大时代，小叙事，同样都串联着历史背景中的事件和人物。于小叙事之幽微，往往折射大时代之沧桑。以小窥大，见微知著，其艺术感染力，甚至不逊于鸿篇巨制。

五

耐人寻味的是，尽管时光流逝，但岁月留下的课题依然那么严峻，无可回避。

二十年前，《台港文学选刊》推出抗战纪念专号。当时特地选了两篇杂文：苏雪林，《南京大屠杀》；赵淑侠，《由日本修改教科书而想起的》。

赵淑侠在文中说："我是坚决不赞成文艺家为什么特殊目的服务的，但是认为文艺必不可脱离民族，事实上文艺根本是从民族的泥土

---

① 亮轩：《绝食》，《台港文学选刊》，2015 年第 8 期，第 61－62 页。

里生长出来的花朵。我们的民族之耻忒多，可谓不胜枚举，为什么不发掘出来，谱成悲壮的史诗，让它长存宇宙之间！最感人的作品，总是血与泪的结晶，我们中国人的血泪经验比别人更丰富，我们该有惊天地泣鬼神的大作品出来。为什么我们该有而没有？实在值得写文章的朋友们深思。"①

评析"惊天地泣鬼神的伟大作品"，换言之，传世之作，毫无疑义，主要标尺是审美价值。而处于纷纭繁复的时代，任何作品都脱离不开背景的铺展、环境的叙写，任何作家都回避不了社会正义的拷问、历史取向的抉择。

文学，历史。当文学与历史相遇，它，该做些什么？不能不让人深长思之。

(2015 年 8 月)

---

① 赵淑侠：《由日本修改教科书而想起的》，《台港文学选刊》，1995 年第 7 期，第 48 页。

介绍之介绍
——关于《台港文学选刊》对香港文学的推介

一、"三代同堂"

综观今日香港文坛，前生代、中生代、新生代　各竞风采，可谓"三代同堂"。以《台港文学选刊》（下称《选刊》）曾予介绍的六位作家为例。分别是：曾敏之（1917—）、刘以鬯（1918—）、西西（1938—）、董桥（1942—）、黄碧云（1961—）、董启章（1967—）。三组年龄段，有着各自的影响力，颇具代表性。

（一）关于曾敏之

《选刊》1993 年第 9 期刊出《曾敏之专辑》。该专辑包括以下作品及相关评介：散文七篇，包括抗战时期的《遇旧》《烧鱼的故事》，"文革"后悼友怀旧的《司马文森十年祭》《文传碧海千秋业》，以及《师生情》等；杂文《立信・言行・"瓜蔓抄"》《一言堂考证》，序文两篇；评介《天下文名曾子固》（秦岭雪）、《曾敏之传奇录》（王一桃）。封二"作家之旅"，配发四幅照片。卷首为曾氏语丝："我如今仍在读书写作，以'三余'自勉……，以驽马的精神从学从写了。"

编者于扉页简介："（曾敏之）文学成就尤以散文、杂文为显著。这些文章，海阔天空，上下古今，政经文艺，纵横捭阖。看似信手挥洒、随意点染，实则明心载道、坦荡报国。"

该专辑外，《选刊》还曾选载曾敏之散文《空间》（1996.11）、《桥》（1997.6）和《感旧录》三题（1998.12），论述《华文文学的共通性》（1998.8），以及抒怀诗、书画作品等。

（二）关于刘以鬯

《选刊》1991年第11期刊出《刘以鬯专辑》。

该专辑包括以下作品及相关评介：短篇小说六篇，写于五十年代的《天堂与地狱》，六十年代的《赫尔滋夫妇》《链》《一个月薪水》，七十年代的《蛇》，八十年代的《为什么坐在街边哭》，自传和三篇论述（发刊词、作品选前言）；评介《刘以鬯和香港文学》（柳苏）；刘以鬯作品年表。封二"作家之旅"，配发作者画像、三幅照片和一幅手迹。卷首为刘氏语丝："回顾走过的道路，我是丝毫没有悔意的。对于我，得到什么和失去什么都不重要。重要的是：我走过了一条长长的、崎岖曲折的、长满荆棘的道路，而且仍在朝前走。"

编者于扉页简介："（刘以鬯）这辑小说犹如六朵风姿绰约、色彩各异的花朵，采摘自作者饱经人生沧桑的心田。每一篇小说都凝聚着深刻的思想内涵，具有作者构思奇特、刻意求新的鲜明风格，十分耐人咀嚼。"

该专辑外，《选刊》还曾选载刘以鬯短篇小说《副刊编辑的白日梦》（1988.4）、《喝了几杯白酒》（1996.1）、《第二天的事》（1996.8）、《龙须糖与热蔗》（1997.6），论述《用笔见证历史》（1997.7）。

（三）关于西西

《选刊》1991年第3期刊出《西西专辑》。专辑刊出中篇小说《哀悼乳房》；散文《依沙布斯的树林》《手表及其他》；诗六首（《我高兴》《长着胡子的门神》等）；评介《香港好人》（莫言）、《读西西小说随想》（郑树森）、《像这样的一个女子》（郑敏），西西作品单行本编目。封二"作家之旅"，配发四幅照片。卷首为西西语丝："我仍然喜欢逛街，天气好的时候出外去感受太阳，大雨的时候去踩几脚水，任由时光在身边飘游，瞧它怎样静水流深……"

编者于封二引述香港《八方》授奖予西西的评语："西西女士是香港最具盛名的小说家之一，她的作品，在中国大陆、香港、台湾的文坛，都得到极高的评价，在台湾更屡获重要的文学奖。"

该专辑外，《选刊》还曾选载西西短篇小说《像我这样一个女子》等五篇，散文《看足球》等七篇及《剪贴册》（选）十一题，诗《可不可以说》等三首。1986 年第 4 期首次介绍西西作品至今，从未间断。就《选刊》推介香港本地作家作品而言，西西是最多的一位。

（四）关于董桥

《选刊》于 1990 年第 7 期以"'推荐奖'参选作品"推介了董桥的一组散文《中年是下午茶》等五篇。荐者为华东师范大学中文系86 级学生许涓。荐者称董氏"学贯中西，文采风流"，"迥异时流而风格独具，卓成一家"。董文妙处，荐者道："董文大多东拉西扯，凡事变奇，常理变怪，玄思妙解，汩汩而来。其文野时，笑骂露骨，犀利痛快；其文雅时，缠经绕典，书卷味弥漫。"

此后，《选刊》成组介绍董桥散文尚有两次：1997 年第 8 期选载《英华浮沉录》（四题），1998 年第 11 期选载《为红袖文化招魂》（十题）。单篇选介的还有：《得友人信戏作》（1996.2），《初白庵著书砚边》（1996.9），《访烟波飘渺之楼》（1997.4）。

（五）关于黄碧云

《选刊》于 1990 年第 12 期同样以"'推荐奖'参选作品"的形式首次介绍了黄碧云作品。这篇作品为短篇小说《盛世恋》，由香港天地图书有限公司颜纯钩举荐。

"读《盛世恋》，只觉一股凄迷暗香袅袅不尽。像对着一幅古画，青绿金粉，记下久远朝代的模糊轮廓。""这小说的落寞、无奈、绝望，是纯粹香港的，甚至是世纪末香港的。""而小说本身是好小说，才气横溢的，笔底有魔力，叫人感染一些陌生的凄迷情怀，知道有人如此这般活着，而我们，尽可以各自喜欢的方式去活。"（颜）

小说精彩，推荐意见也精彩。在《选刊》举办的第一次台港澳及海外华文文学"推荐奖"活动中，《盛世恋》获一等奖（仅此一篇）。

此后，1991年第5期至1998年第5期，七年间，《选刊》又陆续选载了黄氏九篇短篇小说：《其后》《红灯记》《双世女子维洛列嘉》《怀乡》《一个流浪巴黎的中国女子》《呕吐》《捕蝶者》《失城》《她是女子，我也是女子》。

（六）关于董启章

董启章的作品，稍晚才开始介绍，计三篇短篇小说：《少年神农》（1996.9），《快餐店拼凑诗诗思思CC与维真尼亚的故事》（1998.5）、《永盛街兴衰史》（1998.7）。数量不算多，但间距相当密。

在《选刊》已介绍的三百位左右的香港作家中，上列六位只占很小比例。然而，由点到面体现了《选刊》推介香港文学的一种状态，同时也显示了《选刊》在作品面前人人平等、"以文取文"、力求客观、公正的一种姿态。不言而喻，它基于编者对于作家作品的理解与把握。阅读，比较，判断，取舍，呈现。于是有《专辑》，有"推荐奖"，有编者话，有附评，等等。如选载董桥《英华浮沉录》，扉页作品简介，编者如是说："学者散文是香港文界的重镇，其写作主体以思想者姿态再创散文承载时代思想之文体价值。而学院外的董桥却在纵横捭阖、广征博引的学者风范之外，更以风流蕴藉的文字呈显学者散文的又一种魅力，所以柳苏说'你一定要看董桥'。"这便是编者面对作家作品的真实的、明确的姿态：终究以作品质量、以文学价值为依归。

二、"双行道"

香港，位于"中外联属"的交汇点，又处于"一国两制"的交融点。在日益强盛的全球化趋势下，作为"窗口"和"桥梁"，它在推动中华文化和世界文化的交流中已起和将起的作用无可替代。

香港文坛内外，犹如一条"双行道"，来而复返，去而复归，作家作品，呈现出"动态"。比如，余光中、施叔青，来去于台湾与香港间；思果、刘绍铭，来去于香港与美国间。论及香港文学，倘若对此忽视乃至无视，实是难以理喻的缺憾。

多年来，《选刊》推介香港文学，关注了各种类别、各个层面，重视其完整性。

（一）关于余光中

余光中于 1974 年秋至 1985 年夏任香港中文大学中文系教授，1975 年兼联合书院中文系系主任。余氏居港十年有余，其间其后，与香港文坛关联之深、影响之巨，显而易见。

《选刊》1993 年第 1 期刊出"余光中专辑"。计发散文四篇：《夜读叔本华》《山盟》《风吹西班牙》《登长城》，诗四首：《梦与膀胱》《壁虎》《珍珠项链》《昙花》。配发黄维樑的余氏小传、楼肇明的散文评论、何龙的作家侧记，以及照片四幅、手迹一幅。

卷首为余光中语丝："真正的诗人，该知道什么是关心时代，什么只是追随时尚。真正的诗人，不但需要才气，更需要胆识，才能在各家各派批评的噪音之外，踏踏实实走自己寂寞然而坚定的长途。"

自创刊号开始，《选刊》每年均选发余光中作品，前后多达三十四期，将近每四期就刊载一次。已发诗四十四首、散文（含随笔、杂文）十六篇、论述三篇，合计六十五篇（首）。

黄维樑曾形象地比拟余氏用紫色笔写诗，用金色笔写散文，用黑色笔写评论，用红色笔编辑文学作品，用蓝色笔翻译，称许余氏凭其璀璨的五色之笔，耕耘数十年，成为现代文学重镇。读罢该专辑，以及《选刊》所载余氏其他作品，信然。

（二）关于施叔青

施叔青于 1978 年来港。1979 年至 1983 年受聘于香港艺术中心，担任亚洲节目策划主任。在港近二十年，近年返回台湾。

《选刊》创刊初期，于三年间选介施叔青三篇短篇小说：《壁虎》《窑变》《最好她是尊观音》。

八十年代末开始，施氏"潜心于香港三部曲之长篇创作，要为一百五十年来帝国主义下的'东方之珠'以小说立传"。第一部《她名叫蝴蝶》，由七章组成，十余万字，陆续刊载于台湾报刊。《选刊》于1993年第8期至第10期，连载这部作品。第二部《遍山洋紫荆》共六章，因篇幅所限，《选刊》于1996年第4期选载第一章《你让我失身于你》，并附二至六章简介。

透过这些篇什，人们或能对施氏的独特的努力有所了解："用笔来做历史的见证。"

（三）关于思果

思果曾任《读者文摘》中文版编辑及翻译、香港圣神修院中文教授、香港中文大学与翻译中心访问研究员等。现定居美国。

《选刊》于1996年第10期刊出《思果散文小辑》，选载五篇近作：《不值一杯水》《有些未足》《怎样才算有?》《之后》《真诚的对立》。编者称："当代散文名家思果的创作，素以风格醇厚、笔调沉潜优美著称。近十年退隐山林，在丰饶的自然中回视种种人生旧事，更是观察入微，涉笔成趣。"单篇选介尚有：《主客》（1991.9），《借书》（1995.6），《电话症》（1996.2），《香港之秋》（1997.6），《有写有不写》（1999.1）。

（四）关于刘绍铭

刘绍铭于1961年赴美留学。1968年回港任教中文大学崇基学院英文系。1971年任教新加坡大学，后返美。近年回港，任教岭南学院。

香港，刘氏生于斯，长于斯，三十年间两度回港任教。《吃马铃薯的日子》写于中大任教期间。刘氏感于"前尘旧事"，"记下这段生平"，视之为"自传文字"，二十余年后再版。《选刊》于1994年第12期转载了这部作品。

刘氏作品成组介绍有三次　一次为散文、杂文《犬儒主义》《上帝·母亲·爱人》《向生命报复》（1990.7）；另一次亦为散文、杂文《香肉传奇》《村姑与牛仔》《情到浓时》《美式出鸡汤》（1998.11）。

单篇散文、杂文、论述选载数次。

无论以香港为"出发地"（如思果、刘绍铭），抑或以香港为"停留地"（如余光中、施叔青），他如旅美的陈之藩、叶维廉、黄河浪，旅加的梁锡华、卢因、陈浩泉，旅法的绿骑士，旅澳的钟晓阳，等等，"双行道"上许许多多健步往来的旅人，为香江文苑，也为大陆读书界增添了一道道独特的风景线。

三、一扇"窗口"

早在 1984 年 7 月，项南（时任中共福建省委书记）为《台港文学选刊》撰写代发刊词《窗口和纽带》，指出："如何促进不同制度、不同社会的人增进了解，消除隔阂，求同存异，进而融会贯通，和谐默契？文化的交流，可能是一个较好的途径。"他殷切期盼《选刊》成为瞭望台港社会的文学窗口，联系海峡两岸的文化纽带。消除隔阂，求同存异，融会贯通，和谐默契，是累积性递进的过程，而必要的前提是"增进了解"，较好的途径则是文化交流，究其渊源与影响，文学交流成了决定性的中心环节。

台、港、澳和大陆的华文文学同根同源。由于历史的原因，一个时期以来分流而行，呈现出个性差异；而今又相互撞击、融汇，渐显整合之势。华文文学从中国本土走向世界，屡经周折，在东南亚、北美、西欧、澳新以及其他地区蓬勃发展，形成跨越国界和地域的国际性的文化现象。

处于世纪更替的交叉点，返顾而前瞻，视野应能更加拓宽。曾有论者在专文中对文艺思潮多元并存的状态做了一番剖析和阐述，不无启发意义。该文指出，早年主张"横的移植"的国际化，重视"纵的继承"的民族化，以及稍后强调乡土情怀的本土化，三者的界限渐趋模糊，加速了不同文学观点交集、融合的速度。此说自有其针对性，倘若推而广之，或能这样认识：无论哪一区域，哪一创作门类，所谓国际化的、民族化的和本土化的因素，都有不同程度、不同形式的表现。此处所说的"国际化",实质上主要是工业文明背景的西方文化;而"民族化",则指农业文明背景的传统文化;至于"本土化",更多地带有区域性的色彩。环顾香港文坛,尤其深切感到,"和而不同""兼容并包"有助于营造开放的艺术氛围与谐调的人文环境。

编者经年累月,不懈不怠,希冀透过《选刊》这扇窗口,举目所及,将是多视角的,多元的。"新颖的小说,瑰丽的现代诗,精致高华的学者散文与便捷简练的专栏文字以及广受欢迎的武侠小说等异彩纷呈",《选刊》先后推介数百万字香港作品,展开这千姿百态的长卷。

九七回归,《选刊》于当年6月号推出专号《香港回归纪念特刊》。

散文有:萧乾《香港回归》,曾敏之《桥》,余光中《沙田山居》,黄国彬《吐露港的老鹰》,陈德锦《岛》,彦火《小岛上的春》,思果《香港之秋》,黄维樑《如果你不这样来认识香港》,西西《剪贴册》(三题),卢玮銮《香港故事》(三题),侣伦《九龙沦陷前后散记》。

小说有:颜纯钩《关于一场与晚饭同时进行的电视直播足球比赛,以及这比赛引起的一场不很可笑的争吵,以及这争吵的可笑结局》,刘以鬯《龙须糖与热蔗》,王尚政《法官大人恩典》,海辛《最后的古俗迎亲》,西西《虎地》,白洛《买楼记》,陈浩泉《虹与迷幻》。

诗歌有:闻一多《七子之歌》(选二),袁水拍《后街》,马朗《北角之夜》,舒巷城《赛马日》,何达《在火光中》,余光中《雾失沙田》(外一首),犁青《香港的雾》(外一首),戴天《一九七一年所见》(节选),温健骝《泣柳》,梁秉钧《形象香港》,古苍梧《太平山上,太平山下》,黄河浪《英皇道》,傅天虹《香港》,梦如《在维多利亚港观看落日》。

翻开这些篇什,字里行间,有逗号(长途未穷),有句号(九七回归），也有问号（叩问历史），还有感叹号（沧桑之变）。

显然，仅仅凭借一期"特刊"，乃至于一家《选刊》，无法呈现全景。不过，"窥一斑而见全豹"，进而比较完整、比较具体地展示其本来面目，编者用心于此也着力于此。

（1999 年 4 月）

行行复行行

——由《台港文学选刊》之作品专辑《闽西行》说开去

一

内地推介台港澳及海外华文文学的文学期刊《台港文学选刊》，于 2013 年 10 月号推出作品专辑《闽西行》。

计发 6 篇文章：

《长汀，我带不走的缱绻》（蔡益怀）；

《秋白的天空》（周蜜蜜）；

《寻根，在无意中》（陶然）；

《为天鹅洞加上〈天鹅〉以至……》（黄维樑）；

《宁化客家小吃》（彭洁明）；

《闽西行小记》（李月薇）。

尚配发 22 幅图片。此专辑堪称图文并茂，令人赏心悦目。

笔者记忆所及，在内地，以作品专辑形式，用这么大的篇幅，专门介绍闽西，应属首次。而且，集中于"客家文化之旅"，更是从未有过。

时为 2013 年 7 月 1 日至 5 日。应福建省文学艺术界联合会邀请，香港作家联会组团访闽。该团一行 8 人，由彦火任团长，陶然任副团长，团员有黄维樑、周蜜蜜、蔡益怀、李远荣、彭洁明、李月薇。7

月 1 日，由香港飞赴厦门，当天即赴永定，2 日赴宁化，3 日赴瑞金、长汀，4 日经龙岩至厦门，5 日返香港。主要活动区域为闽西。旁及瑞金，进出均经厦门。

二

《闽西行》专辑侧重于宁化与长汀两地，凸显了"客家祖地"和"母亲河"的特殊地位。

旅游文学作品主体是游记，而游记的主要内容是纪行。纪行，大都采选择性描述。这在《闽西行》一组作品中，又体现为：点与面，实与虚。

点与面。《闽西行小记》概述了包括永定土楼在内的几处有代表性的客家聚居地。《宁化客家小吃》则细腻真切地描绘擂茶、生鱼片等客家佳肴。《为天鹅洞加上〈天鹅〉以至……》，如题所述，作者此文选取宁化湖村镇内天鹅洞群风景区这个点。文引地矿界专家言，"其洞群规模之大、溶洞数量之多、洞穴分布之密、岩溶景观发育之完善为福建之冠"，显见天鹅洞之奇幻、炫美。作者进而引经据典，展开想象的翅膀，时而红军将士壮志凌云，时而《天鹅湖》跌宕起伏，时而爱尔兰叶芝之《丽达与天鹅》，时而中国《诗经》之"白鸟"、唐朝李商隐之"天鹅"……读后，即便未曾目睹，也不由让人身临其境，心向往之。

实与虚。《寻根，在无意中》，有一段描写：

> 我们在写有"客家祖地"的牌楼前拍照，我不清楚其他人怎样，而我是有一种迷惘的感觉，好像在眼前，又很遥远。进入堂内，但见偌大直写的"客家始祖神坛"，还可看到香客留下的痕迹，虽然这时只有我们几个在徘徊，但我似看见客家人认祖归宗的气势，仿佛听见钟声当当，锣声锵锵，鼓声咚咚，参拜众人齐声道出归来的喜悦。但定睛一瞧，眼前哪里有什么人群呢？

只有麻雀三两只，在前面的毒阳下跳跳跳，觅食。

"迷惘""好像""似乎""仿佛"……全是虚写。突然，笔锋一转，从"人群"变为："只有麻雀三两只，在前面的毒阳下跳跳跳，觅食。"眼前之实，却又循情顺理地引出往昔之实，妙哉！

自古而今，游记侧重于记游。然而，好的游记作品又不限于纪行。于行旅中，往往触景生情，抑扬挥洒，寓感怀之主观于叙述之客观之中。《闽西行》一组文章，感怀多为个性化抒写，主要表现为：抑与扬，景与情。

抑与扬。《长汀，我带不走的缱绻》，由路易·艾黎关于"中国两个最美的小城之一"的评价引入，写"想象"，这座城市可能也像湘西凤凰小城一样，保持比较完整的古朴的民宅，写"心愿"，有机缘去走走看看。而后即说，来到长汀，美丽的幻象破灭，街上人多车多，好一个乱字，城市建设失去应有的特点。笔者解释，"时下的国人都崇洋"，外国人讲一句话比谁都强。进而直言，把别人一句上世纪二十年代讲过的话当成金玉之言一直高挂在门楣。随即发出"时移世易，何事不时过境迁，何物不烟消云散"的喟叹。显然，都在"贬""抑"。而后，笔者接连以主要笔墨叙写：美味的客家晚餐；跨河廊桥上的乘凉居民；三元阁门洞里长凳上的长者；城楼上跳广场舞的中年妇女；特别是仍保留明清民居的店头街上，酒肆、食店、书斋，一间紧挨一间。作者感叹："我想看到的风情就是这种平民生活景象。""一路走来，已让我对她有了不一样的感受。"这种感受，仍以作者的诉说最为直切——"这是一座有丰厚历史的边城"，"她不需要像别人那样急于展示堂皇，炫耀自己的富有，她只是自得又自足地守护着自己固有的一种生活方式和态度。这就叫自信"。

景与情。"南方旧城的图景，在仲夏夕阳的映照下，别有一种隐隐的古意。""沿街的房子不高，房子背后露出绿色的山丘，一条清澈的河流，不急不缓地穿城而过。"《秋白的天空》开篇便呈现一幅悠闲的情境。由斯景，作者发出斯言："时过境迁，眼前的汀州古城，不见战旗，百姓过着平常日子，应该是宁静和谐的吧。"正当她想养一养神时，忽听导游说车外一处山坡是瞿秋白就义处，"我的心一下紧缩了"，"想到，此刻，我们与他的生命轨迹，正在一步一步地接近！"作者的情感世界，由徐缓、宁静，到潜流起伏，到波涛汹涌，倾泻直下："事实上，瞿秋白写《多余的话》，是非常坦诚的"，"让人看到书生革命者的一颗真诚丰富的心灵"，"一字一句地依心直说，这样的文章才最是真情流露，也最能打动人心。"

感怀，虽是真情流露，但容易流于浮泛。为避免这一流弊，往往需要独辟蹊径，着力于细部，拓开新天地。《秋白的天地》收篇停在一处闲笔：

> 他在文中提到的最好吃的豆腐，我也在长汀吃到了，用小巧的蒸笼装着，以各种配料任意调味，很乡土，又很家常，山青水白，鲜嫩可口，真是一流，我更觉得瞿秋白的话可信可亲，一点儿也不多余！

闲笔不闲。从瞿秋白文中的豆腐，到此行吃到的豆腐，推演开来，瞿秋白的话"一点儿也不多余"！实乃点睛之笔。

如出一辙。《长汀，我带不走的缱绻》文末，也有类似的细节，临离开看到有人在汀江洗衣服："这是我多少年没见过的田园景象"，"竟有一种说不清道不出的兴奋和欣慰"。作者油然而生感慨，"长汀一下子留住了我的心"，暗中许下一个愿，还会再来，独自一人徜徉在汀江畔古巷里……所思所想，由所见所闻引出，怡情抒怀。

三

"北有大槐树，南有石壁村。"

在中国汉族迁徙史上，两个尤为重要的地点。其中，宁化石壁逐渐被确立历史定位——客家祖地。

1995 年，"世界客家人的总家庙"——客家公祠在石壁建成。全世界数十个国家和地区的客家人接踵而来，寻根溯源，敬天穆祖。

"北户水南流。"因战乱与饥寒，中原汉人自东晋初开始南迁。在唐宋期间，一度汇聚在以石壁为中心的闽赣毗邻地区。随着历史演变，客家初民又逐步迁徙到海内外各地。

客家民系及其多元文化，在中华民族和文化中占据难以替代的地位。旅游文学中的呈现可望越来越丰富。

《闽西行》作品专辑从一个侧面体现了客家文化的样貌和客属地区的风情。

（2013 年 11 月）

特性·特点·特色

在澳门即将回归祖国的时刻，《台港文学选刊》于1999年11月号推出了《澳门回归纪念特刊》。这一"特刊"，基本上体现了《台港文学选刊》的特性、特点和特色。

特性——在时代变迁的环境中体现强烈的历史性。《台港文学选刊》是瞭望台、港、澳及海外华人社会的文学窗口。倚窗眺望，纵览千百年来风起云涌，沧桑移易。滔滔世纪潮中，台、港、澳地区的特殊的历史遭际，造就了特殊形态的台、港、澳文学。这是一种客观存在。在某些特殊的时空区位，这种存在分外清晰地为人们所认识。九九回归为审视澳门社会及澳门文学，便提供了这样的历史契机。《澳门回归纪念特刊》贯串了一条主线，也就是扉页所载《七子之歌之澳门》：

> 你可知"妈港"不是我的真名姓？……
> 我离开你的襁褓太久了，母亲！
> 但是他们掳去的是我的肉体，
> 你依然保管着我内心的灵魂。
> 三百年来梦寐不忘的生母啊！
> 请叫儿的乳名，叫我一声"澳门"！
> 母亲，我要回来，母亲！

其作者闻一多慨然剖白："抒其孤苦亡告眷怀祖国之哀忱，亦以励国人之奋兴云尔。"香港九七回归以及纪念国际反法西斯战争和中国人民抗日战争胜利 50 周年、纪念改革开放 20 周年等，《台港文学选刊》都适时相应推出专号或专辑。

特点——在多元文化的背景下展现鲜明的开放性。澳门，这一有着数百年东西文化交汇历史的国际性城市，多方面显现出它多元结构的文化特色。《澳门回归纪念特刊》从文化视角加以考察，在人们面前展开澳门"小地方，大文化"的画卷，揭示澳门文学比中国其他不少区域文学具有更为复杂的文化内涵，比较准确地把握其实质：澳门政制为葡国文化所主导，澳门社会却以中华文化为主体。在这一《特刊》，不仅小说、散文、新诗等文类拥有应有的位置，旧体诗词、"土生文学"也占有一席之地，并从"大文化"的角度选发了相关文章。对于《台港文学选刊》，可以说，有这么两个"基本点"：台港的，乃至"大中华"（华人圈）；文学的，乃至"大文化"。前者为依凭，后者为延伸。

特色——在保持格调的基础上显现浓郁的可读性。可读性体现于内容和形式两方面。内容上，在重视文学的高雅品格的同时，关注读者对作品的接受程度和方式。《澳门回归纪念特刊》在"名家案卷"一栏选发了著名作家秦牧、陈残云、司马长风的三篇散文，唤起读者对"名家"的阅读期待。如秦牧《"东方蒙地卡罗"漫记》，实是名家力作。该文第一节为"小小城市的世界声名"，文中写道：澳门有六个地名，即澳门、香山澳、濠镜澳、濠镜、濠江、马交；还有三个浑号，被人谑称为"澳门街""东方蒙地卡罗""梳打埠"。作者一一娓娓道来，从这些名称的含义及来龙去脉，剖析澳门的历史、地理、现状及其特点。看似平实、简约的文字，实则富有概括力。又如，《快活楼》《石卵之恋》《重生》《月黑风高》《诺言》《女巫》，这几篇小说，无论社会写真，抑或情感探秘，还是心理魔幻，均有耐人寻味之处。整个装帧设计和版式设计，从四封至内容，数十幅照片、明信片、美术、书法作品，增添了刊物的观赏效果，而且与作品浑然一体，相谐成趣。

特性·特点·特色

注重刊物的特性、特点与特色，凸显其历史性、开放性和可读性，是《台港文学选刊》以往所坚持的，更是今后将要加倍着力的。

（1999 年 11 月）

"授" 与 "受"

当初筹办"选刊之友"征文活动时，主要出于这样的考虑：作为读者园地，秉持"在文章面前人人平等"，提供各抒己见、畅所欲言的一方讲坛；作为评论专栏，尽量把它办得生动活泼，少点板起面孔论理的气味。应征者的踊跃，反响的热烈，出乎意料。于是，一而再，再而三，欲罢不能。

随着三次征文的进行，逐渐晓悟，重要的不在于它的形式，而是从中体现的精神：于编者，这是"开门办刊"；于读者，这是"参与"。

置身于丰富而驳杂的文化消费市场，面对着活跃而喧躁的思维空间，编者与读者之间，已不再是单纯地"授"与"受"。多层次、多类型的读者，有着多样化的衡量标准和选择尺度。他们渴求对办刊有所介入。他们乐于扮演读者、作者、编者的多重角色。我们无非为此做点小小的努力。

返顾来路，心中涌动着的，除了欣喜，更多的倒是不安。由于被诸多日常事务所牵扯，没能多费些心力操办征文，有些设想尚未兑现，留下不少缺憾。这都有待日后切实地加以改进。

时日匆匆又一秋。新的一轮征文已经开始。说来有"三盼"。一盼越来越多的读者应征。二盼征文论及面进一步拓宽。三盼征文更精粹些，更坦率些，说长道短，无所顾忌。

期待着。

(1999 年 2 月)

附录

求学记

她是一所大学校。

——题记

一

那天，参加纪念福建省文联成立 60 周年大会。站在领奖台上，佩戴从事福建文联工作 30 年的绶带，瞬间，往事潮涌般地浮上心头……

1978 年 4 月，踏进省文联大门。从此，在这所大学校里，既学为文，尤学为人。三十余载春华秋实，不仅有种种付出，更有重重收获。

二

上大学，自幼便是一个梦。这梦，吞噬于十年狂飙之中了。

一度风行"推荐工农兵学员"上大学。曾有一次"被推荐"的机会，愣是被某些当权者抹掉了。

十月响惊雷。历史的巨大转折，带来个人命运的转机。粉碎"四人帮"后的第二年，《福建文艺》编辑部发来商调函，准备调我。这本是一桩大好事，我却犯愁了。此时，恰逢恢复高考。应考，或应调，何去何从，处于两难之中。上大学，圆梦，能不想吗？但中断学业这么久，能否考得上，心里没底。文学，也是美好的梦。当编辑，以文学为业，一偿夙愿，机缘不可错过。于是，没有更多的犹豫，很快便做出了抉择。

深感庆幸的是，虽然没能进入传统意义的大学校门，我却上了一所终身受益的"大学"；这所学校，就是我服务至今的福建省文联。

三

"入学"伊始，上的第一门大"课"便是正本清源，拨乱反正。

来《福建文艺》报到，恰逢省文联正式恢复；第二年10月，第四次全国文代会召开。短短一年半，无论福建，还是全国，从文坛到社会，接连出现一系列事变，"世道"在变，人心在变，变化之巨，简直难以置信——

真理标准问题引起全国性大讨论。"两个凡是"思潮受到猛烈冲击。

中共中央决定，为右派分子、为地主富农分子摘帽。

"天安门事件"彻底平反。无数冤假错案得到平反昭雪。

中共十一届三中全会召开，确定了解放思想、开动脑筋、实事求是、团结一致向前看的指导方针。

安徽凤阳农民率先搞起了"大包干"，从此，中国农村开始了深刻的革命。

邓小平提出"一国两制"的最初构想。全国人大发表《告台湾同胞书》。两岸关系步入新里程。

中美发表联合公报。两国建交。世界格局就此改变。

文艺界是"重灾区"。

当年被扫地出门的"黑线人物"陆续重返文坛。

曾被指斥"十恶不赦"的"右派分子"也回归了。

和这些前辈艺术家朝夕共处。你不能不重新审视既往所信奉、所遵循的种种。天底下哪有这样的"牛鬼蛇神"?! 当"革命"把这些人当作对象,这类"革命"岂不十分可疑吗?!

巴金在《随想录》"合订本新记"一文中笔触凝重地写道:"……我已经看出那顶纸糊的桂冠不过是安徒生的'皇帝的新衣'。""我的眼睛终于给拨开了,即使是睡眼蒙眬,我也看出那个'伟大的'骗局。"

通过艺术家们的作品,逐渐走近他们,走进他们的心灵世界。

"文革"期间,郭风全家被迁往闽北浦城山区落户。他常于深夜间独行于山路上,边走边构思作品。后来他写《夜霜》,含泪描绘一个极其偏僻的小山村的霜夜的"良宵美景"。当写到"……好像一块无尽铺展的白色画布,上面画出了非常美丽的树影,好像画笔画出来的浓黑色的树影、淡黑色的树影。"郭风竟放声哭了。后来,回忆这段往事,他说,一个有悠久文化历史的古国,怎么允许没有一个画家? 一人在小山村里,无限痛苦地怀念所有相识的和未曾谋面的文艺界同行和战友,"我以彻骨的仇恨咒诅'四人帮',咒诅文化专制主义。"郭风坦言,他的若干散文诗,表面上只是一般的写景,但他是想通过自己认为较为合适的艺术方式,寄托最强烈的政治情绪。

历尽磨难,重获新生,他们并没有怨天尤人。除了偶从作品读到苦难命运的刻骨铭心的点滴,我从未听见他们诉说过往的痛苦和辛酸。他们特别珍惜来之不易的重新工作的机会。除了创作和工作,别无他求。蔡其矫刚回文联,也曾暂时寄寓在办公室,又当寝室,又当写作室。我和他们对门。夜里,昏黄的灯光下,蔡其矫常在伏案写作。太晚了,招呼他,他抬起头,笑了笑,继续一笔一画地写着。从他的身影,仿佛读出时不我待,与岁月角力,那种"赶快做"的意识。"所有的诗人艺术家,无不历尽坎坷,屡经寂寞,不被窒息而死就是最大的幸运了!"蔡其矫曾如是说。饱经沧桑,参透个中真谛。四五年后,文联迁往凤凰池,和蔡其矫再次成了邻居。他家经常宾客盈门,笑声不绝。十之七八是年轻人。他用一以贯之的努力做出自身的诠释:"我并不重要。我自认是一块跳板,一层台阶,踏着它是为跳向对岸或走向高处。我的历史任务是过渡，我的地位是在传统和创新的中途。""希望在于年轻的一代，他们将使我感到炫目、骄傲和羞愧！他们将从我们失败的经验中获得更光辉的前程！"

四

工作实践是最好的教材，文艺家们是最好的老师。

刚到文联，第一站是《福建文艺》（后改为《福建文学》）评论组。这四年收益尤为显著。全组人员最多时，多达5人，魏世英是组长，编辑有蔡海滨、徐木林、赵增锴、杨际岚。此前，1976年10月初，受邀参加《福建文艺》在鼓浪屿举办的读书班。学员是几位评论作者。其中，汪毅夫和陆文虎，如今一人官居台盟中央常务副主席，正省级，另一人曾任解放军艺术学院院长，位至少将。但他们仍然葆有文化人的本色，于学术上卓有建树。谢学钦钻研学问很用功，出了好几部专著。黄安榕在福州市文联、作协任上十多年，一向敬业，成果颇丰。福空史君、福州张君（先前当工人，后曾在市经委工作），之后没再见过面。虽然人生轨迹不同，但这段短暂的经历，难以忘怀。读书班主旨是继承毛主席遗志，坚持继续革命之类。带班是老魏、老蔡和老徐。学过什么全然不记得，而编辑老师的热情和诚恳，让人印象深刻。中途因时局剧变，"四人帮"被捕，读书班提前结束。那一次，也许算是"双向选择"的机缘，后来进《福建文艺》，与此不无关系。

那几年，文联理论研究室还没成立，评论组实际上承担了理论室的多数功能。不仅编发相当数量的评论稿，并且参与其他作品的评议（包括兄弟单位的剧评和影评）。几位先生行事风格迥异，而编辑作风严谨，专业素养丰厚，是共同的特点。随他们组稿、审稿、编稿，耳提面命，潜移默化，点点滴滴在心头。

在历史的拐点，作家、艺术家对时局尤其关注。真可谓："风声雨声读书声，声声入耳"，"家事国事天下事，事事关心。"在文联这个"信息源"，八面来风，多种多样的资讯源源不断。从事评论工作，更是直接面对各种文艺思潮、文坛动态、热点问题。刚进省文联，在办公室住了一两年。几乎成了"全天候"。没日没夜地泡在书报刊堆里，不知疲倦地汲取着……

1979年10月，全国第四次文代会在京举行。夏衍为文代会摄影集锦《文坛繁星谱》作序，说在会上不由想起了龚自珍的《病梅馆记》，生发出种种感慨。他说：使诸梅"皆病"的，是文人雅士，而使文艺界遭难的却是一批恶棍。病梅尚能以"疗之、纵之、顺之、毁其盆，悉埋于地，解其棕缚"等方法，使之复苏，龚自珍预期的治梅期限也只是五年，而文艺界为了"解其棕缚""毁其盆"就已花了三年多，真正做到"百花齐放"，恐怕需要更长的时间了。

广大文艺家殷殷期盼的"双百"局面，正如夏衍所预言的，漫长而艰辛。《河北文艺》1979年第6期发表《"歌德"与"缺德"》一文，认为文艺界有一个只暴露黑暗而不歌颂工农兵的"缺德"派，指斥其"用阴暗的心理看待人民的伟大事业""善于在阴湿的血污中闻腥"。此文一出，蒙受极左祸害的普通读者群起而攻之；却也有与此共鸣者，投书《福建文艺》，讥讽"伤痕文学"都是些"阴暗"花、"泪水"花，声称"'四人帮'横行了多年，虽然给我们国家造成了一些损失，但是，这都是不足以为道的"，"国家总的趋势还是好的。"组里议论，认为很有必要由此展开讨论。当即在《福建文艺》1979年第9期开设《争鸣》一栏，连续三期选发了十几篇评论文章。十之八九认为此文反映了极左思潮；继续狠批极左，才能真正贯彻"双百"、实行"三不"。同时增辟《广开言路》一栏。"编者按"写道："由于林彪、'四人帮'长期实行文化专制主义，言路已经淤塞多年了。如今要'疏'之使'通'，'开'之使'广'，不是容易的事。""《广开言路》作为文艺民主的论坛，打算在这方面做些促进的工作。""编者按"言简意赅，应是出自老魏之手。评论组"广开言路"的尝试，通过组织开展"新诗创作问题讨论"，更加引起省内外广泛、持续的关注；就刊物而言，此前，此后，类似专题讨论未再有过如此巨大的反响。我直接参与其中，从实践中得到真真切切的教育，逐步更新观念，磨炼文字能力，获益匪浅。

老魏"广开言路"的努力，日后主持文联理论室，创办《当代文艺探索》，达到极致。后来，由于种种原因，《当代文艺探索》停办了。提及往事，老魏对我说，"败将不言勇"。我脱口就说，怎么是败将！《当代文艺探索》终究在当代文学史上留下重重的一笔！

说难忘，难忘在评论组工作得到的锻炼。往昔受过极左的无情伤害，也曾为极左思潮摇旗呐喊。痛定思痛，发誓，从今往后，决不再说极左的话，也不再写极左的文章。审视来路，30多年了，我认为，自己信守了承诺。

从这一点上看，自忖，交出的试卷基本上合格。

五

在文联"求学"，并不形单影只。没想到，省一级刊物，居然汇集了好几位年轻编辑。1978年4月，我来《福建文艺》时，已有诗歌组的朱谷忠，小说散文组的叶志坚、陈宴；这年底黄文山也正式调入（以往曾借用过）。几位都不是"科班出身"。老编辑言传身教，特别爱护我们这些新人。工作上完全放手，刚"上岗"就安排看稿，边干边学，较快就进入状态。

那时，最惬意的乐趣，是想方设法弄到"内部购书券"，买限量的外国文学图书。只要能买到喜爱的书籍，上书店排队，甚至双腿酸疼，脖子僵直，也浑然不觉。

工作之余，唯一的享受是"观摩"解禁的外国影片，但凡能"捞"到票，几乎场场不落。省府礼堂，福空礼堂，福州警备区礼堂，省、市电影公司，城内几家影院，全跑遍了。有时还参加影评活动，和各所各业的影迷朋友一块，你一言我一语，说长道短，评剧情，论人物，谈表演，透过银幕世界尽情释放个性。

1980年春、夏，省广播电视大学中文直属班招生。我与陈宴报了名。文联领导和刊物同仁支持我们上电大，离开中学校园十几年后，终于圆了大学梦。全在业余时间上学，从不占用工作时间。主讲教师，有福建师大中文系李联明、孙绍振、李万钧、林可夫"四大铁嘴"以及其他名师，阵容超强。三百多人大班，学员遍布全省各地，各种岗位；二百多人于4年后如期毕业，不乏佼佼者。没有领导、同事的理解和帮助，哪能坚持走好这一程。

那时，文联上下，充盈着齐心向上的氛围。把劲全使在正道上。特别用功，特别好学。不放过任何深造进取的机会。大约是1983年暑期，中国电影家协会、中国当代文学研究会和中国电影资料馆合办电影进修班，经过批准，作为"公干"，前去参加了。吃、住在北京师范大学第二附中（对门便是北师大），观摩电影在两三里外的中国电影资料馆。中学放假了，教室腾出来当寝室，课桌一并，草席一铺，回味影片人物的恩怨情仇、悲欢离合，美美地进入梦乡。连着看了十几天，几十部中外影片，说实话，"精神大餐"过量了，消化不良，剧情混淆，主人公大都重叠在一起。但不少影片，犹如刻版，让人过目难忘。比如卓别林、阮玲玉的默片，举手投足间，弥散着迷人的艺术魅力。而黑泽明的《罗生门》，让人沉浸在神秘世界里，久久难以挣脱。在国内文坛颇有影响的青年作家，如湖南的韩少功、肖建国，湖北的祖慰等，同样以普通学员的身份参加进修班，就咸菜吃窝窝头、稀饭，睡课桌，甘之如饴。密集地观摩古今中外各类佳作，让人视野洞开，思维空间豁然开朗。这种"继续教育"的绝佳机会，正是文联给的，怎不心存感念呢！

六

参与《台港文学选刊》的编辑工作，同样是一门大课。

1984年6月，酝酿创办《台港文学选刊》。季仲和蔡海滨、陈章武分别兼任主编和副主编。得有人担任专职编辑。我竟然"毛遂自荐"。也许是几个方面的综合因素，让我又一次做出这种大胆的抉择。

一是"大气候"，社会的"大气候"。

这一年6月，邓小平正式提出"一国两制"的战略构想。他说，我们的政策，是实行"一个国家，两种制度"，具体说，就是在中华人民共和国内，内地10亿人口实行社会主义制度，香港、台湾实行资本主义制度。

项南来福建主政，倡导念"山海经"，建设"八大"基地，包括对台工作基地，他多次强调"闽台一家亲"，"不论从历史上讲，还是从血缘关系讲，都可说是地理相近，语言相通，血缘相亲"。

另一是"小环境"，内部的"小环境"。

在季仲主持下，领导层齐心协力，想干事，能干事。

从自身来说，有一定的专业准备，也有必要的工作实践。

经过4年在职学习，省电大中文专业即将毕业；期间，参加电影进修班等专业学习，基本素养有所积累。另一方面，分别在评论组和小说散文组工作，实践经验也有所积累，其间，与章武一同兼任《台湾文学之窗》责编，悟出了一些"门道"。说来，也是某种机缘巧合。老家平潭岛是大陆距台湾最近的地方，自小对"宝岛台湾"印象特别深刻。

无论客观因素而致，抑或主观努力成就，"初生牛犊不怕虎"，这副担子就这么挑起来了。

《台港文学选刊》的创办，见证了一种了不起的奇迹。

接获创刊报告，省文联党组（杨滢为党组书记）立即研究批准，当天就报送省委宣传部。何少川为部长，许怀中为分管文艺的副部长。第二天，宣传部迅即批准，由文艺处正式下文（范碧云当时在文艺处工作）。24小时内，全国第一家专门介绍台港澳及海外华文文学的期刊便取得了"准生证"，没多久，刊物正式问世。

头两期，自办发行。刊物印制后，全体总动员，火速前往火车站搬运、发送。一时间，办得红红火火。

长达一年多，文编却只有我一人，承领导和同事关心，咬紧牙关挺过来了。创刊号由许江担任兼职美编，第二期起就由龚万山接棒了。后来由陆广雄接手，而后由王肃健担任数年专职美编。文编渐渐添了人手，楚楚和宋瑜等先后加盟。

工作上超负荷，是显而易见的压力。涉台涉外政策性强，风险大，更是无可规避的"难以承受之重"。

1987年报刊整顿，差一点就"整"掉了。理由之一：上头有精神，一家编辑部不能办两种刊物。只能顺应之，建制分开，两套人马办两家刊物。季仲作为文联书记处书记，专门兼任《台港文学选刊》主编，本人担任专职副主编。

老季真是亦师亦友的好领导。他当官不像官，不改作家本色。懂行，而且开明。他放手让我主持日常工作。他负责终审，绝大多数稿件一路放行。人心是肉长的。他越是信任，我越是用心，竭尽全力。

由于年龄原因，老季于1996年初卸任。他转任顾问，又"顾"又"问"，有事找他，他从不推辞。

这时，《台港文学选刊》发行量大幅下降，不再盈利。为理顺关系，与《福建文学》财务上自此完全分家。《小说选刊》《散文选刊》《中篇小说选刊》等早已从"母刊"中独立，时势使然，机制使然。

近年，省文联党组遵循艺术规律，重视办刊工作，《台港文学选刊》从2009年起改版转型，重返"纯文学"路线，得到多方肯定，稍感安慰。

几年来，以《台港文学选刊》为平台，先后举办六届"海峡诗会"，拓展海内外交流空间，逐步发挥"窗口"和"纽带"的积极作用。

冰心老人曾为《台港文学选刊》题词："……祝她永远做个灿烂长桥。"

著名诗人洛夫称道《台港文学选刊》"完成的不仅是一座桥梁的使命，更是一种海内外中国人的，千万缕情的交融，千万颗心的凝聚的工作"。

台湾评论家孟樊先生说："《台港文学选刊》是大陆文坛（包括海外华人）了解台港作家及其创作的一个'窗口'，而且是最重要的

'窗口'。不仅如此，更重要的是，它为两岸三地文人提供了一个相互交流的管道，也借由它维系了两岸文人的感情。"

说到"窗口"和"纽带"，不禁想起可敬的项南同志。《台港文学选刊》创办时，他撰写代发刊词《窗口和纽带》。创刊10周年纪念，他又应约寄来贺词："台港文学选／窗口加纽带／苦斗十年整／骄骄海内外"。而今，这贺词与冰心题词一同端端正正悬挂在办公室上方，策励自己，做该做的事，做愿做的事，做能做的事。

（2010 年 6 月）

对话：在台北

　　1995 年 5 月 24 日至 6 月 2 日，应台湾"中国作家艺术家联盟"邀请，福建省文学出版访问团赴台湾进行为期 10 天的交流访问。这是大陆文学出版界首次组团赴台访问。该团一行 4 人，省文联副主席季仲任团长（当时担任省文联书记处书记兼《台港文学选刊》主编），团员为海峡文艺出版社副社长、副总编林秀平、编辑刘磊和我。那时，《台港文学选刊》和海峡文艺出版社均已创办十年多，为推介台港澳及海外华文作家作品做了许多有益的工作，在海内外产生了积极影响。此次访台，和台湾文学界、出版界人士广泛接触，会见老友，结交新识，增进了了解，加深了友谊。

　　经台湾"中国作家艺术家联盟"预先安排，5 月 26 日下午，《文讯》杂志社专门为福建省文学出版访问团举行了以"试着对话看看"为题的座谈会。到会的台湾方面的人士有："中国作家艺术家联盟"理事长尹雪曼，秘书方荷，台湾师范大学国文系教授方祖燊，《联合报》副刊副主任陈义芝（现任主任），作家丹扉、张晓风、古月，画家李锡奇，《文讯》总编辑封德屏、主编高惠琳、编辑汤芝萱。

　　座谈会列了参考提纲：（一）"台港及海外华文文学"的大陆观点；（二）福州（福建）在"台港及海外华文文学"研究领域的位置；（三）台湾作家对于大陆《台港文学选刊》的看法；（四）有没有可能进行真正的对话——两岸文学交流问题；（五）文学的当前处境。

　　座谈会由《文讯》编辑总监、"中央大学"中文系副教授李瑞腾主持。他简明地致开场白：今天的座谈会并不是很严肃，希望借此机会，轻松地谈些大家都很关心的问题。所提供的提纲也是参考性质，不必照着谈。

尹雪曼先生首先发言。与会者中，尹雪曼最为年长。他原籍河南汲县，1918 年生，长期在报刊界供职，亦曾在台湾多所大专院校任教，出版作品甚众，在台湾文坛颇有影响。1994 年 10 月 26 日至 11月 5 日，应《台港文学选刊》和海峡文艺出版社邀请，由尹雪曼带队，台湾"中国作家艺术家联盟"考察访问团一行 8 人访闽，考察了福州、莆田、泉州、厦门和武夷山的风土、人情和文化，并与福建文艺界人士进行了交流。此番在台北重逢，欣喜之情溢于言表。他说："今天在座的都是文艺界的熟朋友，大家聚在一起，谈谈彼此的看法，交换意见，机会十分难得。"作为一位前辈作家，不由得多了几分感慨。他说："福州来的四位文友都很年轻，也十分关怀文学的发展，而在座的台湾作家、编辑们也是充满热情和干劲。所以，如果双方年轻的一代结合起来，相信对中国文学的发展会有很大的帮助。这也是我们文坛老一辈的人所乐于见到的。"

虽然李瑞腾先生已说明为座谈会所列的提纲只是参考性质，但与会者仍基本上围绕提纲展开交流。

关于"台湾文学"的界定，季仲认为，台湾文学是台湾近百年来走过一段自己的特殊历史进程、形成自己的特殊社会形态，同时与中国传统文化和西方现代文化经过不断交流、撞击、融汇而出现的优秀作家和作品。他说："台湾文学应该包括两部分：一是台湾的本土作家，一是迁移到台湾的外省籍作家。此二者构成台湾文学的主体，是不能分割的。尤其近二三十年来，台湾的当代文学成就辉煌，是中国文学的一个很重要的部分，是中国其他任何地方都不可替代的，它和中国母体文化相联系，却又有自己鲜明的个性和特色。"

谈到福州（福建）在"台港及海外华文文学"研究领域所处的位置，季仲认为，应该是处在相当重要的地位，原因有三：一是，福建与台湾仅一水之隔，除地缘优势外，在血缘、亲缘方面也都具有优势，尤其在语言方面的优势地位，更是上海、广东、北京、江苏等研究单位所无法比拟的。二是，福建在研究队伍方面也有优势，比如早期福建社会科学院文学所就有一批人员进行这方面的研究，《台港文学选刊》十年以前便介绍大批台湾作家，对台湾文学逐步由浅层次的了解进入到深层次的研究。三是，福建这些年来和台湾在经济等方面交流日趋频繁，成为两岸文学等方面往来的最前哨。他说："虽然在地理、语言等方面，福建几乎占尽了优势，不过，我们做得还是不够，尤其在文学研究方面仍处在隔岸观花的状况，所以，许多观点是片面、肤浅的。不过，我们仍深信，在'台港及海外华文文学'的研究上，福建的地位愈来愈重要。"

方祖燊先生接着这一话题发言。他说，去年（指 1994 年）10月，他走访了福州、厦门、武夷山等地，参加了大陆举办的座谈会，同时也带回了海峡文艺出版社出版的《台湾文学史》。这几年，海峡文艺出版社陆续出版了许多有关台湾的研究著作，可以说对台湾文学做了极详尽的研究。

林秀平也概要地介绍了海峡文艺出版社的情况。该社成立于1984 年，取名"海峡"，希望借地利为沟通两岸的文化交流多做些工作。十余年来，共出版了七十多位作家的一百多部作品，既有纯文学作品，也有言情小说、武侠小说等通俗文学作品，题材广泛，很受读者欢迎。近年来，和台湾作家、出版界同行联系渐多，社内有二十多部作品被介绍到台湾去。"从以上情形来看，两岸的真正文学交流是很有可能的，同时也正在进行中。这是一个很好的开始。"林秀平做了这样的概括。

"台湾作家对于大陆《台港文学选刊》的看法"，是座谈会上尤受关注的话题。陈义芝先生对《选刊》所怀抱的期待，是"希望其具有品鉴的意义"。从具体问题考虑，他也提出建设性意见，比如："在自己的风格走向下，每季或每年能有个总评，由台湾、大陆各派出学者做评判，从中可以看出两岸对这些作品的共通性认知与出入。"他坦率地指出："编一个刊物是相当困难的事，《选刊》在两岸通俗性的商业压力下，仍能维持相当大的发行量，可见其影响力十分可观。而以一个台湾媒体工作者的看法，我认为要比通俗程度和数量，文学永远比不过其他东西，而文学愈求通俗，反而愈不值钱。所以，对于编者、作者，假使能够有着对文学的坚持和真诚，实在没有太绝对的必要去降低文学品质。"

我紧接着发言，从一个办刊人的角度敞开谈了个人看法。我说："年初我曾经将一篇文章的题目定名为'困窘与坚持'，其实这也是目前文学处境的写照，而我们所期盼的，便是如何在这时潮中把握自己、站稳脚步，不被时潮所冲没。刚才陈义芝先生所谈到的具体建议和总体期待，对我们很有帮助。事实上，《选刊》目前风格的形成是在一定程度上受到环境影响的，例如存在商业因素——发行量就是个很实际的问题；但我们从创刊起，便不曾拿过政府一分钱，全是自己养活自己，同时还能够有余额去贴补另一份文学刊物。其次，大陆读者对台港文学的喜好，其雅俗是很难截然分清的，所以，我们在选择文章时总是考虑多方面的需求。有人说'读者是上帝'，而我们所面对的是社会需求及时代走向，因此，满足多品位、多面向的读者需求便是我们的责任。但是，我们不会降低自身品质，将秉持既有的信念，永不懈怠地前行。"

我还介绍了《选刊》的一些具体做法，比如多次推出专辑、专号，而不采用零碎性的、带有感情因素的方式，主要是希望能做到系统化地、科学化地介绍台港和海外华文文学。我又举例，1995 年一、三、五月号连续推介了 1994 年《联合报》《中国时报》《中华日报》副刊所举办的文学奖获奖作品，其中许多作品极具艺术品位，而大陆读者中也只有较高层次者才能品赏它。这样的选择，也从一个侧面印证《选刊》对于繁荣发展华文文学事业的一贯的坚持态度。

对话是友好而坦诚的。作家张晓风的意见颇有代表性。她说："我一向喜欢阅读《选刊》，因为有时在台湾的刊物上遗漏的东西，在那儿却得到了补充。这个刊物比较特别的地方在于探讨的内容不一定限于最近，有时还会拉远到过去，让人能有较大的阅读时空。"同时，她又指出，选载的有些文章令人感到是在向市场低头，例如曾经发表谈论某位女性和蒋介石关系的文章（指《蒋介石第三任妻子陈洁如回忆录》，载《选刊》1994年6月号），"而这样的文章是不太适合放在文学刊物上的。"她还建议《选刊》在篇幅限制内尽可能多载些文章，以容纳更多作家的作品。

李锡奇先生也就《选刊》的长处和短处发表了见解。他说，《选刊》的确十分严谨，介绍了许多台湾作家，可见其对两岸交流贡献良多。他又说，《选刊》有时也选登些艺术家的作品，但并不很准确，"是否能更深入了解，有需要我提供意见的地方，我愿意提供资料"。

针对与会者对《选刊》发表的意见，我做了补充发言。我说："对于诸位方家对《选刊》的热情建议，我们会再作消化，并尽量纳入编辑运作中。"我还以"福建省台湾香港暨海外华文文学研究会秘书长"的身份，对于"福州（福建）在'台港及海外华文文学'研究领域的位置"这一问题，直截了当地表示："我个人不便作答，但有一点可以肯定，就是我们的研究态度比较扎实，同时我们的视野也是比较开放的。""值此世纪之交，福建省的研究同仁能做些什么？起什么作用？都是我们正在思考的。我们十分愿意在两岸文学交流中尽所能做些事情。"我并提到出现了一个令人欣慰的现象，即目前大陆的台港海外华文文学研究队伍正在逐渐壮大中，一些当代文学研究者和新生代批评家也加入这个行列，这有助于研究水准的提升，同时为两岸文学真正的对话提供了更多的可能。

李瑞腾在座谈会小结时说："刚才杨际岚先生提到了一个很重要的现象，就是大陆在台湾文学研究上新人力的介入。这中间包含了两个层次：一是跨领域的研究，即是从现当代文学研究转入台湾文学的研究，而这样的转入可能会导致结构上的改变；其次是新生代的出现，不仅为研究工作注入一股新的力量，同时也可能在某些研究方式和观点上产生新的思维。事实上，台湾本身在台湾文学的研究上也有两种转变，一是从古典文学的研究转入台湾文学的研究；此外，在新生代的出现方面，这些新人力多非文学毕业，而是传播学、政治学的人才，也就是说，一些外缘学科逐渐转入台湾文学的研究领域。"

李瑞腾还说："整体来说，两岸文学研究已经进入真正的竞争时代，而研究的空间已发展到大陆对台湾文学的研究，台湾对大陆文学的研究，甚至于海外或国际的因素也不断出现。而这样热闹、较劲的研究风气，确实也是文学同仁们所乐见的。"李瑞腾的这番话道出了与会者由衷的愿望。座谈会上，张晓风呼吁两岸设立专门图书馆，"便于研究者查寻资料"；方祖燊期盼更多地引进大陆当代作品，"让台湾读者便利地阅读"；李锡奇希望多举办文学交流活动，封德屏女士提醒注意著作权的问题，等等，无不表明他们对从广度上和深度上推进两岸文化交流怀着热切的期望。

（1997 年 12 月）

窗里窗外
——从《台港文学选刊》看两岸文化交流
（接受《两岸关系》杂志社记者专访。）

一

记者：《台港文学选刊》是在什么背景下创刊的？办刊宗旨和定位是什么？

杨际岚：《台港文学选刊》创办于 1984 年 9 月。它是改革开放时代大潮的产物。

当时，有"大气候"，社会的"大气候"。

中央提出实行"一个国家，两种制度"的战略构想。时任福建省委书记项南倡导念"山海经"，建设八大基地，包括对台工作基地。他多次强调"闽台一家亲""不论从历史上讲，还是从血缘关系讲，都可说是地理相近，语言相通，血缘相亲"。当时福建全省上下，充溢着解放思想、勇闯禁区的氛围，从领导到基层，渴盼在两岸关系上开创新局面。

同时，还有"小环境"，内部的"小环境"。

1982 年，《福建文学》创设"台湾文学之窗"，开始系统介绍台湾不同时期知名作家的小说作品，反响热烈。在这个基础上，汇集、梳理和分析省内外读者的意见，并及时吸纳来闽参加学术活动的香港作家的建议，1984 年 6 月酝酿创办《台港文学选刊》。福建省文联领导迅即研究上报,福建省委宣传部明确给予支持。当年9月,创刊号面世。"天时""地利""人和",共同催生了《台港文学选刊》。

《台港文学选刊》是专门介绍台湾、香港、澳门及海外华文作家作品的文学期刊,这便是刊物定位。从刊名看,包括了三个元素,即"选刊""文学""台港"。当时,有提议刊名称为"港台小说选刊",没有采纳。基于两方面考虑:其一,台湾地区文学创作整体水准相对比较突出;其二,在"台港",除小说外,散文、诗歌等,名家济济,佳作迭出。出于"完整性""科学性"的考虑,选择现有定位。前述三个元素,一以贯之。

尤其难忘的是,项南为《台港文学选刊》撰写了代发刊词《窗口和纽带》,言简意赅地阐明了《台港文学选刊》的性质、意义和作用。"瞭望台港社会的文学窗口,联系海峡两岸的文化纽带"成为办刊宗旨。

二

记者:《台港文学选刊》选登台湾文学作品的标准是什么?有何特色?

杨际岚:在台港澳及海外华文文学几大板块中,就创作规模、作家阵容、经典作品、传播媒介和社会影响而言,台湾文学无疑具有最为突出的位置;就历史变迁的轨迹和现实发展的状况而言,台湾文学同样呈现最为复杂的样貌。

基于上述,《台港文学选刊》对于台湾文学的介绍和推荐,既十分重视,也相当审慎。

概括起来,可以称其为"刚柔相济"和"雅俗共赏"。

刚柔相济,是《台港文学选刊》的风格。

"刚",即一个中国的原则立场。它贯穿于《台港文学选刊》三十年的具体实践。我们注意把好方向关,从维护国家领土主权完整、推进和平统一大业的高度看问题。

"柔"，即实事求是的科学态度。尤其注意柔性处理存在一定争议的作家作品。由于受到长期以来形形色色错误思潮的影响，对待各个阶段、各种风格的台湾作家，存在先入为主的偏见，甚至简单、机械地贴标签、扣帽子。包括20世纪三四十年代的"主流外作家"，如林语堂、梁实秋、张爱玲等；勇于针砭时弊的作品，如柏杨的《丑陋的中国人》及"酱缸论"，龙应台的《中国人，你为什么不生气》及《野火集》；如被视为与纯文学不合拍的席慕蓉、高阳、三毛等的作品……在作品选择上，我们没有人云亦云，没有尽跟风随大流。只要确实存在突出的文学价值，激浊扬清的积极社会意义，鲜明灵动的艺术个性，《台港文学选刊》便及时向读者推介。

　　"雅俗共赏"，是《台港文学选刊》的特色。

　　我们注重介绍作家作品系统化、科学化，从不以个人喜好代替选稿既有标准，也不为省时省力而使所选作品类似简单的拼盘，避免僵滞、刻板。既着力于"选择"，用心进行筛选、辨析，也注重于"展示"，巧妙加以组合、呈现。推出各种专号专辑，策划各种专题，设立各种专栏。专号方面，既有作家身份的"女作家专号""新生代作家专号"，也有特定历史的台湾光复50周年、60周年专号，还有作品类别的"获奖作品专号""爱情作品专号""幽默文学专号""纪实文学专号"等。编辑台湾作家个人专辑较多，达数十个，如赖和、梁实秋、柏杨、林海音、王祯和、高阳、朱西宁、三毛、林燿德、商禽、楚戈、曹又方、孟东篱等，又如周梦蝶、王鼎钧、余光中、洛夫、郑愁予、痖弦、陈映真、黄春明、李敖、张晓风、席慕蓉、龙应台、张大春、陈义芝、简媜、林清玄、侯吉谅、朱天文、朱天心等。2009年至2012年，连续推出20多个专题。2013年起，更加突出系列专题，文学类的"遥想春日""台湾自然书写""敬启：父亲大人""老师好"等，都有一定的艺术感染力。如专题"霭霭停云"，华严短篇小说《可怜虫》《杀人者》《万紫千红》，散文《吾祖严复》《我的母亲》，专文《霭霭停云——华严在台湾的文采风流》，二十多幅图片资料，相映成趣，呈现华严的多姿多彩的创作风貌。专题化的运作，进一步贴近当下读者的阅读习惯和审美情趣。在林林总总的文学类选刊中，《台港文学选刊》所设专栏较多，大部分涉及台湾文学。综合类的，有"名家名作回顾展""新奖铭牌""文学地理""流年叙事"。小说类的，有"小说方阵""台湾小说新锐"等。散文类的，有"叶叶心心""人生书写""特别策划""荸叶心香""大地行走"等。诗歌类的，有"诗路花语""诗国行旅"等。纪实类的，有"大千世界""烟尘长望""海峡遗事"等。随笔杂文类的，有"春秋放论""世说短札""世相杂谭"等。文化类的，有"艺苑风景""人文图景"等。构成台湾文苑琳琅满目的画卷。

三

记者：《台港文学选刊》对促进两岸文学交流发挥了哪些作用？

杨际岚：《台港文学选刊》扮演了什么角色，概括起来，可以说，它是一扇文学窗口，一条文化纽带，一座学术平台。近三十年来，《台港文学选刊》先后介绍了 3000 多名台港澳及海外华文作家4000 余万字的作品（其中台湾作家作品约占 60%），并与台湾、香港、澳门地区以及欧美、东南亚等地的华文作家、文学团体和出版机构建立了广泛联系。闽籍台湾作家林今开、呼啸等率先返闽；后来陈若曦、张晓风等陆续来闽参访；在多种学术交流活动场合，与不少台湾作家学者坦率交流、互动。

2002 年，我们发挥刊物的资源优势，积极谋求闽台"五缘"的切入点，倡议发起了首届海峡诗会活动。是年中秋，在厦门、金门两地同期举办诗歌研讨会、诗歌朗诵音乐会，并组团出席"金门诗酒文化节"。自此，《台港文学选刊》作为沟涌两岸文学界的纽带，将交流活动逐年常态化、纵深化，在推动各地华文作家共同继承、弘扬中华传统文化、发展现代诗学等方面发挥了独特的作用。海峡诗会至今已成功举办了八届，邀请对象有"诗文双绝，学贯中西"的余光中、被诗歌界称为"诗魔"的洛夫、影响了几代华人心灵成长的席慕蓉、素有诗界"任侠"之称的郑愁予、发现众多文学"天才"的"诗儒"痖弦等享誉海内外文坛的名家；系列活动中的"余光中原乡行""诗之为魔——洛夫诗文朗诵会""席慕蓉作品研讨会""痖弦中原行"等，亮点频出，反响良好。

中国作家协会主席铁凝曾在闽接受媒体专访，在回答记者关于如何看待正在大力推进海峡西岸经济区建设的福建文化建设的问题时，再次肯定了由福建省文联、《台港文学选刊》杂志社等举办的"海峡诗会"的积极作用。铁凝在受访时说："福建与台湾一衣带水，拥有独特的地理优势。现在每年由省文联牵头举办海峡两岸诗会，先后已有余光中、席慕蓉等著名诗人跨海赴约，成为两岸文化交流的一大盛事。相信两岸文学交流在联结人心，凝聚两岸亲情的心灵沟通中，能起到独特的积极作用。"

由福建省文联主办、《台港文学选刊》等承办的首届海峡文学节于2011年12月1日在福州、泉州、武夷山等地举行。系列活动包括，"2011海峡诗会——诗音书画笔会""国际新移民华文作家（闽都）笔会""流散华文与福建书写"国际学术研讨会等。2012年5月，海峡文学节的中心活动——海峡两岸作家论坛在福州举行。两岸知名作家、评论家郑愁予、陈若曦、亮轩、吕正惠、简政珍、詹澈、龚鹏程、鸿鸿、吴钧尧和陈建功、张胜友、南帆、孙绍振、刘登翰、何镇邦、傅溪鹏、杨少衡、阎晶明、项小米、赵玫等出席论坛。文学界、学术界、传媒界数百人参加了相关活动。与会人员在"传承和创新"的主题下，围绕"文化传统与时代精神""乡野记忆与城市经验"等议题展开深层次的对话与交流。论坛受到社会广泛关注。

2011年6月，《台港文学选刊》杂志社组团赴台参访。在台期间，先后访问了台湾"创世纪"诗社、台湾文学馆、《文讯》杂志社、台湾"中国文艺协会""中国诗歌艺术学会"、《联合报》副刊、《联合文学》杂志社、联合文学出版社、联经出版事业公司、宝瓶文化事业有限公司以及高雄中山大学等单位团体，与余光中、郑愁予、痖弦、张默、辛郁、丁文智、碧果、尉天骢、亮轩、张晓风、席慕蓉、李瑞腾、陈义芝、汪启疆、李锡奇、古月、张国治、封德屏、林静助、绿蒂、落蒂、龚华、徐瑞、顾重光、朱为白等 60 余位作家、学者、艺术家及出版人亲切晤谈，并就期刊发展、传统文化的传承与发展等有关议题展开深入探讨，取得实质性成果。

　　长期阻隔的历史因素，造成有形无形的疏离；因而也促发了增进相互了解的现实需要。《台港文学选刊》面世后，迅即为文学界、学术界乃至广大读者所关注。创作与批评，犹如鸟之双翼、车之两轮。介绍台港澳及海外华文作家作品，必然要求梳理文学发展的脉络，还原历史的本来面目，呈现作品的审美价值和艺术特色。《台港文学选刊》为此所做的努力，持之以恒，颇有成效。开辟了《文苑纵横》《华文道场》《论丛小拾》《文坛掠影》《选刊之友》等专栏，刊发了海内外许多知名作家、学者的理论研究和文学评论文章，还选编了不少文学新人以及普通读者的文章，前后累计不下二百万字。

　　另一方面，台港文学选刊杂志社还积极参与省内外的学术活动。在福建日渐形成高等院校、科研机构、出版单位"三位一体"的态势。福建省台湾香港澳门暨海外华文文学研究会于 1988 年 11 月成立，"选刊"系发起单位之一，创会后长期作为研究会秘书处所在单位；自 2005 年起，为研究会依托单位。刊社曾与福建社科院文学研究所、海峡文艺出版社分别主持学术"月谈会"，并在本刊登载"笔谈"文章。同时，台港文学选刊杂志社也成为中国世界华文文学学会（筹）的发起单位之一，共同推动这门学科建设的确立和拓展。2002 年，作为国务院侨办主管的学术团体并经民政部批准，中国世界华文文学学会正式成立。刊社同仁积极参与学会工作。近几年，刊社参与举办了一系列学术活动。2010 年、2011 年、2012 年、2013 年均以增刊形式连续四年出版了五六十万字的会议论文集。

四

　　记者：请您概括地分析、评价两岸文学的异同，对进一步开展两岸文学交流有什么建议？

杨际岚：两岸文学有异有同。开展两岸文学交流，既需要求同存异，也需要求异存同。海峡两岸文学同根同源。由于历史的原因，一个时期以来分流而行，显现个性差异，而后相互撞击、融汇，渐呈整合之势。这正是《台港文学选刊》所处的时代背景和面对的文学环境。尝谓"文学是人学"。在大时代中，风卷云舒，几代台湾作家承载了沉重的历史负累，需要给予应有的体认和理解。台湾著名小说家朱西宁曾热情致函本刊，表示："捧阅贵刊，对台港文学作家的尊重与友好，最为令人心悦。彼此本是同根所生而又在文学中超乎时空的神交，共同为中国文学开花结果，献上各自的心力，本该是人世间最美最真最善的好事，这样也才是我们中华民族伟大的希望所在。贵刊如此费心费力地经之营之，令人不能不由衷地致以至深的敬意。""尊重与友好"，贯穿于《台港文学选刊》的三十年实践。

不少台湾作品表现的世态人情、民俗风情，特别是作品刻画的极具传统道德色彩的亲情、友情、爱情，都让人有似曾相识之感。这也正是台湾著名作家、编辑家林海音给《台港文学选刊》赠语所表达的："我们原是一家子。"

两岸文学的差异同样是明显的。这些差异，来自于迥异的社会环境和历史遭际，不同的教育背景和创作个性。台湾诗人、学者、编辑家痖弦曾在《台湾文艺思潮》一文中，对文艺思潮多元并存的状况做了阐析：早年主张"横的移植"的国际化，重视"纵的继承"的民族化，以及后来强调乡土情怀的本土化，三者的界限渐趋模糊，加速了不同文学观点交集、融合的速度。这里说的"国际化"，实质上主要是工业文明背景的以美国为代表的西方文化；至于"民族化"，则指农业文明背景的中华传统文化。台湾作家既是传统的，也是现代的，一端植入久远的中华文化传统，另一端吮吸着日新月异的现代文明成果。由于心灵深处烙印的故土情怀，文化素养累积的基础，往往情难自抑地运用熟稔的中国文学的多种养分抒发自身的心绪和希冀。同时，新思潮、新观念纷至沓来，思维方式融入了现代成分，实验性质的、前卫风格的作品时或可见，体现了当今多元化的台湾文学。

早在上世纪六七十年代，一些台湾作家就开始关注生态文明建设。今天人们称之为"环保文学""生态书写"的创作样式开始大行其道，体现了作家对于社会责任的崇高担当、对于表现对象的敏锐感受。

记者：请谈谈你多年从事《台港文学选刊》的感受。

杨际岚：回首往事，真有无尽感慨。说来，也是某种机缘巧合。老家平潭岛是大陆距台湾最近的地方，自小对"宝岛台湾"印象特别深刻。没承想，后来竟与《台港文学选刊》结缘。

《台港文学选刊》创办时，作为《福建文学》增刊。省文联书记处书记、《福建文学》主编季仲和副主编蔡海滨、陈章武分别兼任《台港文学选刊》主编和副主编。而本人亦挺身而出，担任专职责任编辑，具体承担《台港文学选刊》的编辑工作；颇有点"初生牛犊不怕虎"的气势。1987年8月起，《台港文学选刊》改由福建省文联主管、主办，季仲仍兼任主编，本人担任副主编（专职），主持日常工作。1996年1月起，本人担任该刊主编，全面负责台港文学选刊杂志社工作。2011年4月起，担任《台港文学选刊》编委会主任、编辑总监等，继续投身刊物创新和对台文化交流。

人生有几个三十年？"三十年河东，三十年河西。"与当年相比，两岸关系的发展态势和社会条件，已不可同日而语。令人不无欣慰。愿继续为两岸文化交流、为世界华文文学事业尽一己绵薄之力。

（2014年3月订正）

杨际岚学术年表

1971年5月至1978年4月，在福建省平潭县报道组从事新闻报道工作。

1978年4月，进《福建文学》编辑部工作。担任评论组编辑4年，参与"新诗创作问题讨论"等理论论争组稿、编稿等。其后，担任小说散文组编辑2年，兼任《台湾文学之窗》责任编辑，选载、推介台湾文学作品。期间，于1980年9月至1984年7月，业余就读福建广播电视大学中文专业，如期毕业。

1984年4月，"全国第二次台湾香港文学学术讨论会"（"世界华文文学国际学术研讨会"前身）在厦门大学举行。自此开始，参加历届本学科学术大会。1990年10月，第十届世界华文文学国际学术研讨会在华侨大学举行（泉州），大会主题为"华文文学：世纪的总结和前瞻"，出版论文集《永恒的文化记忆》。参与研讨会策划、组织等。2012年10月，第十七届世界华文文学国际学术研讨会暨中国世界华文文学学会成立十周年、世界华文文学学科建设三十周年纪念大会在福建师范大学举行（福州），出版论文集《学术史视野中的华文文学》，百万字。参与研讨会策划、组织，协调论文集编撰、出版等。1988年11月，福建省台湾香港暨海外华文文学研究会（1999年更名为"福建省台湾香港澳门暨海外华文文学研究会"）在福州成立。这是大陆第一家专门研究台港澳及海外华文文学的省级学术团体。被推选为研究会秘书长，负责具体会务工作。1993年3月、1999年6月、2002年9月，先后选举产生第二三四届理事会，连任秘书长，后任副会长、常务副会长。2005年12月、2008年12月、2011年12月、2015年11月，选举产生第五六七八届理事会，被推选为会长。创会之初，由刘登翰等牵头，组织福建省相关研究人员撰写《台湾文学史》，全书分上、下卷，120多万字，于1991年6月和1993年1月由海峡文艺出版社出版，获第一届中国图书奖等。担任编委会成员，参与撰写有关章节。该会还举办各类学术会议当作研究会的重要活动方式。包括：1998年11月，"福建省台湾文学研讨会"；1993年3月，"时代、社会与文学——台港澳暨海外华文文学近期发展分析"为中心议题的学术讨论会；1997年4月，"世纪之交的台港澳暨海外华文文学研究"青年学者座谈会；1999年6月，"跨世纪的台港澳暨海外华文文学及其研究"研讨会；2001 年 5 月，菲律宾华文文学国际学术研讨会；2001 年 10 月，第二届世界华文文学中青年学者论坛（与福建师大文学院、暨大文学院合办）；2002 年 9 月，"闽文化与台湾文学"学术讨论会；2003 年 12 月，"东南亚华文文学与闽南文化"国际研讨会；2004 年 6 月，世界华文文学理论建设研讨会；2005 年 12 月，"华文文学与华文教育"国际学术研讨会；2006 年 6 月，东南亚华文诗歌国际研讨会。部分研讨会结集出版了论文集：《台湾文学的走向》《传承与拓展》《积淀·融合·互动》《跨疆域新方向》《蕉风华韵》。此后，于 2007 年 8 月，在福州合办"世界华文文学研究：理论与实践"国际学术研讨会，出版了论文集；于 2008 年 7 月，在厦门合办台湾文学现代性学术研讨会；2008 年 12 月，在福州合办"华文文学学科建设与区域文学研究"学术研讨会；2009 年 7 月，在武夷山合办第三届全国高校教师世界华文文学课程高级进修班暨第二届世界华文文学教学工作研讨会。自 2010 年开始，该会连续六年举办福建省社会科学界学术年会分论坛，包括："全球化时代华文写作与海西文化传播"学术研讨会，"流散华文与福建书写"学术研讨会，"海峡文化创新与福建发展"学术研讨会，"两岸生态美学与自然书写"学术研讨会，"海洋视野中的妈祖文化与华文文学"学术研讨会，"抗战文艺传统与民族精神传承"学术研讨会，逐年出版论文集，已出五册，300 余万字。策划、协调相关会务，统筹论文集编纂出版。

1984 年 6 月，参与筹办《台港文学选刊》，9 月，正式创刊。该刊系全国第一家专门介绍台港澳及海外华文作家作品的文学期刊。原由《福建文学》主办。先后担任台港文学选刊编辑组副组长，《福建文学》编委、台港文学选刊编辑室主任。草创时期，系唯一的专职编辑，具体负责编辑事务。1987 年 8 月，《台港文学选刊》改由福建省文联主管主办，担任副主编，专职，主持日常工作（1992 年 4 月至 1996 年 1 月兼任《福建文学》杂志社副社长）。1996 年 1 月至 2011 年 3 月，担任《台港文学选刊》主编，负责全面工作。曾兼任多年评论编辑。近三十年间，该刊刊载了三百万字以上评论稿，其中半数以上为大陆学者撰写。一段时间，每期刊载各类评论文章，多达三四万字。这在以刊发作品为主的文学期刊中，并不多见。实行"开门办刊"，开展"选刊之友"征文活动和作品"推荐奖"征稿活动，在全国均属首创。为评介和研究工作提供了园地，为扶植年轻研究人才成长创造了条件。该刊先后被评为全国中文核心期刊、华东地区优秀期刊、福建省一级期刊，曾获全国期刊评比总体设计二等奖。本人亦曾获福建省出版物编辑奖十多项。在报刊上发表数百篇文艺评论、散文随笔等，部分曾结集出版。编选出版：《台湾校园小说》《台湾校园散文》《台湾校园诗》《龙应台杂文精品》《台湾风情散文选萃》《台湾当代爱情诗选》《台湾社会问题小说选》（合编）、《二十世纪旅外华人散文百家》《共饮一杯芬芳午后——欧美女性散文选》（合编)、《九十年代文学潮流大系·台港澳小说》（合编）。主持编选《台港文学选刊十年精选》（五卷）等。

2002 年 5 月 28 日，中国世界华文文学学会成立大会在暨南大学举行。选举产生了首届理事会。当选为理事，担任副秘书长兼出版策划委员会主任委员。2006 年、2010 年、2014 年举行第二、三、四次会员代表会议，均当选为理事，先后推举为秘书长，副会长兼秘书长。担负学会有关工作，参与组织协调两年一次的世界华文文学国际学术研讨会，以及华文文学高峰论坛、中青年学者论坛等。参与 2011 年 11 月"共享文学时空——世界华文文学研讨会"（广州），2014 年 6 月"世界华文文学研讨会"（台北），2014 年 11 月"首届世界华文文学大会"（广州）相关会务工作。参与两次全球华文散文大赛有关工作。参加在荷兰、菲律宾、马来西亚、新加坡、泰国以及台湾、香港、澳门等地举行的国际性学术交流活动，发表论文或担任主持。参与《海外华文文学读本》（含中篇小说卷、短篇小说卷、散文卷、诗歌卷）相关事务。参与国家社科基金重大项目"百年海外华文文学研究"有关工作。2014 年 11 月，世界华文文学联盟成立，参与联盟秘书处工作，担任副秘书长。在报刊上发表一些学术论文。

2002 年，发挥《台港文学选刊》的资源优势，谋求闽台"五缘"的切入点，倡议发起首届"海峡诗会"。此后，于 2003 年、2004 年、2005 年、2007 年、2009 年、2010 年、2011 年、2014 年、2015 年，举办了第二至十届海峡诗会。诗会期间，举办诗歌朗诵会、创作研讨会和学术讲座。2011 至 2012 年在福州举行"首届海峡文学节"，举办系列活动，包括"海峡两岸作家论坛"。参与策划、组织、联络等相关工作。

2014 年起，担任《台港文学选刊》编委会主任、特聘编委、顾问等。现任福建省作家协会副主席，《两岸视点》编辑总监，《海峡道教》编辑总监，福建省文联艺术委员会委员，福建省社科联委员，福建省耕读书院副院长等。继续从事文化推广、学术交流、编辑出版工作等。

后 记

人生道途迢遥，总会遇到几处关口，需要做出抉择。

1978 年，是一个关口，从家乡调到省城工作，在新闻媒体和文学杂志间，选择了后者。先是从事评论编辑工作，在思想解放大潮中经受洗礼。后来转任小说散文编辑，期间执编《台湾文学之窗》，开始涉猎长期隔绝的台湾文学。

1984 年，又是个关口，主动请缨，参与创办《台港文学选刊》。自此，进入本学科领域，三十余载，与其结下不解之缘。结合本职工作，介入台港澳及海外华文文学的推荐、研究与交流，"凭窗断想"，集缀成集。大致分为三个小辑："思絮"，关于学科问题思索；"谈片"，关于作家、作品评说；"刻痕"，关于编辑业务叙写。换言之，算是世界华文文学事业发展和推进的一名见证者和参与者的"在场"书写。

一路走来，专注于编辑专业以及学会事务；囿于学养基础和研究水准，学术上成果实是有限，从未准备以专著示人。承学会同仁们鼓励鞭策，花城出版团队缜密运作，这本小书方能得以面世，笔者对此满怀感激。由于力所不逮，此书远远未尽人意，不禁心生歉疚。

寒来暑往，逝水流年。何其有幸，随先进脚步，与同道前行，得以持守初衷，不断汲取新知。本人于此获益良多，终生受用。手中一册小书，也是借此求教于各位方家。